JN095582

人魚と過ごした夏

蓮見恭子
Hasumi Kyoko

光文社

目次

装幀　藤田知子
装画　岡本かな子

アースイ始動！

「茜が『ドルフィンキッズスイミング』をやめたないのん分かるわよ」

　ハンドルを握るママは、妙に優しい声を出した。

「でも、これからもシンクロを続けるんやったら、他所に移った方がええって、先生からも勧められたんよ。ママの言う意味、分かるよね？」

　助手席で俯いていた茜は、こくんと頷いた。

「だったら決まり。ママ、後からお世話になった先生方にご挨拶してくるからね」

　どのみち、最初からそのつもりだったんだ。だって、後部座席には菓子折りの入った紙バッグが置かれてる。大好きだった先生の顔が浮かび、目頭が熱くなる。

　何で、そんな大事なことを勝手に決めるん？

　こぼれた涙を手の甲で拭いていると、ママがびっくりしたような声を出した。

「何も泣かんでもええやん。大袈裟な……。そら、最初は寂しいかもしれへんわよ。でも、水葉ちゃんも一緒やし、新しいとこでも楽しい事はいっぱいあるわよ」

　水葉ちゃんというのは、一緒にシンクロナイズドスイミングを習っているお友達だ。自宅から近い市民プールの子供スポーツ教室、「ドルフィンキッズスイミング」で週に二回、一緒に泳いでいる。学校は違うけど同い年。二人とも一人っ子で、一緒に習い事に通ってくれるお姉ちゃんや妹がいないのもあって、自然と仲良くなった。

　水葉ちゃんは明るくて、お喋りも楽しい。大好きなお友達だ。

だから、新しいスクールに行くのは一人じゃなく、水葉ちゃんも一緒だと聞いて安心した。先生や他の友達と別れるのは寂しいけど、水葉ちゃんとだったら我慢できるかもしれない。

やがて、駐車場の標識が見えてきて、ママは鼻歌を歌いながら、ハンドルを左に切った。機械から吐き出されたチケットを受け取ると、ゲートが開く。ママはゆっくりと車を走らせ、ショッピングモールの建物を見上げる屋外駐車場に車を停めた。

空いている場所を探す途中、真っ赤なベンツが停まっているのが見えた。水葉ちゃんのお母さんの車だ。

「さすが神崎さん。もう来てはるわ」

車をバックさせながらママが呟く。

「あーちゃーんっ！」

車を降りると、ピンクのビニールバッグを手にした水葉ちゃんが、ベンツの助手席から飛び出してきた。そして、その勢いのまま、こちらに向かって駆けてくる。

少し遅れて車から降りた水葉ちゃんのお母さんが、「危ない！　走らないで」と声をかけたら、その途端に水葉ちゃんは派手に転んだ。

水葉ちゃんは突っ伏した姿勢のまま、「ヒーン」と情けない声で泣き出した。

「あらあら」

ママが慌てて駆け寄ったのと、水葉ちゃんのお母さんが水葉ちゃんを抱き上げたのが同時だった。

「あ、水葉ちゃん！　膝に血が……」

膝小僧が丸く擦りむけ、血が滲んでいる。

水葉ちゃんは、しゃくりあげながら、大粒の涙をこぼした。

「もう、慌てるから……」

栗色の髪を綺麗に巻いて、動くたびにいい匂いがする水葉ちゃんのお母さんは、チェーンがついたバッグからハンカチを取り出した。きちんとアイロンがかけられた、レースと刺繍が入った真っ白なハンカチが目に眩しい。

「神崎さん。良かったら、これ使って」

いつもバッグに入れているティッシュと絆創膏を差し出しながら、ママが言う。

「まぁ、ありがとうございます」

水葉ちゃんのお母さんはハンカチをバッグにしまうと、ティッシュを受け取った。ママが渡したのは、若い男の人が駅で配っているような、広告が入ったポケットティッシュだ。ちょっと恥ずかしい。

「この子ったら、今日は朝からずっと大はしゃぎで、もう小学校五年生なのに、全然落ち着きがなくて……。水葉、残念だけど、今日の練習はお休みしようか？　傷口からばい菌が入ったら大変……」

それまで泣いていた水葉ちゃんが、はっと顔を上げた。

「大丈夫！　これぐらい平気や！」

バネ仕掛けのように立ち上がると、水葉ちゃんはお母さんを睨んだ。

「ここからは、あーちゃんと一緒に行く。お母さんは後から来て！」

そして、強く手を摑まれた。

「行こ！　あーちゃん」

モールの中は人が多かったけど、水葉ちゃんはずんずんと人混みを縫って歩いて行く。

新しく通う事になった「スイミングアカデミー大阪」は、都心のショッピングモールに入っているスポーツ教室のプールで練習が行われている。隣接する公園にはスポーツランド森ノ宮という施設があって、そこでは足がつかないぐらい深いプールで大会の為の練習をするという。

茜は首が据わった頃にベビースイミングを始めていて、小さい頃は足が届かないまま泳いでいたらしいけど、その時の事は覚えていない。だから、「足がつかないぐらい深いプールって、一体どんなプールなんだろう」と、怖いような、わくわくするような気持ちになった。

「ドルフィンキッズスイミング」では、最初は競泳だけやっていて、小学校三年生からシンクロナイズドスイミングを掛け持ちしていた。そして、小学校五年生の二学期からシンクロに専念する為に、全国大会にも出場しているクラブ「スイミングアカデミー大阪」に移籍する事になったのだ。水葉ちゃんと一緒に。

「ほら、私らお揃いやね」

水葉ちゃんに促されて見ると、服屋さんの店先に置かれた大きな鏡に、自分達の姿が映っていた。お団子にした髪にカラフルな色のパーカーは、茜はピンクで、水葉ちゃんは薄い紫。黒いレギンスにクロックスのサンダルを履いているのまで一緒だ。

スポーツ教室の受付の所でママを待っていると、中から出てきたおばさん達のグループがこちらを振り返った。

「かーわいいっ。バレエ教室の子らかな?」

「ほんま、かいらしい。アイドルみたいやわ」

アイドルみたい。

かっと頬が熱くなり、胸がドキドキしてきた。そんな事、今まで言われた事なかった。

ママが受付で手続きをした後、係の人に更衣室の場所を教えてもらった。更衣室は知らない子ばかりだったけど、前に利用していた市民プールよりずっと広くて、綺麗だった。

「知ってる？　あーちゃん。今度、シンクロの名前が変わるのん」

自宅から持ってきた飲み物をストローで吸い上げながら、水葉ちゃんが言う。

「え、知らない」

「『アーティスティックスイミング』になるんやって」

ずっとシンクロ、シンクロって呼んでいたから、聞きなれない名前に「長いし、面倒くさい」と感じた。

「ほんなら、何て呼ぶんやろ？　『アーティス』とか？」

「うわっ、きっしょ」

二人でわっと声を上げ、ゲラゲラ笑う。

「『アースイ』ってどう？」

水葉ちゃんが、そんな提案をした。

アースイ。

アースイ。いいかもしれない。

二人で「アースイ、アースイ」と言いながら水着に着替え、更衣室から繋(つな)がっているプールに向かった。

「あーちゃん。私はオリンピックに出たい」

プールサイドに入る前に、シャワーを浴びながら水葉ちゃんが言った。

「え、オリンピック？　水葉ちゃん凄い。頑張って」

「あーちゃんも一緒やで」

水葉ちゃんの言葉に心が揺れた。

私がオリンピック？

前回のリオデジャネイロオリンピックでは、日本のシンクロナイズドスイミングが銅メダルを取った。逆立ちのリフトも、ラストの二十秒以上続く足技も本当に凄くて、何で息継ぎしないで、あんなに長い時間動けるのかと驚いた。

私があの中の一人になる――。

一人だったら不安だけど、水葉ちゃんが一緒ならできそうな気がしてきた。

「分かった。ほんなら私もオリンピックを目指す」

「わぁ、やったー！　絶対やで。途中でやめるのなしやで」

「うん。やめへんよ」

「やった！　はい」

水葉ちゃんが腕を差し出したから、茜も同じようにした。二人の腕が絡み合う。日に焼けて赤くなった肌に、ちりっと痛みが走る。

「水葉ちゃんと一緒にオリンピックに行けますように！」

「あーちゃんと私が一緒に、オリンピックに……」

「ええ事、考えた！」

急に黙り込んだかと思ったら、水葉ちゃんが大声を出した。

「え、何？　何？」

「今日から私の事、水葉ちゃんやなくて、『スイちゃん』って呼んで！　水葉の水は、音読みしたら『すい』やし」

「何でー？　変やよ。そんなん」

「オグシオて知ってる？」

　バドミントン元日本代表選手で、女子ダブルスペアの小椋久美子（おぐらくみこ）と、潮田玲子（しおたれいこ）の愛称だ。

「私らもペアで、『アースイ』って呼んでもらうねん」

「あーちゃんとスイちゃんで、『アースイ』？　水葉ちゃん、何かきしょいわ」

「水葉ちゃんとちゃう！　スイちゃんや」

　どうやら本気で言ってるらしい。こうなると、水葉ちゃんは引かない。

「ほら、呼んでみて。スイちゃんって」

「……スイちゃん」

「声が小さいっ！」

「はいはい。初めまして！　スイちゃん！」

　笑いながらプールサイドに足を踏み入れると、小さい子達がプールの中で並んでいた。両手を横に広げた恰好（かっこう）で。これから、音楽をかけて練習するようだ。

　電子楽器が作り出す効果音が流れると、子供達はその場でくるくる回り始めた。

　二人揃って反応していた。

「リトルマーメイド！」

「アリエルの歌！」

　二年前、小学校三年生の時に水葉ちゃん、いや、スイちゃんや他の子達と一緒に、初めて人前で演技した時の曲、Q;indiviの「Part of Your World」だった。

その時の自分達と同じように、目の前にいる子達は人魚姫・アリエルになりきってポーズを決めたり、リズムを取りながら泳いだり、集まって輪になったりしている。

「リトルマーメイド」は、元はディズニーのアニメだったのが舞台になり、日本では劇団四季が上演している。お母さん達がチケットをとってくれて、スイミングクラブの子達と一緒に、東京まで舞台を観に行った。

茜達が演技する時に使っていた「Part of Your World」は、日本人クリエーターが英語で歌う楽しいダンスナンバーだったが、舞台の曲は全然違った。歌詞も日本語で、そこで初めて歌詞の内容を知った。

アリエル役の女優さんが歌いながらふわっと浮き上がり、宙を泳ぐシーンでは、思わず「わぁっ」と声が出た。子供達は大喜びだった。でも、お母さん達はハンカチで目を拭っていた。

別に悲しい歌じゃないのに変なの。

人間の世界に行ってみたい。

行って、そこで歩いたり、踊ったり、散歩もしたい。

自由に生きたい。

人魚姫の夢と希望を歌った曲で、何でママや他のお母さん達が泣いていたのか分からなかったし、大人が人前で泣いていたのが衝撃的で、その理由も聞けなかった。

「めっちゃ懐かしい。あーちゃん、覚えてる?」

見ると、スイちゃんが音楽に合わせて振りをつけていた。

茜も一緒に右腕を上げ、曲げて、伸ばした。ここは背泳ぎで進んだ後、天上を突くように右脚を上げて、後ろにくるっと回るところだ。そんな脚の動きも腕で表現する。

「次！　本番であーちゃんが滑ったとこ！」

両手を広げてジャンプし、その場で一回転しながらスイちゃんが言う。

「あーん、やめて。それ、言わんとって」

茜は緊張していたのか、プールの底に着地した時に足を滑らせて、バランスを崩してしまったのだ。それで頭が真っ白になり、その後、自分がどうやって動いたのか覚えていない。後で動画を見ると、無意識のうちに手足を動かしていたようだけど、みんなから一拍遅れていたり、動きがスローモーだったりで、それが面白かったと未(いま)だにスイちゃんにからかわれる。

「ゾンビみたいやって、先生に言われたやん」

その時の茜の手の振りを、スイちゃんが真似(まね)た。

「やめてやー、しつこい！　もうっ、怒るで！」

軽く突いたつもりが、スイちゃんは後ろに転んだ。

「痛っ！　何も押さんでもええやろ！」

すぐに謝るつもりだったのに、立ち上がったスイちゃんがドンと押し返してきたから、意地になってしまった。

「そっちこそ！」

突き飛ばし合いをしていたら、マイクで「こらぁ！」と怒鳴られた。

びくりとして辺りを見回すと、プールの向かい側に怖い顔をした女の先生がいて、こちらを睨(にら)んでいた。

「そこの二人、どいてなさい！　邪魔！」

あまりの剣幕に半泣きになる。そして、スイちゃんと身体(からだ)をくっつけ合い、こそこそとプールサイドの隅へと移動した。

デュエットの小さい方

【陣内　茜】

二〇二×年五月　日本選手権水泳競技大会アーティスティックスイミング競技会場――。

プレスイマーによるルーティンが終わり、出番を待つ間、観客席から沸き起こる大きな拍手と歓声に、陣内(じんない)茜は唾を飲み込んだ。

屋内プールはむっとするような湿り気を帯びた空気と、塩素の匂いに包まれ、今はそこに色や形には現れない異様な熱気、選手や指導者、審判といった競技に関わる人々の不安や期待、緊張感が付け足されている。

これより、チームによる演技が行われる。

チーム競技は決められた八つの規定要素を順番通り、どれだけ正確にこなせるかを競うテクニカルルーティンと、自由に振り付けた演技で完遂度、難易度、芸術性を競うフリールーティンの合計点で勝敗が決まる。

今から始まるのはテクニカルルーティンで、自分達の一つ前に演技するのは、国内でも屈指の強豪「新宮(しんぐう)ＡＳＣ（アーティスティックスイミングクラブ）」のＡチームだ。茜達が所属する「スイミングアカデミー大阪」と同じ大阪府内にあり、数多の日本代表を育てた伝統あるクラブでもある。

中でもＡチームは選りすぐりの精鋭達で、美味しそうなフルーツを思わせる鮮やかな水着が、長い手足によく似合っている。

「わー」という歓声と、選手の名を呼ぶ声が観客席から沸き起こった。

デッキで行われる入水前の陸上動作で、一人の選手が片手側転を決めたところで、ホイッスルが鳴り響く。選手達はデッキの上でポーズを決めて静止。暫しの間の後、音楽が流れ始める。

和太鼓が胸を高鳴らせるようなリズムを刻む、「新宮ＡＳＣ」が得意とする「和」のテイストを前面に押し出した、いなせなルーティンだ。選手達は互いに顔を見合わせ、太鼓と手拍子に呼吸を合わせるように、順に水面に飛び込む。

潜水で水中を移動しながら、ジャンパーの下に潜り込む者、サポートする者が、それぞれのポジションに散る。

「せーの！」

「やっ！」

上昇したジャンパーは、両脇を支える選手達の頭に手を置き、掛け声を合図に後ろ向きに飛んだ。最高到達点で身体をＶ字に折り曲げ、素早く反転すると、真っすぐ水面に落下する。しぶきが飛び散り、わぁっと歓声が上がる。

「高っ！」

隣で見ていた内山彩夏が声を上げた。身を乗り出した拍子に、ゼラチンで固めた髪に差した飾りがキラリと光る。

「見た？　まるでサーカスや！」

彩夏が茜に向かって言う。目尻を撥ね上げるように入れたブルーのアイラインは、垂れ目の彩夏にはあまり似合っていない。

そうしている間にも、「新宮ＡＳＣ」の演技は続く。

ジャンプの後、素早くフォーメーションを作ったチームは今、足技で観客を魅了しているところだ。

一旦、水中に沈んだ選手達が両脚を伸ばしたまま胸の方へ引きつけ、水中バックパイク姿勢を取る。その姿勢から、垂直姿勢までスラストし、右腿を水面に平行になるように曲げてベントニー垂直姿勢、今度は曲げた膝を伸ばして、素早くスピンした。

チームテクニカルルーティンの最初の規定要素だ。上昇速度が速く、高さもある。

そして、フォーメーションを変えると、今度は二番目の規定要素、垂直姿勢からのツイストスピンを行った。地味に見えて揃えるのが難しいルーティンだが、八人の回転速度、水中に爪先が沈むタイミングもぴったりだ。

「はっ！」と掛け声と共にブースト、腕と脚を使って頭から水上に浮き出し、最高到達点で両腕を広げた。その後、選手達は立ち泳ぎで腕の動作を行いながら、素早く横方向に移動する。

「上手いよね。プールの全面を使いながら、集まる時はめっちゃコンパクトになってるし」

そう呟くのはスイちゃん、こと神崎水葉だ。目鼻立ちの大きな顔に濃いメイクが施され、いつも以上に華やかだ。

今、プールでは選手達が上向き水平姿勢で頭の方に移動していた。頭から上体を反らせて、サイクロンで垂直姿勢。水中から突き出た十六本の脚は、測ったように綺麗に静止している。その脚が音楽に合わせて前後に下ろされ、完全に百八十度まで開かれると、水面に八つの花が咲いたかに見えた。

音楽のテンポが変わり、選手の動きがより激しくなる。

それまでの菱形(ひしがた)のフォーメーションから、直線へと変化する。一番前の選手が両手を上げ、横向きに水中に沈むと、二番目の選手も続き、次々と同じ動作が繰り返される。続けて、今度は頭の方に移動しながら、前の選手から順に足技が繰り出される。同じ動きを連続的に行うカデンスアクションだ。

水中から脚を上げながら百八十度開脚するロケットスプリットの後、頭を水中に沈めたままで足技が続く。その状態で移動し、フォーメーションが円形になると、水面に立てた脚を円の内側に向かって順に下ろして行く。

フォーメーションを変える時にも細かな動きを入れて、ちゃんと連続性を持たせていた。

「ここ、めっちゃ苦しいで」

思わず漏らした声を嘲笑(あざわら)うように、選手達は笑顔で水面から顔を出す。長い足技の間、ずっと息を止めていた苦しさを感じさせないぐらいの清々(すがすが)しさだ。

「うわ、ここに入れてくる?」

選手達が二つのグループに分かれ、二度目のアクロバティック動作が行われようとしている。演技冒頭のジャンプのような度肝を抜く高さはないが、ジャンパーの動きが揃っていて綺麗だ。

何より、ルーティン後半の疲れてくるシチュエーションでの大技は、審査員へのアピールに繋がるだろう。

大太鼓が連打され、バチが胴部分を「カッカッ」と叩くリズミカルな音が、フィニッシュまでの残り時間を刻んでゆく。笛の音がひゃらりひゃらりと軽快に会場内を舞い、威勢のいい掛け声が場内の空気を揺さぶる。

きびきびとした動きは乱れる事なく続き、残る二つの要素、マンタレイハイブリッドも、バラクダエアボーンスプリットも続けざまに決まった。

そこから、十秒以上の足技が繰り出される。

「凄い。こんな難しい流れやのに、全然疲れてへん。物凄いスタミナ」

曲に挿入された「おうっ！」「はっ！」という掛け声が、まるで選手を後押ししているようだ。

最後に左手を高々と突き上げてポーズを決めた八人は、その姿勢のまま水中に沈んだ。

全てのルーティンを終えた「新宮ＡＳＣ」の八人は、プールサイドに向かって平泳ぎを始めた。それまで激しく水しぶきが飛び、波立っていた水面が、徐々に元の静かなプールへと戻ってゆく。

暫しの静寂の後、電光掲示板に点数が灯った。

エクスキューション、インプレッションが共に二十五点台で、エレメンツも三十点を超えた。合計点は八十三点台と、これまで演技したクラブの中で最高点を叩き出していた。

「やっぱり、今年も優勝は『新宮ＡＳＣ』か……」

点数を読み上げるアナウンスが流れる中、そんな声が何処からか聞こえた。

デッキで横一列に並んで採点を待っていた「新宮ＡＳＣ」Ａチームの面々は、誇らしげに胸を張り、ポーズを決めた。水中での演技だけでなく、陸上での動作や態度までもがオーラを放ち、他のクラブを圧倒している。

特にチームでは連覇がかかっているせいか、曲も衣装も大胆に変えて、いつも以上にテクニカルルーティンを磨いてきた。各要素の姿勢や微妙な角度、タイミングも合っていたし、疲れが出る演技後半になっても姿勢の崩れはなく、スピードも落ちなかった。

茜は自分の足元に目を落とし、ため息をついていた。

——それ以前に、脚の長さが違うしなぁ……。

さっき、通りすがりの誰かに「デュエットの小さい方」と小声で陰口を叩かれたのを思い出す。

チームの中では、茜が一番身長が低かった。一六〇センチあるかないか。高校二年生にもなれば、さすがにもう背は伸びないだろう。

顔を上げると、腕組みをしてプールを見ている佐藤早苗(さとうさなえ)コーチの姿があった。微動だにしないその姿からは、何を思っているか読み取れない。

「ほらほら、人の事はええから」

ざわめくメンバーに向かって、ぴしりと声を飛ばしたのはスイちゃんだった。

「いつもコーチに言われてるやん。やってきた事が、そのまま本番に出るって。あれだけ練習したんやもん。自信持って行こ」

急に弱気になるメンバー達に、スイちゃんは「イケる、絶対にイケる」と繰り返す。

実は、午前中にスイちゃんと一緒に出場したデュエット・テクニカルルーティンで、茜は失敗していた。そこから気持ちを立て直す時間もないまま、次の種目に挑むのだ。今も脚が震えて、膝から下の感覚がなくなっている。

「十二番。『スイミングアカデミー大阪』。……内山彩夏さん、神崎水葉さん、陣内茜さん……」

自分の名が呼ばれたのを、まるで他人事のように聞いていた。

＊

三日後、スポーツランド森ノ宮――。


「茜、分かってるよね？　言われなくたって」

佐藤コーチの声に、茜は下を向いた。

張りつめた日々から解放された身体は、ぼうっと熱をもったように怠かった。

一昨日、日本選手権の全てのプログラムが終了した。一日の休養日を挟んだ今日、チームのメンバーは練習前に集められた。大会を振り返る反省会を行う為に。

「茜？　聞いてる？」

「……はい」

俯いたまま、顔を上げられなかった。

デュエットとチームの二種目で、それぞれテクニカルルーティンとフリールーティンに出場した茜だったが、いい所が一つもなかった。

一日目のデュエット・テクニカルルーティンでは、スピンで三百六十度回り切れなかった失敗が尾を引いて、身体が思うように動かなくなった。挽回しようと挑んだ残りの種目でも精彩を欠いた。

「高さが足りなかったし、腕の振りもみんなと合ってなかった。表情も硬かった」

そのせいかどうか、デュエット、チーム共に昨年より順位を落としてしまった。

「いつも言ってるよね？　失敗を引きずらないように。気持ちを切り替えようって」

佐藤コーチは、日本代表のキャプテンとして世界で戦った経歴を持ち、まだ三十代という年齢だからか現役感を残していた。その佐藤コーチを指導したのが、長年にわたってナショナルチームのヘッドコーチを務め、現在は「新宮ＡＳＣ」で代表として指導力を振るう新宮典子（のりこ）コーチだ。

新宮コーチの教えを受ける為に、佐藤コーチは中学生の頃に親戚を頼って、一人で大阪に引っ越してきたというのだから本当に凄い。それだけに、佐藤コーチの教え方も新宮コーチ譲りの厳しさだ。

つまり、超スパルタ。

うっかりしていると、「私が選手時代は」と叱（しか）り付けられ、動く傍（そば）から注意が飛ぶ。

「私達の最大の目標は八月のチャレンジカップとジュニアオリンピックで、日本選手権はそれに準じる目標だった。失敗を恐れて小さくまとまるんじゃなくて、思い切りのいい泳ぎで、ジャッジにアピールして欲しかったの。でも、だからってミスしていいってもんじゃない。みんな、考えて。どうすれば茜のミスを防げたか。水葉」

当てられたスイちゃんが、項垂（うなだ）れている。

「ペアを組む私が、もっと気ぃつけるべきでした」

「具体的に」

「あーちゃんが緊張せえへんように、始まる前に声かけるとか……」

　佐藤コーチの視線が動く。

「彩夏」

　茜やスイちゃんと同い年の彩夏は、何かを考えるような顔をしていたが、結局はスイちゃんに同意した。

「私も水葉と同じ意見です。結束力を高める為に、何かやった方が良かったと思います。円陣を組むとか……」

「ここって、仲良しクラブだっけ？」

　そう言って、コーチは肩をすくめた。

「私、『仲間』とか『結束』って言葉が大嫌い。隣の人より水面に高く身体を出そう、誰よりも脚の線を綺麗に見せよう。一人一人がそれぐらいの気概を持ってたら、失敗なんかしない。そうじゃない？」

　場がしんと静まりかえる。

「大会の後だから、今日の練習は軽めにしておこうと思ったけど……」

　佐藤コーチは口をへの字にしたかと思うと、静かに言った。

「たるんでるみたいだから、強めにやろうか。アップもタイムを計って……。設定タイムを切れなかった子は、できるまでやり直し。その後、潜水を百メートルに、錘(おもり)を付けて立ち泳ぎを四本」

（えー！　大会が終わったばっかりやのに？）

誰も口にしないが、言葉を呑んだのが分かる。

不服そうな皆の態度が、佐藤コーチの怒りの火に油を注いだ。

「あなた達は仲間なんでしょ？　だったら、一人のミスは全員のミス。みんなで責任をとってちょうだい。ほら、早く着替えて。十分後に集合ね」

コーチの声に背中を押され、小走りで更衣室へと移動し、水着をバッグから取り出す。ロッカーを開け閉めする音や、衣類を脱ぐ時の仕草に、みんなの苛立ちが表れていた。今にも「何で私らまで？」と聞こえてきそうだ。

「……ごめん。私のせいで……」

小さな声で呟く。

「気にせんでええよ。コーチ、今日は機嫌が悪いんやろ」

「その日の気分で指導せんとって欲しいわ。茜も災難やな」

慰められると、余計に惨めになった。

「やめよ」

突然、スイちゃんがパンと手を叩いた。

「さっき、コーチから仲良しクラブって注意されたやん。傷の舐め合いは良くない」

そして、一人ずつの顔に視線を向けてゆく。

それまで半笑いで茜を慰めてくれていたメンバー達が、さっと顔を引き締めた。

スイちゃんは昨年、全国選抜ジュニアの強化合宿に呼ばれた有望選手であり、「スイミングアカデミー大阪」のエース、クラブ内でも絶対的な存在だ。

「さぁ、気持ち切り替えて。元気出して行こ！」

嫌な空気を振り払うように、スイちゃんはパンパンと手を叩くと、「さぁ、行って！ ゴー！」とおどけるような仕草で、一人ずつ更衣室から追い立てた。

最後にスイちゃんと茜が残された。

「デュエット、次こそは頑張ろな！ あーちゃんやったらできる」

「うん……」

「あかん。顔が暗いで」

頬を両手で摑まれ、唇を横に引っ張られる。

「ほら、笑って！ 笑って！」

吊り上がっていたスイちゃんの目が、垂れ下がる。

「変な顔」

にやにやしながら言うから、茜もつられて一緒に笑ったが、摘まれた頰がやけにヒリヒリした。

*

——そろそろ練習は終わったかな？

壁にかかった時計を見ていた。

本当なら、今頃はクラブで練習しているはずが、茜は病院にいた。やたらと人が多く、随分と待たされた後、先生が紫色になった足の小指を見て、「あー、レントゲン撮りましょう」と言った。

「茜ちゃん。これ、かなり痛くない？」

五十歳ぐらいのドクターが、馴れ馴れしく「ちゃん」付けで呼んできた。そのドクターの卓上に置かれた液晶モニターに、レントゲン写真が映し出されている。

「……痛いですけど、でも、我慢すれば歩けるんです」

「やっぱり若い……。あのね、ヒビが入ってるよ。ここに二本」

ボールペンで、それらしき箇所を指す。

心の中で「あーあ」と呟いていた。

昨日の居残り練習中、隣を泳いでいた子と足の甲が接触してしまった。ぶつけた瞬間はかなり痛かったけれど、水中では動けたし、そのまま練習を続けていた。そして、ぶつけた事をすっかり忘れてプールサイドに足をついた時、痛みと共に腫れぼったい感触がした。

その日はママが運転する車で自宅まで戻り、一晩寝たら治ると思っていたら、朝には右足の甲から小指にかけて皮膚が真っ青に変色し、痛みも強くなっていた。それでも、まさか折れているとは思わず、単なる打撲だと思って普通に練習に参加するつもりだった。それが、茜の足元を見たコーチに、「今すぐ病院に行って」と追い返された。

「あなたが折ったとこね、骨がくっつきにくい場所なんだよ。保存療法だと全治三ヶ月。手術すれば、もう少し早く治るかな」

さーっと、血の気が引く音が聞こえた。

ちょっとぶつけただけなのに。

それも、ほんの一瞬。

骨って簡単に折れるんだ。

色んな言葉が次々と頭に浮かんできて、そして「困った」と思った。足の指は立ち泳ぎする時に使う大切な場所なのに。いや、それより今、全治三ヶ月って言わなかった？

「泳いでいいですか？」と尋ねると、びっくりされた。

「競技をやってるんです。大会も近いし、手術で早く治せないですか？」

「大会って、いつなの？」

「えっと、八月」

「年齢は……十六歳。難しいなぁ。成長が止まった大人だったら、ボルトを入れるんだけど……」

カレンダーとカルテを見比べながら、ドクターは唸った。

「とりあえずギプスにしとこうね。学校に行く時は、こっちの足だけサンダル履いて。松葉杖はレンタルでいいでしょ。はい」

そして、痛み止めを処方された。

駐車場の車の中で待っていたママが、松葉杖をつく茜の姿を見るなり運転席のドアを開け、駆け寄ってきた。そして、後部座席のドアを開き、座るのを手伝ってくれた。

いつからかママと二人で車に乗る時は、後部座席が指定席になった。きっかけはくだらない事で、疲れていたかコーチに叱られたかした日の帰り道に、どうでもいい事を煩く聞かれて、返事をしなかったらママがキレた。運転中に怒鳴り始めた上、余所見までしたせいで危うく事故を起こしかけ、以来、お互いの為に助手席に座るのをやめたのだった。

「で、先生はどう言うてるの？」

エンジンをかけながら、ママが聞いてきた。

「治るのに三ヶ月かかるって」

ママが言葉を呑んだのが分かった。そして、無言のまま車を発進させる。

茜が座っている場所からママの表情は見えない。だが、見なくても分かる。能面のようにのっぺらとした顔になっているのが。

確かに、立て続けに大会のスケジュールが入っているこれからの時期、医者の言いつけ通り何ヶ月も休んでいたら、確実にメンバーから外される。

スマホを見ると、スイちゃんからLINEが入っていた。

〝今、診察が終わったとこ〟

そう返信すると、すぐに既読になり、新たなLINEが届いた。

〝紗枝（さえ）のヤツ、落ち込んでた。自分のせいだって〟

昨日、ルーティンの練習中に足がぶつかった相手だ。

一つ年下の紗枝は、身長が一七〇センチという恵まれた身体を持っていて、まだ経験は浅いけど、期待されている選手だ。

〝仕方ないやん〟

そう書いたところで心臓がばくんと跳ね、急に息苦しくなった。

茜はスマホを握ったまま、きつく目を閉じた。

「聞いてる？　茜？」

ママが何か言っていたらしいが、聞いてなかった。

「スマホばっかり見て」

返事をせずにいたら、機嫌を損ねてしまった。車内に流れていたラジオの音量が突然、大きくなる。

座席に背中を預けているうちに、やがて動悸(どうき)はおさまった。ゆっくりと目を開き、片手でスマホを操作する。自然と動画サイトを開いていた。

最近のお気に入りは、「〈Vlog〉ぼっちJKの地味な日常」だ。

オープニングは猫の鳴き声で始まり、テーマ曲が流れる。軽快なタンゴの調べに乗って、猫がテーブルの下を駆けて行ったり、椅子に飛び乗る姿が映る。そして、今日の動画のハイライトが幾つか流される。

オープニングが終わると画面が暗転し、白い文字が浮かび上がった。

〈うちの猫は今日も元気。学校は休みなのに、いつもの時間に起こされた〉

スリッパを履いた足に、猫がまとわりついている。ピンと立てた尻尾(しっぽ)の先が丸い瘤(こぶ)のようになっている。

〈何なの？　ご飯？〉

「〈Vlog〉ぼっちJKの地味な日常」は、字幕で進めて行くスタイルで、発信者〈ぼっちさん〉は顔も声も出さない。

〈眠いけど、猫にご飯をあげたら、自分の朝ごはんを作ります〉

冷蔵庫を開ける女の子が〈ぼっちさん〉だ。ふんわりしたAラインの服を着て、冷凍庫の中をごそごそとやっている。

キッチンの壁には白いタイルが貼られ、ナチュラルテイストの家具で統一されている。

〈今日はイチゴとラズベリー、バナナにしよう〉

テーブルの上に置かれたのは、何種類かのフルーツを一緒に凍らせたジップロックだ。窓から光が差し込む中、ブレンダーに牛乳とジップロックの中身が注がれ、瞬く間にピンク色のスムージーが出来上がった。

「あぁ、美味しそう……」

「何か言うた？」

茜の呟きが耳に入ったらしく、ママが前を向いたまま聞いてきた。ラジオの音量が絞られる。

「何でもない。怖いから、運転に集中してて」

「失礼な。ちゃんと集中してるわ」

――そんな事を言って、このあいだはお喋りに夢中になって、信号無視してたやん。

同乗していたパパが、大声を出して怒っていた。

「茜こそ、車の中でスマホ見てたら酔うで」

イヤホンを耳に突っ込み、ママの言葉を遮る。

動画は今、スムージーのグラスを手にした〈ぼっちさん〉が、手作りケーキを切ろうとしているところだ。

〈試しに芥子（けし）の実を入れてみました〉

手際良くケーキを切り分ける〈ぼっちさん〉の手は白く、自分と同じ高校生とは思えないぐらい、大人っぽく映った。

――どんな人なんやろ？

その存在はミステリアスで、茜には想像がつかない。

動画のエンディングは毎回、ちょっとした一言で終わる。今日は「雨は必ず止（や）むよね？　休養のチャンスだと思って、今はのんびりしようよ」と締められていて、まるで自分の事を言われてるみたいだと思った。

　コメント欄には「今回も癒されました」、「毎回、更新が楽しみです」と連なり、時には相談事が綴られていたりする。

　――あ、また、変なのが来てる。

　コメント欄を読むうちに、それが目に入った。

〝君って本物の女子高生？　一人暮らしなの？〟

〝会いたいから連絡下さい〟

〝パパ活しませんか？　当方、年収一〇〇〇万円。ＩＴ企業に勤めてます〟

　こんな書き込みをされる〈ぼっちさん〉を気の毒に思いながら、茜もコメントをつける。

〝いつも楽しみにしています。最後の言葉にジンときました〟

　本当はもっと長文の感想とか、他の子達のように悩み事を書いてみたかった。毎回じゃないけど、たまに〈ぼっちさん〉が答えてくれたりするから。でも、勇気がない。なので、いつも無難な書き込みで済ませてしまっていた。

　茜の登録者名は〈エビニャー大好きっ子〉だ。

　――〈ぼっちさん〉も「モフモフ商店街」が好きだといいな。

　そして、バッグにつけたエビニャーのマスコットを撫でた。エビニャーは癒し系のファンシーグッズ「モフモフ商店街」のキャラクターの一つで、エビフライの着ぐるみを着た猫の名前だ。

　バッグにはエビニャーとは別に、フェルトで作った人魚のストラップがぶら下がっている。髪飾りと胸を覆ったビキニ、魚の鱗の部分にビーズやスパンコールが縫いこまれていて、それは大会での健闘を祈って、保護者一同が出場選手の為に作ってくれたマスコットだ。貰った時は嬉しくてテンションが上がったけれど、最近は見る度に苦しくなる。

今の私は人魚ではない。

プールに入るのが、泳ぐのが辛くてしょうがない、そんなマーメイドはいない。

【神崎水葉】

後ろで一つに縛った髪を、キャップの中にたくし込む。その上からゴーグルを付けてプールサイドに足を踏み入れると、先に集まっていた中学生達の声が一斉に飛んだ。

「おはようございますっ！　水葉先輩！」

「よろしくお願いしまーす！」

ここに入ったばかりの頃、周りは年上の子ばかりで、声をかけられる時は「水葉」とか「水葉ちゃん」だったのが、いつしか「先輩」と呼ばれる立場になった。

後輩の挨拶に笑顔で応えながら、首をぐるりと回す。

鉛でも入れられたかのように、身体が重い。キャップを脱ぎ、ゴムで縛った髪を一旦ほどいて結び直した。そして、左右に首を倒し、次にぐるりと回す。続いて、胸を張って肩甲骨を寄せ、その後でぐるぐる回して凝りをほぐす。

最初はごりごりっと音がしそうだったのが、やがて滑らかに動くようになった。

――やっぱりトレーナーさんに診てもらお……。

大会が続いて忙しかったのもあり、ケアをサボっていた。

アースイの年間スケジュールは、大まかに試合期・移行期・準備期の三つに分けられる。水葉達にとって試合期の始まりは、日本選手権が開催される直前、四月の下旬となる。

選手達は大会で得たポイントによってランキングが決まり、中でも十五〜十八歳の選手はジュニア日本代表に入れるかどうかを争うのだから、どれ一つとして気が抜けない。大きな大会を一つ消化した今も、ほっとする間はなかった。

正面に見えるデジタル温度計が、二十八度を表示していた。

屋内プールの適温は、一般的には三十度前後とされているが、それよりは少し低い。激しく動く選手達の体温が上がるのを防ぐ為に、競技用のプールの水温は低めに設定されているのだ。

プールでは今、彩夏がコースロープを外しているところだった。中学生の子達が手分けして、それらを端に寄せて行く。手伝いに行こうとした時、佐藤コーチに呼び止められる。

「茜、暫く休むって。足の指が折れてるらしいのよ。全治三ケ月だって」

息が止まりそうになった。

――三ケ月?

「そう……ですか?」と答えるのが精一杯だった。

「足の指を一本折ったぐらいで練習を休むんだよねぇ、今の子は……。私が現役の頃は、少々の怪我だったら隠して練習してたわよ。練習時間のほとんどは水に浮いてるんだよ? 我慢できない事ないよね」

さらっと怖い事を言うから、言葉を失う。

「茜はうちのナンバーツーで、デュエットにも出場してるんだから、そんな理由で休まれちゃ下の子に示しがつかない」

ソロとデュエットは誰もが出場できる種目ではない。ブロック大会で高い標準得点を通過する必要があり、いわば各クラブチームの顔なのだ。マンツーマンで指導を受ける機会も多く、コーチの要求も厳しい。

「ま、紗枝が何ともなかったから良かったけどね」

紗枝は今、外されたコースロープをプールサイドに引き上げているところだった。

「あの子は身体も大きいし、呑み込みもいい。茜も休んでる場合じゃない」

紗枝に目をやりながら、コーチは満足そうに頷く。

「最初にうちに来た時、まさか、ここまで成長するとは思わなかった。小学五年生の初心者なんて、本当だったら断るんだけど……」

コーチの視線が動いた。その先にはガラスで遮られた座席があり、ゆうに一八〇センチを超す大柄な男の人が座っていた。紗枝のお父さんだ。

この競技で上に行く選手達は、小学校に上がってすぐに始めているのが普通だった。アーティは覚える事が多かったし、水を摑む感覚は、子供のうちでないと習得できないと言われているからだ。

だが、紗枝の父親はオリンピックにも出場した競泳選手だ。親から引き継いだ身体能力と遺伝子に期待されて、紗枝は入門を許されたのだった。

「茜は間に合いそうにないから、ジュニアオリンピックは紗枝で行くよ。今から急ピッチで合わせて行くから、そのつもりでね」

紗枝はデュエットの補欠だった。あーちゃんが怪我をした以上は紗枝とペアを組むのが自然な流れだが、やっぱり諦めきれない。

「あーちゃんの怪我、意外と早く治るかもしれへんし……」

医者の診断は大袈裟だったりするし、あーちゃんの事だから絶対早めに復帰してきて、間に合わせようとするだろう。

だが、佐藤コーチは背中を向けた。

「うかうかしてたら、水葉も紗枝に追い越されるよ……。集合ーっ！」

号令と同時に激しい水音が屋内に反響した。プールのあちこちに散らばっていた子達が、クロールでコーチの前に集まってきたのだ。

足元に広がる水面に目をやると、波紋が複雑な模様を描き出していた。見慣れた光景のはずなのに、それが蛇の鱗のように禍々（まがまが）しく見える。

（私らもペアで、『アースイ』って呼んでもらうねん）

あーちゃんとは単にデュエットを組んでいるだけでなく、子供の頃から励まし合ってきた親友であり仲間、ライバルだった。

ただ、成長するにつれ、身長が低いあーちゃんは高さを出すのに苦労するようになり、一時はそのせいでチームの年上の選手達と動きが合わない事が増えた。

以前、そりの合わない指導者から、あーちゃんが無視され続けていた時など、水葉はあまりに悔しくて、クラブが休みの日も二人で猛練習をした。その甲斐（かい）あって、あーちゃんがクラブ内のライバル達に打ち勝ち、水葉のペアに選ばれた時は、二人で涙を流して喜んだ。

確かに自分達をここまで育ててくれたのは、佐藤コーチを始めとした「スイミングアカデミー大阪」のコーチ達だ。だけど、その陰で二人で努力を続けてきたのも事実なのだ。

それだけに、ペアの相手が変わるのを頭では理解できても、心の底では納得できなかった。

「アップ始めるよー。位置について」

高い天井にコーチの声が轟く。

——駄目！　今は練習に集中！

ゴーグルを着用し、プールの短辺に立ったら、頭上に腕を伸ばして指先を交差。その姿勢のまま腰をかがめ、水中に飛び込む。指先から入水し、浮上したところでクロールに切り替える。最初はゆっくり。身体が温まったところで、徐々にスピードを上げてゆく。

プールの壁が近づくと、水中で上半身を折り曲げ、ターンの姿勢をとる。屈曲し、力を溜めた脚でプールの壁を思いっきり蹴る。ブレスト、バック、バッタと一通り泳いで、アップを終了する。

そして、身体が温まっている間に、水中で柔軟体操だ。壁を使っての開脚を二人一組で行い、それが終わったらプールの壁を利用して倒立の補正をしたり、二人一組になってバレエレッグの練習だ。

一斉にバレエレッグを行うさまは壮観だ。

仰向けに身体を浮かせたら、ペアになった相手に片方の脚を持ってもらい、反対側の膝を曲げてゆく。ベントニーの姿勢だ。そのまま暫く静止したら膝を伸ばし、脚を水面に対して直角に立ち上げる。その間、水中では腕で水を掻いてバランスを取る。膝を持ち上げた分、腰に重みがかかるから、肘から先を強く、滑らかに動かさないと沈んでしまう。

それだけでなく、お腹の上には五〇〇ミリリットルのペットボトルが置かれ、そのボトルを倒さないように、脚を上げ下げしないといけない。

それが終わったら、次はプールの中央に集まり、垂直姿勢でスピンの練習だ。両脚を揃えて真っすぐ水面から突き上げたら、手の掻きを強くして一定の高さを維持する。そして、その姿勢のまま足首が水面に達するまで、回転しながら下降する。

「左脚と右脚のライン真っすぐに！　ほら、沈む時は一定したスピードで！　そこ、両脚の間に隙間ができてるよ！」

プールサイドから、マイクを手にした佐藤コーチの声が飛ぶ。

「水葉！　身体がブレてる！」

コーチの声に、はっと我に返る。

いけない。

でも、いつものように練習に集中できない。

「緩まないように、しっかり身体を締めて！」

何度目かの注意を受け、水葉は考えるのをやめた。脳に負担がかかると、パフォーマンスに影響すると聞いた事があったからだ。暫し心を無にする。

お昼の休憩前に、佐藤コーチがあーちゃんの状態を知らせる。

「……そういう訳で、今後は補欠を入れて競技会を消化するので、そのつもりで」

そして、デュエットの相手があーちゃんから紗枝に代わると発表されると、皆がさり気なく紗枝を見て、すぐに視線を外した。その様子に気付いたコーチが、フォローした。

「紗枝が責任を感じる事はない。この競技で手や脚が接触するのはお互い様だし、済んだ事を言ってもしょうがない」

きつく唇を結んだ紗枝の頬が紅潮している。

気まずい空気が流れる中、視線だけがきょろきょろと行き交う。

話が終わると、ようやくお昼ご飯だ。ジャージに着替えて、プールサイドのベンチでお弁当を開く。

「その緑色の物体は何？」

水葉が手にした食べ物に、彩夏が不審そうな目を向けてくる。

「アボカドのタルタル……とか言ってた。潰したアボカドとサラダチキンを一緒に挟んでる」

作ってくれたのは、神崎家に雇われている藤田（ふじた）さんという女性で、サンドイッチの他に、今日は色んな野菜を使ったスープをたっぷりと用意し、ジャーに入れて持たせてくれた。

うちに来る前は「料理教室の先生をしていた」という藤田さんは、流行（はや）りを取り入れた料理が得意だ。日によってスパムや玉子焼きを挟んだ特大のおにぎり、ホットドッグなど、箸（はし）やフォーク類が不要な食事を用意してもらっている。

体調がいまいちな時や、きつい練習が続くと食べ物が喉につかえたりするけど、そんな時でも藤田さんの料理なら食べられる。

たまに母がお弁当を作ってくれる事もあったが、やっぱり藤田さんにはかなわない。水葉の希望で、練習中に食べるお弁当だけは、必ず藤田さんに作ってもらっていた。

彩夏が、「私のおにぎりと交換して」と言ってきたのを、ぴしゃりと撥ねのける。

「ちゃんとカロリー計算して、作ってもらってるから」

「あっそ……」

彩夏は白けた顔をした。

「何か、カリカリしてない？　もしかして、メンバーチェンジの事？」

「別に」と言うと、彩夏は声を潜（ひそ）めた。

「あの子、わざと茜を蹴ったんとちゃう?」

彩夏のあからさまな言い方に、ぎょっとする。

「コーチも言うてたけど、手とか脚がぶつかるのなんか、ようある事やん」

平静を装って彩夏を諫めたが、心臓が跳ねていた。

確かに、紗枝は以前から他の子達と、しょっちゅう接触していた。チームルーティンは、レベルが上がれば上がるほど選手間の距離が近くなる。

紗枝は背が高く、手足が長いから仕方がない。紗枝があーちゃんに近づき過ぎたのも、脚がぶつかったのも、わざとじゃない。不運な事故。そう考える他ないのだ。

昼食を食べ終えた後、いつもなら付き合う雑談にも加わらず、一人で更衣室に籠った。

「あーちゃん、はよ戻ってきて」

人気のない更衣室で膝を抱きながら、水葉は小さな声で呟いた。

風変わりなクラスメート

【陣内　茜】

プールの縁に立ち、爪先を水に浸ける。

かっと照りつける太陽が眩しく、屋内プールとは違った開放感がある。久しぶりのプールにちょっと楽しくなって、足でばしゃばしゃと水を撥ねさせた。

足の指を折った後、暫くは松葉杖の生活で、ギプスが外れた後も体育の授業は休んでいた。でも、プールなら大丈夫。久しぶりに泳げるかと思うと、心が自然と躍る。

「西島！」

突然、飛び込んできた大声に、目をそちらにやる。

「去年は生理や何やと言うて、ずっとプールの授業をサボってたらしいな」

体育科教員の重田先生だ。大柄な体型のせいで、生徒から「オモ田」と呼ばれている。

叱られているのは同じクラスの西島さんだ。抜けるように肌の色が白く、痩せているのが、水着になるとよく目立つ。運動神経が鈍いようで、体育の時間にはよく先生から注意されている子だ。

「だいたい、何で生理が続けて一ヶ月あるねん？　そんな嘘、俺には通用せえへんぞ。その髪の毛も何や？　ちゃんとキャップの中に入れろ」

髪を摑まれそうになった西島さんが、後ずさる。

「マツリビ、また怒られてる」

「あーあ、目ぇ付けられたんやなぁ」

近くにいた子達がヒソヒソと喋っている。

マツリビというのは、五人姉妹の女の子達の戦隊物「シスターズ・ユイ」に登場するキャラクター・由比祀妃の事だ。腰にまで届きそうな長い髪をいつも両サイドでくくっているのや、縁の赤い眼鏡をかけているのが西島さんっぽいので、クラスの子達はこっそり西島さんを「マツリビ」と呼んでいた。

五人姉妹の四女である祀妃は、虚弱体質のせいで常に身体の具合が悪い。肝心な時に戦士として出動できない代わりに、IT関係にはめっぽう強いというキャラクターだ。そんなところも、休み時間に一人で過ごしていたりする、寡黙な西島さんと被る。

「鬱陶しいよなぁ。オモ田のヤツ」

「安奈とか華子とか、派手めのグループの子と喋ってる時と、明らかに態度が違うし」

「マツリビが、ちょっと可哀想」

そう言いながら、誰も庇おうとしない。中にはクスクス笑っている子もいる。

味方がいない、孤立している生徒。わざわざそういう生徒を狙って、晒しものにしているのだ。

自分が叱られている訳でもないのに、段々と気分が悪くなってきた。

――弱い者苛めやん。女子生徒相手に威張って、そんなに嬉しいんか？

オモ田には茜も以前「染めてるんか？」と、プールの水で脱色されて茶色くなった髪について小言を言われた。その時の屈辱を思い出してムカムカしていると、いきなり名前を呼ばれた。

「陣内！」

「あ、はい」

慌てて返事をする。

「お前、怪我してるんやろ？　今日は無理せんでええぞ」

てっきり自分も何か注意されるのかと思いきや、そうではなかった。「大丈夫です。泳げます」と言おうとしたら、その前にオモ田が言った。

「代わりに、西島の面倒を見たれ。こいつ、泳がれへんらしいわ」

傍にいる西島さんは、屈辱に耐えるように表情を殺していた。

「え、は、はぁ？」

予想外の事を言われ、間の抜けた声を出していた。

オモ田は首から提げていたホイッスルを吹き鳴らす。

お喋りしていた生徒達がオモ田の前に並び、指示を聞いた後、次々とプールに飛び込んで行った。

プールサイドには西島さんと二人、ぽつんと残された。西島さんは無表情のままで、こちらを見てくれない。

――どうしよ。あんまり喋った事ない子やのに……。

スイミングスクールで小さな子の練習を見た経験はあったが、さすがに泳げない高校生を相手にするのは初めてだ。

「えーっと、最初は壁を使ってバタ足から練習しよか。今から私がやって見せるな」

そう言って、水に飛び込むとバタ足のお手本を見せる。

「膝は曲げずに脚は真っすぐ。そのまま水面を叩くように」

西島さんはプールサイドから見下ろしてるだけで、水の中に入ろうともしない。

「あの、とりあえず、こっち来て」

西島さんはプールサイドに腰かけ、そろそろと水の中に入る。

「プールの縁に手をかけて身体を浮かせて。そう……」

西島さんの足首を持って、茜がバタ足の動きを教える。

「こんな風に、上下に動かすの。あ、膝から下は曲げんと……」

その後はビート板を使い、前に進む感覚を覚えてもらう。

西島さんは顔を水に浸けるのが嫌なのか、どうしても顎を上げてしまう。そのせいで、上手く水面に浮く事ができず、すぐにプールの底に足をついてしまう。

「まずは身体を浮かせてみよ」

ビート板をプールサイドに放り投げ、西島さんの両手をぎゅっと握った。余程驚いたのか、西島さんはそれまで虚ろだった目を大きく見開いた。

茜はプールの底から足を離して水を蹴り、後ろ向きに泳ぎ始めた。その動きにつられて、西島さんの足もプールの底から離れる。

「ちょっと、待っ……」

「大丈夫。絶対に手を離せへんから、そのまま顔を浸けて、プールの底を見て。違う。私の顔を見るんとちゃう。そうそう。ほら、楽に浮けるやろ」

そして、握っていた手を、ゆっくりと開く。

「ほら、できたー」

西島さんの身体が真っすぐになり、うつ伏せの姿勢で水面に浮かんだ。だが、次の瞬間、腰が引けてしまい、バランスを崩す。それでも何度か浮く練習をするうち、手を離しても浮かんでいられるようになった。

「ほんなら、そのまま足を動かしてみて。さっきやったみたいに、膝を曲げずに伸ばしたまま、パタパタと水面を叩くように」

最初は茜が手を引っ張って、そして暫くすると自力で五メートル程度なら泳げるようになっていた。

「凄ーい。ちゃんとできたやん!」

西島さんの唇が紫色になっていたから、一旦プールサイドに上がって休憩する事にした。

「今のバタ足に手の動きを付けたらクロールになるねん。簡単やろ?」

「……はい」

やけにかしこまった返事に、ちょっと戸惑う。

「段々と泳げる距離が伸びたら、楽しなるよ」

泳げない子供達は、最初は決して離すまいと茜の手をぎゅっと握っていたのが、水に浮かぶ感覚を覚えると楽しくなるらしい。そのうち「自分で泳げる」と手を振り払うようになり、どんどん成長してゆく。

「陣内さん」

自分で自分の肩を抱くような姿勢で、西島さんが声を発した。

「ありがとうございました」

あさっての方向を見ながら言う。礼儀正しい言葉遣いとは裏腹に、ちっとも感謝してなさそうな態度に呆れ、つい笑ってしまったら、睨まれた。

授業は、あと十分ほどで終わる。

黙ったまま隣り合っているのも気まずかったから、「ちょっと泳いでくるね」と断って、茜はプールに飛び込んだ。他の子達は今、一人ずつ二十五メートル泳いでは、オモ田に採点されている。

その手前のレーンでは、泳ぎの苦手な子達が練習していた。

邪魔しないように、人が少ないレーンに入り、仰向けの姿勢で身体を浮かべた。綿飴みたいな雲が所々に散った初夏の空が、真上に広がっている。

爪先を伸ばすと、両腕をバンザイの形に開き、頭の上でバイバイするように水を掻いた。スカーリングのひとつ、トーピードだ。体が爪先の方向に進む。

調子よく水を掻いていると、前を泳いでいた子が立てる水しぶきの音が近づいてきた。追い抜かないように、手の動きを止める。

プールの水で顔を洗われながら、空の雲が後ろに下がって行くのを見つめる。

重力の束縛から逃れたような浮遊感を楽しんでいると、諸々の雑念やストレスが溶けてゆく。

私は何て自由なんだろう。

同じ動きをしていても、チームの仲間との練習中には感じた事のない解放感を今、茜は味わっていた。

(何で生理が続けて一ヶ月あるねん？)

だしぬけにオモ田の怒声が脳裏に蘇り、はっとした。

茜の競技生活に翳りが出たのは、高校に上がった年の夏休み、他の子達よりずっと遅くに生理が始まった頃だ。それまで幾ら食べても太らなかったのが、体重管理が難しくなった。そのくせ貧血気味で、自分の身体が自分のものではないような感覚に、ずっと悩まされている。

それだけでなく、先輩達が競技を引退した後、チームに入ってきた年下の子達のレベルが高く、以前よりプレッシャーを感じていた。

今年もスイちゃんとのペアに選ばれたものの、下から追い上げられる感覚は日増しに強くなっていた。

怪我で大会に出場できないのは残念だし、悔しい。でも、一方で「肩の荷が下りた」と、ほっとしている自分がいた。

――私の競技生活、このまま終わってしまうん？

無邪気に「オリンピックに一緒に行こう」ってスイちゃんと約束した時には、こんな未来は想像してなかった。

ちゃぷんと水が揺れ、しぶきが茜の顔面を洗った。ゴーグルもノーズクリップも付けていないから、目と鼻に水が入る。

空は何事もなかったように、静かに茜を見下ろしていた。

「おーい、集まれーっ！」

ホイッスルの音とオモ田の声で、茜は現実に引き戻された。

【西島由愛】

スマホのiMovieを起動させ、画像を選んで行く。

川沿いの桜並木の遠景。たくさんの花を付けた枝のアップ。水面に降り注ぐ雨。

――ここで暗転！

カメラをスカートに押し付けて接写。真っ黒な画面に文字を入力。

ここまで作業した後、即席で作った動画を再生した。

風に舞う桜の花びらが、やがて川面に落ち、花筏となる。画面をフェードアウトさせ、暗転すると、画面は葉桜の季節へと変化した。字幕はくるくると動きながら現れ、消える。

「うっしゃー！　いい感じ！」

周りに人がいないのを良いことに、由愛は声を上げた。

今日は三者面談の初日で、しかもトップバッターだった。まだ時間が早いのか、教室の前で待っているのは由愛だけだ。空調のきいていない廊下で木の椅子に座っていると、スカートに包まれた腿がじっとりと汗ばんでゆく。

もう一度再生し、即席で作った動画の出来栄えを見る。

iMovieは画像の開始場所や終了場所さえ指定しておけば、あとは勝手に動かしてくれるし、画像と画像の繋ぎはスライドやワイプ、フェードアウトなどが選べた。音楽もフリーサウンドの使用が可能だ。とは言え、あくまでこれは下書きというかプロットである。

「西島さんも、今から―？」

声のした方を見ると、目の前を一組の親子が通り過ぎるところだった。あれは確か、隣のクラスの生徒で、笑顔で手を振っている。

変なの。普段、喋った事ないのに。

「友達？」

「え、違うけど」

そんな親子の会話が聞こえてきた。

「西島さーん。お待たせ」

ようやく伊東礼子先生が姿を現した。

先生はいつもの如く、ラウンドネックのサマーセーターに膝丈のタイトスカートという、私立女子高の教諭らしい、可もなく不可もなくという服装をしている。冴えない。地味。できれば襟元にポイントのあるトップスを着て、フレアースカートを穿いた方が、太い脚が強調されずに済む。以前からそう思っていて、言って差し上げたいのだけど、未だそのチャンスは訪れていない。

あと、新調したらしい口紅は先生の顔色に合っていない。こんな青みがかったピンクより、朱色の方がお似合いですよ。そんな事を考えながら、何かを探すように目をきょろきょろさせる伊東先生を観察していた。

「やっぱり一人なの？」

「はい。予定通り」

「そう。親御さんとお話ししたい事があったんだけど……。仕方ないわね」

後について入ると、教室の真ん中に机を四つ集めて作られた島があり、そこに成績表やら何やらが山となって積まれていた。

「一人じゃまずいですか?」

「だって、入学以来、一度も親御さんにお会いしてないのよ。去年の担任も私も、誰一人として……」

「と言われましても、母は仕事で外国にいて、父も……」

船に乗って行く先々の港で仕事しているから、年に一度、帰ってくるかどうかだった。そう言えば、最後に会ったのは二年近く前だったか。あまりに存在感が無さ過ぎて、忘れてしまった。

「姉じゃ駄目ですか?」

その姉も彼氏ができてからは、滅多に家に寄り付かない。

「お姉さんね……」

伊東先生がため息をついた。

教室はエアコンの冷気で涼しかったが、窓越しに強い光が入り込んでくるから、実際の室温以上に暑く感じる。

「ま、いいわ。ところで進路だけど……。あなた、成績は悪くないんだから、もう少し真面目に考えたら?」

三者面談の前に進路調査アンケートが行われたのだが、「志望大学=特になし」と書いて出していた。

まだ高校二年の夏休み前なのに、そろそろ進路を見据えて、来年の選択科目をどうするかを考えなければいけないらしい。はっきり言って、それどころではない。放課後はバイトを入れているし、それ以外にも色々と忙しい。

「バイト？　受験とバイトのどっちが大事なのよ。受験は将来を左右する大問題なのよ」

「でも、あたしには目先のお金の方が重要なんです」

「ちょっと聞いていい？　あなたの家の家計って今、どうなってるの？　食費とか、通学の定期代とか……」

「毎月、口座に三万円が振り込まれて、それでやりくりしてます」

「さ、三万円？　まさか！　家賃や光熱費も、そこから出してるの？」

「あ、そっちは親が払ってます。それに姉は会社員だから、三万円は、ほぼ私の食費とお小遣いになります」

「お小遣いだと考えたら、三万円で十分よね」

いきり立っていた伊東先生が、ほっとしたように息を吐いた。

「だけど、それじゃ足りないんで、バイトしてます」

平日は週に二、三日、午後五時から九時まで。休日はフルで入る事もあるから、多い時で十万円ぐらいにはなる。

「三万円で足りないって、何で？　そんなに贅沢してるようには見えないけど？」

「あたし……、将来は、動画配信で収入を得たいんです。だから、撮影機材を買うのにお金が要るんです」

「はい？」

伊東先生の声が裏返った。よく聞こえなかったと言いたげに、左耳に手を当て、こちらに顔を近づけた。

ついに耄碌（もうろく）して耳が遠くなった？

それとも、小学生のなりたい職業ランキング上位のユーチューバーを、伊東先生は知らないんだろうか？

伊東先生はうちの親よりも年上っぽいけど、お婆（ばあ）ちゃんという程の年齢ではない。だけど、学校の先生になるような人だ。きっと若い頃から真面目で、道を外れた事なんか一度もないのだろう。理解しろという方が無理？

仕方なく、由愛は説明を始める。

「だから、ユーチューブに動画を配信して、広告収入が得られるようにしたいんです」

その為には一定の条件をクリアしないといけない。特にハードルが高い条件は二つ。

総再生時間が四千時間以上。

チャンネル登録者数が千人以上。

それとは別に、年齢が十八歳以上である事。

由愛が運営するチャンネルは、今の時点で登録者数が千人近くになっているから、この調子であと一年続ければ、十八歳の誕生日には多少の収益は得られるようになっているはず。とは言え、実際には個人運営の一般ユーチューバーは一再生あたり〇・〇五～〇・一円程度と言われていて、現実は厳しい。

ただ、これはお金が欲しくてやっているのではない。

「えーっと、それは趣味であって、進路の話ではないわよね？」

伊東先生は、まだ理解してくれていないようだ。

「そんな事ないです。ユーチューブで人気が出てテレビに出たり、本を出した人もいるし、会社員並みの収入がある人だっているんですよ。だから、大学には進学せずに、家で動画を配信します。広告料を取れるとこまで登録者数を増やすには、動画の内容をレベルアップしたり、頻繁(ひんぱん)に更新する必要あるし……」

真面目に説明したつもりなのに、怖い顔で「あなた、大丈夫？」と言われたから、ちゃんとお金や生活についても考えていると説明する。

「生活費はバイトと……足りない分は親に出してもらいます。その為に貯金もしてるし、大学に行く費用に比べれば安上がりなはずで……」

「ちょっと待ちなさい」

由愛の言葉は遮られた。

「それって、ご両親は納得してるの？」

「まだ話してないけど、うちの親だったら反対しないと思います」

伊東先生は頭を抱えるような仕草をした後、かっと目を見開いて、身を乗り出した。

「大学を卒業したのに、就職せずにそういう道に進んでいる子がいるの、先生も知ってる。でもね、高校を出て、すぐに自宅に引きこもってしまうの勿体(もったい)なくない？　動画の撮影は、大学に通いながらでも出来ると思うけど」

伊東先生、一応はユーチューバーの意味や存在ぐらいは知っているけど、自分のクラスの生徒の進路としては認めたくないらしい。不意に立ち上がると、部屋の隅にあったキャビネットから、パンフやチラシを抜き取ってくる。

「撮影が趣味だったら、やっぱり芸大かな。映像学科とか舞台関係の……。あ、デザイン関係も押さえとこうか？　ほら、綺麗」

学生が作ったらしい、ちっともイケてないイラストや、やけに悪目立ちしそうなオブジェの写真が掲載されたページを開いて見せる。由愛が興味を持たないと気付くや、今度は専門学校のパンフを広げる。

「先生、こういうの好きだなぁ」

何処かで見たような絵柄のアニメーション作品を指さす。由愛が目指しているもの、作りたいものとは全然違う。

「いやいやいや。スマホがあれば誰でもちょっとした映像を作れるんだから、わざわざ高いお金を払って学校で学ぶ必要ないのでは？」

由愛の態度に業を煮やしたのか、伊東先生はバンと音を立てて、机に両手を置いた。

「ご両親が、あなたの進路についてどう考えてらっしゃるのか。やっぱり一度お伺いしたい」

子供じゃ話にならない。そう言いたげだ。

「親からは高校だけは卒業しろって言われてます。そういう訳で、よろしくお願いします」

伊東先生は腕組みをすると、「うーん」と言いながら宙を睨んだ。

「だったら、先生を納得させて」

「は？」

「動画を配信して収入をって言うけど、今の西島さんの説明だけじゃよく分からないの。あなたがどういう作品を作れるのかを知りたい」

「……」

「たとえばだけど、何か動画作品を作って、先生に見せてくれるとか。ちょうど夏休みに入るし、何か作れない？」

「いやいやいや……」

何で、そんな面倒な事をしないといけないのか？

由愛は決して暇ではない。

夏休みはバイトのシフトも増やされるし、何なら子供が熱を出したという主婦パートの代わりに、急な呼び出しもかかる。貴重な働き手として期待されているのだ。

「ＡＯ入試は知ってるよね？　今は総合型選抜って言うんだけど」

「何すか？　それ」

伊東先生は「進路説明会、ちゃんと聞いてなかったのね」と唇を尖らせた。

「簡単に言うと一芸入試の事。特技や入学への熱意を査定してもらうというか、分かりやすく言えばスポーツ推薦の文化版。文化的な芸術活動を評価してもらえたら合格できるの」

「いや、あたしは別に……」

だから、大学に行きたい訳じゃないっつーの。

「まだ高校二年でしょ？　あなたぐらいの年頃って気が変わりやすいから、今から受験しないと決めつけて何もしないでいると、後でやっぱり受験したいってなった時に困ると思う。前にもね……」

聞きもしないのに、以前あった事を喋り出した。

「物理を履修してないのに、何故か国立大学の工学部を志望した子がいてね、それはそれは困ったのよ。経済的な事情から予備校に行く余裕もないって、お母さんからは泣きつかれて……。結局、物理の先生に頭を下げて、放課後に補講してもらった」

国立大学の工学部を目指すぐらいだから、学業優秀な生徒だったようだ。だが、由愛は「卒業できればいい」としか考えていないし、そんなやる気のない生徒の事を何故、そこまで気にしてくれるのだろうか？

そう言うと、心外だという顔をされた。

「当たり前じゃない。受け持ちの生徒の進路を気にするのは」

恩着せがましく言われたが、深読みすれば、担当しているクラスの進路実績は、そのまま教師への評価となる。特に、ここは私立の女子校だから、生徒を集める為にも、より多くの生徒を偏差値の高い大学に押し込みたいのだ。

これ以上逆らうと帰してもらえそうになかったので、仕方なく答えた。

「熟考いたします」と。

【陣内　茜】

「前の人、なかなか終わらへんね……」

隣に座ったママが時計を見た。

予定時間をもう二十分も過ぎている。茜の次の番だけでなく、次の次の番の親子まで待っているから、廊下に用意された椅子は満席だ。

「今度の担任の先生、えらい声が大きい人やね。丸聞こえやん」

詳しい内容までは分からないものの、前の人が礼子ちゃんと何やら揉めているらしいのが、声のテンションで分かった。

「礼子ちゃん、趣味が声楽やから」

四月に新しい担任としてクラスの生徒達と初顔合わせした時、自己紹介がわりに「蝶々夫人」を歌ってみせてくれた。

「音楽の先生なん？」

「違う。英語」

「ふうん。面白そうな先生」

やがて、礼子ちゃんの声が聞こえなくなり、椅子を引く音がした。中から現れたのは、西島さんだった。

「約束よ！　先生との約束、ちゃんと守ってね。絶対！」

そのまま帰ろうとしている西島さんに向かって、礼子ちゃんがさらに注意した。

「待ちなさい。そのカーディガン、学校指定のじゃないでしょ？」

三組の親子が見ている前で、やたらと袖丈の長いカーディガンを脱ぐように言われている。

「あと、その顔の横の短い髪も何とかならないの？　だらしない。ピンで留めるか、後ろの髪を短くするかしなさい」

西島さんは長く伸ばした髪を両サイドで結んでいたが、顔の周りだけは短い、いわゆる姫カットだ。

「髪の問題についても、熟考しておきます」

しれっと答える西島さん。

「考えとくって、あなたは口ばっかり。本当に考えてよ」

すたすたと廊下を歩いて行く西島さんの背中に向かって、礼子ちゃんはまだ何か言っている。

あれ？　一人？　親は来てへんの？

「全くもう……。あ、すっかりお待たせしてしまって、すみません。どうぞ、陣内さん」

表情と口調を変えて、礼子ちゃんはにこやかにママを振り返った。

三者面談では、最初に一学期の学力テストの結果、学校での生活態度について一通りの説明があった。特に優秀でもなかったが、赤点も取ってないし、規則違反もしていないから、そこはさらりと終わった。

「で、三年生からの科目選択の話なんですが……。希望する学部とか大学とかは考えてる？」

それまでママと喋っていた礼子ちゃんが、こちらを向いた。

「いえ、まだ……」

「そろそろ決めておかないと。まだ先の事と考えてのんびりしてたら、あっという間に受験生だよ」

そうは言われても、決められないものは決められない。

「悩んでる原因は、やっぱりシンクロ？　続けるか、そうでないかで進路は変わっちゃうもんね」

礼子ちゃんは昔の人だから、未だにアースイの事をシンクロと呼ぶ。

「続けるにしたって、やめた後の事は考えておかないとね。シンクロの他に何かやりたい事とかある？」

茜の気持ちを見透かしたように、礼子ちゃんが質問を投げかけてきた。

ママは黙って、その様子を見ている。

「たとえばスポーツ管理栄養士の資格を取るとか。体育の先生になるとか。あとは、競技で培ったガッツを生かして営業職でバリバリ働くのなんかどう？」

どれもピンとこなかった。

「まずは大まかな進路、理系か文系か、国公立を受験するのか、私学の指定校推薦を利用するのかなどを決めて、三年で履修する科目を選択して下さい。最終的な提出は二学期末で、その時点で締め切ります」

面談を終えて教室を出た後、無意識に「はあぁ」と声が漏れた。

「競技を続けやすい進路を選ばんとね」

これはママの独り言だ。そう思って、黙って聞いていた。

「このままエスカレーター式に内部進学でもええけど……。茜やったら、スポーツ推薦を利用できるやろ?」

ママは茜がこのままアースイを続けるものと決めつけていた。

「さすがに大学を卒業した後までは、続けへんよね? それやったら偏差値の高い大学にスポーツ推薦で行っといた方が、就職には有利やし……。そっちで考えてみた方がええんとちゃう?」

「ちょっと、黙っとって」

思いのほか強い口調になってしまう。

「何よ、その言い方」

「今、考えてるんやから、静かにしてて」

「親に向かって偉そうに。知らんわ、もう。一人で帰り」

そんな捨てゼリフを残して、ママは一人で先に行ってしまった。帰りに一緒にランチする予定だったけど、気まずい雰囲気で食事をするのも嫌だったから、後は追わなかった。

大人になってからやりたい仕事。

そんな物が高校生のうちから決まっている子って、一体どのぐらいいるんだろう?

腹立ちまぎれに、闇雲に校舎内を歩き回る。

「あーあっ、何かいい事ないかなっと……」

独り言を呟きながら角を曲がったところで、はっとした。

西島さんがいた。

廊下の窓から身を乗り出している。見ていると、そのまま上半身がずるりと外に傾いだから慌てた。「危ない!」と叫びながら走り寄る。

西島さんが身体を起こし、こちらを振り向いた。手にはスマホを持っている。

——何だ……。

外の風景を撮影していたようだ。

下から吹き上げてきた風に髪が煽られ、青いほど白い顔と、細長い首が露わになった。白く反射する眼鏡のレンズで表情こそ見えないが、あまり機嫌が良くなさそうだ。つい「ごめん」と謝っていた。

「え? 何すか? ごめんって?」

「いいよ」とか、「別に」とか、そんな風にさらっと流して欲しかったから、たじたじっとなる。

「あたし、謝られる理由ないんですけど?」

おまけに敬語?

「えーっと、声を出して邪魔したから……。ごめんなさい。スマホで何か撮影してたんですよね？」

こちらも、つい敬語で返してしまう。

「音は後で消せます。そんなに気にしないで下さい」

その言葉にほっとする。

「……何を見てたん？」

別に興味があった訳ではないけど、黙っているのも悪いと思ったから聞いてみた。

西島さんは外に顔を向けると、腕を伸ばして何かを指さした。その視線の先を追う。

「あ……虹」

いつの間にか雨が降っていた。それなのに空は晴れていて、大きな虹が出ていた。グラウンドで活動中の運動部の子達も、動きを止めて虹を見ている。

茜もポケットからスマホを取り出し、カメラをビデオモードにして虹を撮影した。

「狐(きつね)の嫁入りです」

「え？」

「だから、晴れてるのに雨が降ってるのを、そう言うんです」

「へぇ」

茜は天気や気象について詳しくないから、話が続かない。

仕方なく、「あれから、どう？　その、泳ぎ、ちょっとは上達した？」と聞いてみたけど、「は？」という顔をされた。よく考えたら、普通の人は学校を離れたらプールには行かない。ましてや泳げない人が、わざわざ放課後にプールに行って、自主的に練習などしないだろう。

「えーっと、一緒に帰らへん？」

そう誘ってみたが、西島さんは固まっている。無言、無表情。

「ごめん。気にせんとって」

スマホをポケットにしまい、制鞄を肩にかける。

「何で、すぐに謝るんですか？　今ので三回目で、謝られる理由もないから、恐縮します」

言われて気付いた。いつの間にか口癖になっていたみたいだ。

失敗して、ごめん。

ごめん。次は頑張るから。

ごめん、ごめん、ごめん。

スイちゃんやチームメイト達は、茜が謝れば慰めてくれたし、時には笑いながら聞き流していた。

「今日は一人なんすか？　あの……ちょっときつそうな……」

思わず噴き出していた。丁寧な口調の割りに、口が悪い。

「スイちゃんの事？」

これまで全くと言っていいほど接点のなかった西島さんが、スイちゃんを知っていたから驚く。

「何かの競技、えー、その……何でしたっけ？」

「アーティスティックスイミング。長いから、私らはアースイって呼んでる」

「アースイ？　何それ？　あ、失礼しました。何ですか？　それ」

西島さんの口調が一瞬砕け、すぐに言い直すのがおかしかったけど、笑いたいのを我慢した。

「うん。ほんまはASやけど、私とスイちゃんの間ではアースイやねん。あーちゃんとスイちゃんで……」

その時、西島さんが「あぁっ！」と大きな声を出した。そんな大声が出せるのかと、ちょっと驚く。

「それ！　そのラバマス！」

茜がバッグにつけた、ソフトゴム製のエビニャーを指さしていた。

「尾池屋(おいけや)の食玩ですよね？　そいつ欲しさに、あたしがポテチを大人買いしたのは去年でしたっけ……。コンプリートするのに、一週間で諭吉(ゆきち)さんを溶かしちゃいましたよ。いやいやいや、尾池屋も『モフ商』人気に便乗して、阿漕(あこぎ)な商売しやがる」

早口でまくし立てられ、目を回していると、西島さんはバッグからポーチを取り出した。

「ちなみに、あたしの推しはこいつです」

ポーチには、河豚(ふぐ)の着ぐるみを着たトラ猫のラバーマスコットがぶら下がっている。

「出た！　トラフグオ。めっちゃ渋いやん」

「トラは斜に構えてて、可愛(かわい)くないでしょ？　トラを推してる奴(やつ)も同類相憐(あわ)れむというか、こじらせてるのが多いですよ。オフ会でモフラー歴二十年の兵(つわもの)と会った日には、あたしなど雑魚(ざこ)扱いで、『開発された時から推してた』とか自慢されたって、こっちは、まだ生まれてないんだから、そんなの相手にマウント取って嬉しいんですかね？　ほんっと大人気(おとなげ)ないっすよ。不愉快っちゃ不愉快ですが……。ま、トラに関しては推し被りが少ないのはありがたいですね。ニャムチャャやアンニャンみたいに、グッズが即完売とかないっすから」

機関銃のような早口に圧倒されていると、西島さんは口調を変えた。

「で、陣内さんの推しキャラはエビニャーですか……」

何故か、得意げな顔をしている。

「エビニャー推しって、うちらから見たらまだまだ一般人です。オタクに片足突っ込んでるけど、染まり切ってないっていうか、ヒエラルキーで言ったら最下層……」

え、一般人？　ヒエラルキーって何？

「さ、最下層って」

「や、失礼しました。調子に乗り過ぎて、つい……。そうそう知ってますか？　我々の世界では、こういう遊びがありまして……。擬人化って言うんすけどね」

スマホを操作し、「はい」と見せられる。

ピンクの髪をツインテールにした女の子のイラストだった。ミニスカートからは紅白の縞々タイツに包まれた脚が伸び、モフッとした黄色いブーツを履いている。

「分かりますか？　何だか」

「……もしかして、エビニャー？」

「当たりです」

頭がくらくらしてきた。見てはいけない物を見てしまった気がする。

「と、とりあえず行こ！」

西島さんを促す。

そこから駅まで歩く間、西島さんはずっと「モフモフ商店街」について喋っていて、それも茜とは全く違う観点からの話で、最初は驚いて相槌を打つのが精一杯だった。けれど、駅に到着する頃には茜も西島さんのペースに慣れ、嘘みたいに盛り上がっていた。

「こんなのもあるんですよ」

西島さんが見せてくれたのは、アニメ版「モフモフ商店街」と音楽のコラボ、MADムービーだった。

「凄い！　曲と動きがぴったり合ってる！」

ゆるふわなキャラクター達と、ハイテンションな曲が不思議とぴったりだ。

「西島さん。もっと他にないの？」

茜がねだると、西島さんは瞬く間に、動画サイトから別の人が作ったMADムービーを選び出した。

「かわいい、かわいい〜♪」

スイちゃんには以前、「高校生にもなって『モフモフ商店街』？」とバカにされたけど、好きなんだからしょうがない。電車に乗った後も話題は尽きず、周囲の視線を気にせず大騒ぎしていた。

このまま別れるのは名残惜しい。

西島さんが使っている路線を聞くと、何と茜が降りる一つ手前の駅に、自宅があると言う。そんなにご近所だとは思いもしなかった。

「私、『せんちゅう』。めっちゃ近くやん」

「せんちゅう」というのは、千里中央駅の略称だ。

「いいっすね。無印もユニクロも近くて」

西島さんはしきりに羨ましがっているけど、実は近所にある無印もユニクロも滅多に行けない。それどころか、学校の帰りに寄り道する時間だってない。

高校は大阪環状線の内側、名だたる私立中高が軒を並べる玉造駅と森ノ宮駅の間にあって、天王寺へのアクセスもいい。だけど、スイミングの行き帰りに駅前のモールに寄る程度で、ミオもあべのハルカスも一度も行った事がなかった。

「映画になったの知ってます？」

「え？　何が、何が？」

聞くと、誕生二十周年を記念して「モフモフ商店街」が映画化したそうだ。慌ててスマホを操作し、映画の公式サイトを開いた。既に上映は始まっていた。

「一応、公式の監修が入ってますけど、制作がホラゲー『屍体少女』シリーズのジャパンモダンホラーエンタテインメントですから……。くふふ、どんなエグい話になってるか、楽しみです」

予告編を観ながら、茜は考えた。

「観に行きたいけど、……どうしよ……」

——あ、でも、今は行けるやん。

茜は今、リハビリの為に一人だけ別メニューをこなしている。

ギプスで固定していたせいで硬くなった足首のストレッチの他、痩せてしまったお尻や太もも、ふくらはぎの筋トレを行い、元の柔軟性や筋力を取り戻しているところだ。

時間をやりくりすれば、行けない事もない。

「西島さん。あの、良かったら、一緒に行けへん？」

「その足で？　大丈夫なんすか？」

サンダルを履いた右足に目をやる。

「もう、ほとんど治ってるねん」

「別に……いいっすよ。あたしで良かったら」

そして、口を噤んだ。少し困ったような顔をしている。あれだけお喋りで弾んだのに変なの。


【西島由愛】


喋りながら、由愛は焦っていた。

バイトに入る時間が迫っていたからだ。

陣内さんは「治ってる」と言っていたけど、怪我した方の足は、まだサンダルを履いているのだ。そんな人を急かす事はできないし、おまけに乗り換え駅で「お手洗いに行きたい」と言い出した。そのまま先に行こうとしたら、「すぐ済ませるから、待ってて」と言われたので、仕方なく陣内さんがお手洗いから出てくるのを待っていた。

人と一緒に行動すると、こういう事があるから嫌なのだ。

しょうがないから、陣内さんが出てくるのを待つ間、スマホを取り出し、自分のチャンネルを開く。昨日、アップした動画に新しいコメントがついていた。

〝〈ぼっちさん〉、初めまして。家が辛い高一女子です。家族のことを考えただけで涙が止まらない。友達にも誰にも話せません。〈ぼっちさん〉のVlogだけが癒しです〟

いつからか、こういう書き込みが増えた。

「一人暮らしをしている」と、Vlogに投稿してからだ。

始めたばかりの頃、「同じ高校生と思えないぐらいお洒落(しゃれ)」とか、「センス良すぎ」というコメントがついていたのだが、ある時、「センスのいいお母さんで羨ましい」と、まるで親がお膳立てしているかのようなコメントがついた。

だから、あんなタイトルで動画をアップしてしまった。

〈わけあって、一人暮らしだよ〉

一人で暮らしている上、友達もいない。だから、名前は「ぼっち」です——と。

そうしたら、いきなりチャンネル登録者数が増えて、再生回数もグンと跳ねあがった。そして、親や家族の事、その他諸々の悩みをコメント欄で切々と訴える子が現れた。学校や家で居場所を見つけられず、かと言って道を踏み外す事もできない子達だ。

〈ぼっちさん〉は手際よく家事をこなすからか、「〈ぼっちさん〉みたいなお母さんが欲しい」とか、「〈ぼっちさん〉ちの子になりたい」とか、中には「〈ぼっちさん〉にガチ恋してます」というような、こそばゆい書き込みが増えた。

うへぇ、お母さん達、どんだけ子供にウザがられてるんだよ。

世の中には娘が勝手に台所に入るのを嫌がる親がいるらしく、「〈ぼっちさん〉みたいに自分で料理を作りたいのに、お母さんが台所を使うなって怒るんです。汚れるからって」と、愚痴を書き込んでいたチャンネル登録者もいた。

中学生の頃には、忙しい母の代わりに、姉と家事を分担してきた。そんな由愛には、信じがたい言葉だった。親の代わりに夕飯を作って感謝される事はあっても、怒られるとは一体何事かと。

〈この先、家を出るチャンスは幾らでもあるし、学校は三年で終わり。時間が解決してくれるはずだから、お地蔵さんになったつもりで、心を無にしてやり過ごそうよ〉

そんな字幕で動画のエンディングを締めると、「私もそう思います」「心強い言葉に、勇気をもらいました」というコメントで埋まる。

初めから、そういう場所にしようと考えていた訳じゃない。

慣れないうちは無難に日々の生活を動画で綴り、そのうち「モフ商」や、由愛がハマってる地雷系ファッションの紹介なんかもしようって考えていた。それなのに、いつの間にか親や学校に不満を募らせていたり、拠り所がない中高生たちの、ちょっとした談話室になっていたのだ。

嬉しかったのもあり、以前は一つずつ返信していた。だが、忙しくて返信できずにいると、別の誰かが自分の代わりに答えてくれたり、由愛と関係なくコメント欄で会話が始まっていたりしたから、生真面目に返信するのはやめた。

もちろん、チャンネル登録者同士が言い争いを始めた時は放置しない。頃合いを見て〈ぼっちさん〉が降臨し、「ここはそういう場所じゃないので、お互い気持ち良く利用してね」と大人の対応で鎮火する。

〈ぼっちさん〉は絶対だから、皆、面白いように言いなりになる。

〝コメント欄を荒らしてごめんなさい！　〈ぼっちさん〉〟

〝〈ぼっちさん〉、ご指摘ありがとうございます。次からは気を付けます〟

そういう訳で、〈ぼっちさん〉のラスボス感を出す為に、最近は返信を出し惜しみするようにしている。

「お待たせー」

新しくついたコメントに、どう対処しようかと考えていたら、陣内さんがすっきりした顔でお手洗いから出てきた。

電車に乗った後も、お喋りは続いた。ここで、さらにしくじったと気付く。由愛にとって、電車に乗っている時間は貴重な宿題タイムなのだ。御堂筋線に乗り換えれば桃山台駅まで二十分以上かかるから、その間にほとんど終わらせる事ができる。

――今日の宿題は、コンビニで片付けますか……。

桃山台駅の名がアナウンスされると、名残惜しそうな表情の陣内さんを尻目に、飛び上がるように席を立つ。

もう、あまり時間はなかった。電車を降りるとホームを小走りで駆け、改札を出た。すぐ近くのコンビニでおにぎりを買い、イートインのテーブルにプリントを広げる。片手でおにぎりを食べながら問題を解いて行く。

こんな時に限って、難しい問題につまずく。通知が鳴っているけど無視。うんうん唸っている間にスマホに設定したアラームが鳴った。バイトの時間だ。

結局、おにぎりも宿題も半分ずつ残してしまった。食べ残したおにぎりを、歩きながら頬張る。そして、スマホを見る。

コンビニで宿題をしている間に、動画に新しいコメントが書き込まれていた。

「ぐぅ、また……」

怒りのあまり、思わず声が出ていた。

〝「ぼっち」と名乗ってる人物は、女子高生ではありません。本当の年齢は五十歳で、キモオタの男。ネカマです〟

こういう頭のイカれた輩は、これまでもブロックで握り潰してきた。このあいだもブロックしたばかりだが、同じ人物が複数のアカウントを作って、粘着しているのだろう。

――てめぇ、このやろー。あたしの城を汚すんじゃねーよ！

「ばーか」と毒づきながらブロックし、汚物に蓋をするように画面を閉じる。それでも、怒りは収まらない。こめかみがジンジンとして、嫌な汗が噴き出す。

だが、いつまでも怒っていられない。もう、バイト先は目の前に迫っている。駅からすぐのスーパーが、由愛のバイト先だ。パートの主婦達と入れ替わりに夕方から入って、レジ打ちや見切り品のシール貼りを手伝う。

「遅かったやん！」

ギリギリにフロアに出ると、昼間のシフトに入っているギャルっぽい主婦から、いきなり小言を言われる。

「もう！　子供を保育所に迎えに行く前に、買物したかったのに！」

由愛が来るのを今か今かと待っていたのだろう。

「申し訳ありません」

彼女はシングルマザーで、夜は別のバイトをしているから、いつも時間に厳しい。

「ごめんで済んだら、警察いらんわ。せめて、十分前にはフロアに入ってってゆうてるやろ？」

そして、ろくに申し送りもせずに、バタバタと駆けだした。カラーリングした髪が退色した上に、根元がかなり伸びている。忙しくて美容院に行く間もないんだな、と勝手に想像した。

——さぁ、今から四時間、頑張りますか。
三角巾で頭を包むと、ぎゅっと後ろで縛った。

ユーチューバーと「モフモフ商店街」

【陣内 茜】

土曜日の朝、ゆっくり寝過ごしてから、クローゼットを覗く。

制服の他はTシャツやジャージばかりで、あとはきちんとした場に出る為のブレザーとパンツがあるだけ。友達の家に行ったり、一緒に遊ぶ為の私服は僅かしかない。

窓を開けると、草の茂みの匂いがした。

昨日は冷たい雨が降り、七月とは思えないぐらい寒かったのに、今日はいきなり三十度以上に気温が上がるというから、Tシャツで出かける事にした。

引き出しの中に、まだ袖を通していない新品のTシャツを見つけた。去年のジュニアオリンピックで限定発売されたものだ。Tシャツにジャージだとラフ過ぎるので、一本だけ持っているデニムのパンツを選んだ。キャップを被り、リュックサックを肩にかけて姿見の前に立つ。

——さすがに砕け過ぎ?

そこで、ママのキルティングチェーンバッグを、こっそり借りる事にした。ママは数えきれないぐらいバッグを持っていて、これは最近使っていないみたいだから、文句は言われないだろう。

バスで千里中央駅まで行くと、ちょうど電車が到着したところだった。ここは終着駅で、折り返し運転まで少し間があった。閑散とした車内で、スマホ片手に映画の予告編を視聴したり、映画館までの道順を確認したりする。こんなにうきうきした気分で土曜日の朝を過ごすのはいつ以来だろう。

やがて、アナウンスが流れ、電車は発車した。

電車が地下から地上に出ると、線路に並行して延びる道路が見えてくる。車が数珠(じゅず)繋ぎになって走っていて、その向こう側に緑の並木と団地群が見える。物凄く背が高いのもあれば、低層の建物もあった。

桃山台駅のホームに進入すると、窓越しに西島さんがホームに立っていないかと探す。見つけられなかったので、ドアが開くと同時に車外に身を乗り出して、「西島さーん！」と手を振った。そして、振り向いた人影に向かって、「先に乗ってー！」と車内を指さす。電車に乗ったのを確認し、茜もそちらの車両に向かう。

連結部のドアを開くと、向こうから西島さんらしき人が移動してくるのが見えた。電車は動き出していて、車両が揺れる度によろけている。

今日の西島さんは、いつもより上の方で髪をくくり、黒いリボンを結んでいる。全身真っ黒という恰好で、黒いアームカバーまでしている。足元は模様の入ったタイツに、ベルトがたくさんついたブーツだ。びっくりしたけど、らしいといえばらしい。

「おはようー」

「おはよ……ございます」

起きたばかりなのか、気怠げだ。そして、ヘアスタイルと服装はお人形みたいなのに、トレードマークの赤い眼鏡はいつも通りだった。

「西島さん、その恰好めっちゃかわいいけど暑ない？」

「そうでも……」

やっぱり、テンションは低め。

それでも、一緒に映画の予告編を観ているうちに西島さんも饒舌になっていった。

「クラスの子達、あたしのことマツリビって呼んでますけど……」

陰でこっそり呼んでたのに、西島さんには聞こえていたらしい。

「一般人って、ほんっとーに物を知らないっすよね。誰が言い出したのか知りませんが、眼鏡っ子なんて由比祀妃の他に、いっくらでもいるじゃないっすか？」

「シスターズ・ユイ」のファン層は小学生の女の子だけでなく、女子中高生や大人の男性にまで及ぶ国民的シリーズで、確かに知らない人はいないというぐらい有名だ。

「実はあたしのスタイルって、『モフ商』の二次創作キャラなんすよ。知ってます？　あ、知る訳ないか。公式にいないキャラの事なんか。あ、名前はゴスニャンといって……」

西島さんは、スマホに画像を呼び出す。

恐る恐る覗き込むと、そこには今日の西島さんと同じようなファッションの、猫耳の女の子がいた。やはり赤い眼鏡をかけていて、スカートの裾からは、フサフサの尻尾が覗いていた。

「モフモフ商店街」は着ぐるみを着た猫達なのに何故、ゴスニャンは人間の姿をしてるのか？

何故、着ぐるみではなく猫耳に付け尻尾なのか？

何故、赤い眼鏡なのか？

詳しく聞いてみたかったけど、そうなると説明が長くなりそうだったし、きっと聞いても理解できそうにない。

「ほんなら、これから西島さんの事、ゴスニャンって呼ぼか？」

「いえ。それだけは勘弁して下さい」

西島さんは、真顔になって言った。

「あ、ここですよ。陣内さん、早く」

気が付いたら映画館の最寄り駅に到着していた。慌てて席を立ち、閉まりかけたドアの間をすり抜ける。

映画館に向かう道のりで、西島さんは度々足を止めては、ウインドウに飾られた服やディスプレイをじっと見つめたり、動画を撮影したりしている。茜も真似してスマホで撮影していると、LINEに着信があった。

〝今日は音楽かけて、紗枝とデュエットを合わせるんやけど、あーちゃんもおいでよ〟

鈍い痛みが、胸に広がった。

補欠だった紗枝は、茜がスイちゃんと音楽をかけて通しの練習をしている時、少し離れた場所で同じ動きを練習していた。だから、振り付けは覚えている。あとはあーちゃんと動きを同調させ、完成度を上げて大会に臨むだけだ。

当たり前の事だけど、茜が休んでいる間、クラブでは着々と大会に向けて動いているのだ。

——おいでって言うけど、私に何ができるんよ……。

クラブでは今、茜とは切り離された別の時間が流れていて、そこに自分の場所はない。

〝ごめん。今、病院〟

それだけ打ち込んで返信すると、通知を切った。

【西島由愛】

「お疲れさまです」

「お疲れー」

閉店作業で残る社員さん達と挨拶を交わし、タイムカードを押した。

スーパーから徒歩十分。

そこに由愛が暮らす家がある。

由愛が生まれるずっと前に建てられた団地は、以前暮らしていた田舎の家と遜色ないぐらい緑豊かだ。母が言うには「昭和時代に建てられた古い団地だから、その当時に植えられた樹が、ちょうどいい感じに茂っている」のだそうだ。

自宅は高層棟の一階で、目の前に公園の広場が見える。

間取りが少し変わっていて、玄関を入ってすぐの所に独立したダイニングキッチンとリビングがあり、それらに並行するように部屋が二つ、そして、洗濯機を置くスペースを挟んで、もう一つ部屋があった。

もともと2LDKだった古い団地に、後から建て増しされて3LDKとなったらしい。その時に両面バルコニーの片側を潰して、一部が室内に取り込まれ、洗濯室にリフォームされた。

だから、この棟には旧来のバルコニーと、その反対側に二箇所のバルコニーが設けられている。父が不在がちの、母娘の三人暮らしに、そんなに洗濯物を干す場所はいらないから、広い方のバルコニーに、母はガーデンテーブルとチェアを置いた。

ここに引っ越したばかりの頃は、新しく建て増しされた部屋だけが洋風で、元の古い部屋とのギャップが凄かった。

それを、インテリアが趣味の母がDIYで生まれ変わらせたのだ。

家族総出で柱や鴨居(かもい)を白く塗り、琉球畳を敷いたり、押し入れは突っ張り棒とプラケースを活用してクローゼットにリフォームした。

この無駄に広い部屋に、姉と由愛が残った理由の一つがそれだ。

ここを引き払うとなると現状に戻す事が条件になる。母はせっかく手を入れたのだから、いずれは戻りたいと言う。なので、子供達が留守を預かる方が都合が良かったのだ。

母と姉、たまに父も入れて四人で暮らしていた時は、姉が勝手に部屋に入ってきたり、母の電話する声や、家族が立てる物音が煩いとか思っていたけれど、いざ一人で暮らしてみると、やっぱりファミリータイプの3LDKは広すぎた。家は「狭い」とか「もう少し広ければ」と言ってるぐらいが、ちょうどいいサイズなのかもしれない。

「ただいま……っと」

鉄の扉を開き、誰もいない部屋に向かって声をかけると、声が壁や天井に吸い込まれて行くようで少し心細くなる。

ブーツを脱ぎ、玄関を入ってすぐの洗面所で手を洗い、上着とタイツを脱衣籠の中に放り込む。さすがに、ブーツは暑かった。

キャミソールにスカートだけの恰好でリビングに入ると、チョコがソファで寝ていた。気怠そうに身体を持ち上げた後、大きくあくびをして、前脚を舐め始めた。白黒のブチ猫で、鍵尻尾のチョコは、今年で十五歳になる老猫だからか一日中寝ていて、由愛が帰宅しても、その日の気分で出迎えに来たり、来なかったりだ。

クーラーをつけて暫く涼んでからスカートを脱ぎ、スモック型のワンピースに着替えると、チョコが寝ている間に素早くダイニングキッチンに入る。

ダイニングキッチンは、ちょっとしたスタジオのようにしてある。複数の照明や三脚の他、床には何本もの配線を這(は)わせているから、チョコが入り込んで配線にじゃれついたり、撮影機材を倒さないように、留守の間は施錠しているのだ。

「さてと……。買い置きは、まだありますかね」

冷蔵庫を開くと、ぎっしりと中身が詰まっていた。休日には「あれを作ろう、これも食べたい」とばかりに勇んで買物しても、バイトで疲れてコンビニでお弁当を買ったりして、材料を余らせてしまう。

使いさしの人参と玉ねぎがあったので、ふと「野菜炒めにしようか」と考えたが、今日は昼間に映画を観て、そこからバイトだった。今から野菜を切ったり、油で汚れたフライパンや皿を洗う気力はない。

見ると、自分で焼いたパウンドケーキが残っていた。

よし。今日の夕飯はケーキに変更。

たまには、そんな日があってもいい。

冷蔵庫からケーキを取り出す前に、定位置に置いた三脚にスマホを固定して、ビデオを起動させる。定位置にはテープで目印がされているから、迷う事はない。

こんな風にダイニングキッチンには複数の撮影場所があり、すぐに動画が撮影できるように三脚がセッティングされている。

顔が映らないようにカメラのアングルを調整した上、ふわっとしたラインの服で体形を完全に隠し、髪もアップにして身元が特定されるような情報は極力、映らない工夫をする。

今、ビデオは由愛が無印良品の冷蔵庫を開け、そこに整然と並んだ保存容器や食材類を撮影しているところだ。

これは母の置き土産。

母はちょっとした有名Vloggerだった。

Vloggerとは Vlog の発信者の事で、Vlogは「Video Blog」から生まれた造語だ。つまり、文章じゃなくて「映像」によるブログ。ブログを書く人を「ブロガー」と言うように、Vlogの投稿者は「ブイロガー」と呼ばれる。

Vlogの内容は料理やお化粧、庭仕事、ファッションなど、要は個人的な日記というか、日々の生活を記録した動画だ。

母のVlogは出版社の目に留まり、本になった。それがよく売れたとかで、次の本を出す事になったらしいが、似たような内容の本が立て続けに刊行されていたから、母は差別化したいと考えた。

その結果が海外で暮らすという選択だった。

それもパリとかヘルシンキとかじゃなく、アジアの何処か、名前を聞いたけど覚えられないようなマイナーな地名で、最寄り駅まで車で一時間もかかるような場所だ。

——ありきたりな場所を選ばないあたり、さすがあたしの母。

母は今、ホームステイしながら、その土地の伝統料理やお祭りの様子なんかを動画で配信していて、これまで以上に再生回数を稼いでいる。先に出した本も、「続々重版」と新聞の広告に書かれていたらしいから、きっと売れているんだろう。

独身時代の母はインテリアの店で働いていて、いずれは古民家をリノベーションして、田舎暮らしをしたいと考えていた。姉を産んだ後も暫くは働いていたけれど、由愛を妊娠した時に仕事を辞め、念願だった田舎の古民家を借りた。

空気の綺麗な場所でのびのびと子育てしたり、畑を耕しながら暮らす。それが母の理想とする生活だった。

そして、由愛が小学校に上がる少し前にVlogを始めた。

スマホに標準搭載されている動画編集アプリを使っていたから、初期費用はゼロ。だから、始めやすかったんだと思う。

最初は田舎の風景や生活ぶりを撮影していたのが、子供や動物を登場させると再生回数が伸びるのに気付いた。姉と由愛、ペットの犬と猫が頻繁に出演者として駆り出されるようになった。

母にすれば、まだ可愛かった頃の娘の思い出なんだろうけど、口の周りをベトベトにしていたり、猿みたいに顔を真っ赤にして泣いてる顔まで映されていて、本人にとっては黒歴史でしかない。もう誰も見ていないだろうし、「いい加減、削除してくれないかな」と思ったりする。

本当は、母がVlogの為に作った料理は好きじゃなかった。いいカットを撮影する為に調理の途中で何度も手を止めたり、時には撮りなおしたり。切った葉物を水に漬けたり乾かしたりを何度も繰り返したり、見栄えを考えて料理の表面に味醂(みりん)で艶を出すとかしていたから、一言で表現できないような味がした。

だから、テレビのグルメ番組でスタジオに用意された料理を食べた芸能人が「これ、美味しい〜！」と大騒ぎする様子を見る度に、「嘘つけ」と冷めた目で見ていた。

「ごちそうさま」

自分で作った、蒸しパンみたいな食感のケーキで夕飯を済ませると、すぐに食器を洗って、三脚に固定したスマホを外す。後はリビングのソファに移動し、撮影したばかりの動画を見ながら、次のVlogの構成を考える。

それが由愛の日課だった。

アプリを起動して、「新しい動画」「すべての写真へのアクセスを許可」を続けてタップすると、画面に動画と画像の一覧が現れる。寝転がってスマホを弄(いじ)っていると、チョコが向こうから駆けてきた。

普段は愛想がないのに、由愛が集中している時に限って膝に乗ってきたり、平気で画面に肉球を押し付けたりするから、邪魔でしょうがない。

その時、スマホの画面が光った。

うっぎゃああああ――――！

ちょっと悪趣味だけど、目下お気に入りの着信音だ。驚いたチョコが、一目散に逃げる。

『由愛。もう少しこっちにいようと思うんだけど、大丈夫？』

電話は母からだった。

一年で帰国すると言っていたのが、ずっと延び延びになっていた。向こうでの暮らしが余ほど、性に合ったのだろう。

「いーよ、別に。こっちの事は気にしないで。姉もいるし」

不自由していないというか、親の目がない分、かなり気ままな生活をしている。

『お姉ちゃんは？』

「……今日はまだ、帰ってない」

高校を出てすぐに社会人になった姉は、彼氏の部屋に行ったまま戻らない。だから、結果的に由愛は一人暮らしも同然な訳だが、母は気付いていない。

『いつ電話しても、留守電になるのよ。お姉ちゃんの携帯』

「連絡するように言っとく」

『由愛も来年は受験生だっけ？　それまでには帰るからね』

いや、無理に帰ってこなくていいんですけど。

そして、今暮らしている土地を「永住したいぐらい気に入っている」とか、「周りの人は、みんな、素朴で親切」とか、お祭りの時に着る民族衣装が綺麗だとか、何十種類もある唐辛子を使い分けて料理するとか、そんな話をして電話を切った。続いて姉にLINEする。

〝母が心配してます〟

すぐに返事があった。見るとスタンプだった。熊のイラストに、「ＯＫ！」の文字。

〝ちゃんと連絡して下さい。ばれるのも時間の問題です〟

今度は文章で返信があった。

〝だって、親が勝手な事してるんだから、私だって好きにしていいはず〟

まぁ、それもそうか。

ポチポチと返信を打っていると、重なるように通知音が鳴った。姉かと思ったら、陣内さんからLINEが届いていた。

元々、由愛はクラスLINEに参加していなかった。そう言うと、陣内さんから爆速で招待され、ついでに個別にやり取りするようになった。

陣内さんはお気に入りのキャラクター、エビニャーをアイコンにしていて、由愛もトラフグオにして揃えようかと考えたけど、クラスLINEで変に目立つのも面倒だったので、無難にチヨコの写真を使った。

陣内さんからのLINEは、やっぱり今日の映画についてだった。

〝今日の映画、微妙だった。どう考えても……〟

結構な長文で、熱く語っている。

——ふふふ。確かに予想の斜め上を行ってましたよね。

由愛はほくそえんだ。「モフ商」は一般人向けに取っつきやすいグッズを販売しておきながら、劇場版では一転して闇落ちさせるといった小癪な真似をしてきたから侮れない。コアなモフラー達は大喜びで、ニコ動では「モフ商公式が暴走」のタイトルで、劇場版の予告編がアップされ、「弾幕で絵が見えねーぞ」という有様になっていた。

映画を観終わった後、陣内さんはショックのあまり、呆然としていた。ゆっくり映画の感想なんかを聞いてみたかったけど、「パートさんが休むから」と、急に夕方のシフトに入れられてしまっていた。時間も迫っていたから、ろくに話もせずに慌ただしく別れてしまい、少し物足りなく思っていたところだった。

〝あんなにかわいいモフモフ達を、何であんな風に扱うの？　可哀想過ぎる〟

陣内さんのLINEを読みながら、由愛はフフンと鼻を鳴らした。そして、両手を使って高速で文字を打ち込んで行く。

〝完全に鬱展開でしたね。サブタイトルに「ダークサイドに落ちたモフモフ」とでも書いとけば、多勢を絶望のどん底に突き落とす事もなかったでしょうに……。ま、あたしは前評判を聞いてましたから〟

ストーリーは、複数の生き物が合体したキャラクター達が、自分探しの旅に出るという、文章にしてしまうと陳腐だが、実際にはシビアな内容だった。

〝癒されたかったのに、逆にブルーになった〟

思わず「分かってない！」と呟いていた。

「モフ商」の作者は、公式の制作本部デザイン室所属デザイナーで、女性だという以外、名前も経歴も明らかにされていない。唯一、分かっているのが、「屍体少女」シリーズのファンで、その縁で映画化に際して、ジャパンモダンホラーエンタテインメントとのコラボが実現したのだった。

そのエピソードから鑑みても、公式の「モフ商」への有り余る愛や、「屍体少女」シリーズへのリスペクトが感じ取れる。

両手を休みなく動かし、由愛の思いをLINEに流す。

陣内さんからは即レス。

〝でも、トラフグオが「自分は虎だ」って言って、虎の群れに近づくシーン、あの場面にも愛を感じた？　私は「そっちに行っちゃ駄目～」って声が出そうになった。グロ過ぎ〟

トラが丸腰で虎に対峙（たいじ）するシーンでは、血飛沫が飛び散ったり、腹から内臓がはみ出したり、食いちぎられた身体の一部がぼとっと地面に落ちるシーンが、これでもかとスクリーン上で繰り広げられ、泣き出す子供まで出た。

おいおい、ＰＧ12指定にしとけよな。

そう、心の中で突っ込んでいた。

〝あのシーンはリトマス紙というか、踏み絵ですね。我々の覚悟を試される場面でした〟

一旦はバラバラにされたとは言え、モフモフは複数の生き物の集合体だから、瞬く間に元の姿に戻るのである。トラも食いちぎられては生き返り、また食いちぎられてを繰り返していた。その間に悟るのだ。自分は虎でも何者でもなく、異形(いぎょう)のものなのだと。

〝でも、最後で救われた。ハッピーエンドで良かった〟

陣内さんの返信に続いて、ハートマークのスタンプが送られてきた。

最後は離れ離れになったモフモフ達が再び巡り合い、元通り一緒に暮らして行く。自分達の居場所はここであって、他所に楽園などない。そんなしゃらくさい結末で、物語は終わった。

暫く映画の話をした後、唐突に「今、何してるの？」と聞かれた。「自分で作ったケーキ食べてます。後は風呂入って寝るだけ」と返信すると、びっくりマークのアイコンが送られてきた。続いて目を大きく見開いた女の子のスタンプと一緒に、コメントが送られてくる。

〝自分でケーキを作れるの？　凄い！〟

〝ケーキだけじゃない。ご飯も作るっす〟

陣内さんは、これまで料理をした事がないと言う。

〝お母さんが用意した以外の物を食べたりしたら、叱られる〟

思わず、二度見していた。

叱られる？

〝食事は、食べる時間も内容も決められてるから〟

あ、そうか。

スポーツ選手だから、カロリーや競技に必要な栄養なんかを考えて食べないといけないんだ。

暫くして、陣内さんから「おやすみ」とLINEが入った。

時計を見ると、まだ十一時にもなっていない。「随分、早く寝るのだな」と画面を見ていると、続けて犬が布団の中に入っているスタンプが送られてきた。

そのスタンプを見るうちに、胸がシンと静まり返った。

──もうちょっと、話したかったな。

自分らしくないなと思う。

──駄目、駄目。所詮は住んでる世界が違う人。

気を許して、後で傷つくのは自分。今夜はさっさと風呂に入って、チャットでモフラー達と語りあかそう。きゃつらにとっては、この時間はまだ宵の口も同然、いくらでも相手になってくれる。

未練がましい自分を振り切るように、勢いよく立ち上がる。そして、浴槽にお湯を溜める為に浴室の扉を開けた。

「ぬぅ?」

足を踏み入れた途端、ぐちゃりと足の裏に嫌な感触がした。床に残った水気を、靴下で踏んでしまったのだ。

今朝、シャワーを浴びた後に、軽く水気を拭きとり、換気扇をかけたまま出かけた。普通だったら、とっくに乾いているはずだ。見ると換気扇は切られていて、床だけでなく壁にも水滴が飛び、そこかしこがしっとりと濡れていた。つい、何時間か前にシャワーが使われたような形跡が残っている。

「姉────っ！」

思わず叫んでいた。

以前にも同じような事があったのを思い出す。

由愛が留守の間に、姉がお風呂に入りに戻ってきて、使った後は水気を拭かずに出て行き、換気扇もかけてなかったから、結局は由愛が飛び散った水滴を拭う羽目になったのだ。

一人での生活に慣れてしまうと、こういった些細な事が癪に障る。足の裏に張り付く水を不快に思いながら、浴槽にお湯を張った。

夏休みの宿題？

【神崎水葉】

陸上動作を終えると、ピアノの鍵盤とヴァイオリンの弦が、夜中の十二時を告げる音を奏でた。

コン、コン、コン、コン……。

プールに飛び込んで潜水で進みながら、水葉は紗枝の下に潜り込む。あーちゃんよりずっと身長が高く、下から見るとさらに迫力が増す。身体を丸めて、足の裏が水面と平行になるように膝を曲げる。そこに紗枝の足裏が重なり、息を合わせて互いの脚に力を込める。

水面に紗枝の身体が出た途端、一気に重さを感じた。それも蹴り出した途端、ふっと軽くなる。

水しぶきの音。

頭から落ちてくる紗枝と一瞬、目が合う。今度は向きを変えてリフト。

わざと調律を狂わせたようなヴァイオリンの音が、水中スピーカーから聞こえたタイミングで、二人同時に水中から飛び出し、手を広げる。

音楽はサン＝サーンスの「死の舞踏」をヴァイオリンとピアノ用に編曲したもので、今シーズンのデュエットフリールーティンの曲だ。

夜の墓場を舞台に、死神達がワルツのリズムに乗って踊り狂う。そんな恐ろし気な風景を描写した曲で、ガイコツが踵で拍子を取り、かちゃかちゃと骨が擦れる音を楽器で表現している。

ソロやデュエットの曲や振り付けは、基本的に選手が考える。それが、今回に限ってはコーチが「この曲で」と言ってきて、自分達で考えた振り付けも、より高得点が出せるように難易度を上げられた。

それだけこのルーティンに力を入れてくれたのだが、どうせならもっと楽しい、ノリノリで演技できるような曲を選んで欲しかった。

アクロバティック動作を二つ決めた後は、プールの中央まで移動し、立ち泳ぎしながら腕を振り回し、水面に上昇する。最初に左手、水面に顔を出したところで右手。

「もっと高く！　水面から胸を出す！」

プールサイドから、マイクを手にした佐藤コーチの声が飛ぶ。

次に身体を反転させて、バックで進む。

「動きを大きく見せなさい！　身体の中心から腕を動かす気持ちで、しっかり水を掻く！　紗枝！　離されてるよ！　ほら、泳ぐのが遅い！」

上向き水平姿勢から上体をそらせてサイクロン、頭を下にした垂直姿勢になる。ここから足技が続く。

左脚を上げたフィッシュテイル姿勢から、左右に百八十度開脚。垂直の倒立姿勢に戻したら、次はベントニーコンバインドスピンだ。ベントニー姿勢で静止、膝を伸ばしながら二回転の下降スピンを行い、脚は水面上で揃える。再び片脚の膝を曲げ、上昇スピンで元の姿勢に戻る。

ただのベントニーではなく、足の甲や指先を細かく動かし、水面を激しく叩く動作も入る。

次の動きに移る時は、水中で声を出して合図をするものの、顔を水に浸けた状態では、ちゃんと動きが合っているかどうか自分達には分からない。

隣の動きを見るのに首を動かせば、すぐにコーチの怒声が飛ぶ。まるで水中の動きを完全に見切ったような、的確なタイミングでだ。

やがて中盤のゆったりしたパートに入り、ここで少し息がつける。

だが、コーチは容赦ない。

「ここ、休む場面じゃないよ！　もっと指先まで神経を行き届かせて……。ほら、動きが合ってない！」

中盤のルーティンを終えると、曲は再びスピーディになる。音楽に合わせて素早く方向転換し、手を動かし、脚を水面から出し入れする。

最初の三十秒と演技の後半とでは、同じ動きでも身体への負荷のかかり方が全く違う。

呼吸が苦しい。

身体も重い。

紗枝はちゃんと出来ているのか？

いや、それよりも自分がちゃんと動かないと。

もう、隣を気にしている余裕もなくなる。この後にクライマックスが待ち構えているのだから。

曲はさらにダークな雰囲気を帯び、ピアノのオクターブ連打に、ヴァイオリンの金属質な旋律が絡んで、不気味さを増す。そして、苦しい中で最も激しく動く場面となる。終盤の足技は、時間にして最も長く、気を失いそうになるぐらい苦しい。見せ場は水面から出した脚を百八十度開脚してのスピン。

自分達だけで考えたのだったら、絶対に入れない動きだ。

「こんな難しい動きを、最後に持ってくるか？」と、コーチを呪う。

最後は夜明けを告げる雄鶏(おんどり)の声が響いて、ルーティンは終了する。

右手を上げて水面から顔を出した時には、肩で息をしていた。

平泳ぎでプールサイドまで行く。

「まだ合わせて間もないから、黙って見てようかと思ったんだけど……」

撮影した動画を見せられる。

「見て。酷(ひど)いから」

佐藤コーチは呆れたように肩をすくめた。

あーちゃんと半年かけて練習したこのルーティンは、冒頭に立て続けにジャンプとリフトが入り、疲れが出てくる後半に技のスピードが最速になり、長い足技が続くという、難しい構成になっている。

意欲作で挑んだにもかかわらず、日本選手権では表彰台を逃し、水葉達は言うまでもなく、コーチ陣もショックを受けていた。

「紗枝。最初のジャンプの後、なかなか上がってこなかったから、溺れてるのかと思った」

コーチの言葉に、タブレットを見ていた紗枝がぎゅっと唇を嚙(か)み締める。

本来は身体が小さい方がジャンパーを務める。紗枝は水葉より二センチほど身長が高いから、本当なら水葉がジャンパーになるところを、佐藤コーチはある作戦を考えた。

「身体の大きい人が飛んだ方が、迫力が出るの。紗枝、頑張ってよ」

次の大会では、審査員や観客の度肝を抜く気でいるらしい。

「紗枝はトランポリンを使ったトレーニングをやろっか。ジャンプで後ろに回転するコツを覚える為に」

そして、スマホを取り出してトレーナーと相談を始めた。

「今、いい？　紗枝の事で相談。うん、そうなの。新しいメニューを考えて欲しい。合宿中に体幹を強化して……」

コーチが喋りながら向こうへ行くのを、水葉は目で追った。あとには紗枝と二人、残された。

「水葉先輩。私達、もっと練習した方がいいですよね？」

涼し気な目で、じっと見つめてくる。

きゅっとつり上がった一重瞼は彼女のトレードマークで、小学生の頃は「ひとえちゃん」と呼ばれていた。皆は「モデルみたいでかっこいい」と思っているのに、本人は気にしていたようだ。アイプチで二重瞼にしていた事があったが、水中眼鏡をしていてもプールに入ればすぐに取れてしまうから、いつしか元に戻っていた。

「心配せんでええんちゃう？　紗枝は飲み込みが早いし、コーチにも何か考えがあるみたいやし……」

まだ、何か言いたげな紗枝に、背中を向けた。

「もう今日の練習は終わりやろ。ダウンを始めるよ」

ダウンを終え、更衣室へ向かう途中、コーチに呼び止められる。

「茜の事なんだけど、できたら大会前にオーディションして、その結果で誰が出場するか決めたいの」

　胸が高鳴る。

　もしかしたら、元通りあーちゃんと組めるかもしれない。

「あーちゃん、喜びます！」

　やっぱり、コーチはあーちゃんを見捨てていなかった。ずっと頑張ってきた子を切り捨てたりしない。最後まで、待つつもりでいるのだ。

　頑張れ、あーちゃん。

「私達が合宿に行ってる間に、練習するようにって発破かけときます！」


【西島由愛】


「お前、この夏休み中に泳げるようにしとけよ」

　終業式の日、オモ田に呼び出されて何事かと思えば、いきなり横暴な要求をされた。一年生の時、由愛が嘘をついて水泳の授業をサボっていたのが、余ほど気に入らなかったらしい。

　呼び出されたのは体育館の中にある、体育教官室だった。コの字形に置かれた机の一番奥に、「ボス」と呼ばれる年配の体育教師の席がある。一番手前、入口に近い末席に座ったオモ田は、事務椅子にふんぞり返って、横柄な口調で言う。

「二学期の最初の授業で、テストするからな」

　それだけ言うと、「帰っていいぞ」とばかりに椅子をくるりと回転させて、背中を向けた。泳げるようになれと言う割りには、何をどうすれば良いのか説明がない。

「おい。いつまでそこに突っ立っとんねん？」

呆然と立ち尽くしている由愛に、オモ田は振り返りもせずに言う。

「それって、夏休み中、学校のプールを開放してもらえて、先生が指導して……」

鈍い音とともに、椅子が半回転した。

「ふざけんな！」

今にも殴りかかってきそうだったから、一歩後ずさる。

「何で、俺がそんな事せんとあかんねん！　お前は俺を舐めとんか？」

「重田先生」

その時、ハスキーな声が割り込んできた。一番奥に座る「ボス」の左側、ナンバーツーの場所に座る女性教諭が、今のやりとりの一部始終を見ていたらしい。伊東先生と同年代だが、噂によると女子マラソンマスターズの五〇～五十四歳クラスで日本記録を持っていたと聞く。

「その生徒の言う通りですよ。指示を出した以上は、先生が面倒を見てあげるべきです。言いっぱなしは無責任ですよ」

はっきりと注意してくれて、すかっとした。

オモ田はと言うと、小さくちっと舌打ちしている。

「陣内がいるだろ」

「はいいぃ？」と言っていた。

「陣内だ。あいつに教えてもらえ。このあいだは、仲良くやってたじゃないか」

「教えてもらえって……。そんな……」

「俺が指導するまでもない。あいつに教えてもらえ。以上」

助けを求めて女性教諭の方を見たが、苦笑いしているだけだった。

自分が言い出したくせに、生徒に尻拭いさせるの？　怒りを通り越して呆れていた。

オモ田とのやり取りですっかり疲れてしまい、身体をひきずるようにして教室に戻る。夏バテとバイトでくたびれた身体は、やけに重い。

誰も残っていない教室によろよろと入り、机に突っ伏す。ひんやりとした合板の感触が、眠気を誘う。うつ伏せになっていると、誰かが廊下を走る足音や、グラウンドで活動中の部活の掛け声が聞こえてきた。

誰かが教室に入ってきた。

「あれ？」

その声は、陣内さんだった。

「大丈夫？」

「はい……。ライフがゼロになるような事がありまして」

身体を起こし、オモ田とのやり取りを話す。

「私が、西島さんを泳げるようにしたらええん？」

「あ、そうではなくて……。重田先生の無茶ぶりに呆れたっていうオチです。蛇蝎(だかつ)の如く嫌われ、人権を踏みにじられた可哀想なあたし……」

「だかつ？」

「いやいやいや、だから、気にしないで下さいって。あんな事言ってるけど、どうせ二学期になったら忘れてますよ」

その時、がらりと教室の戸が開いた。

「何をやってるの？　早く帰りなさい」

伊東先生だった。手に鍵を持っている。

「承知しました」と軽く受け流した由愛に対して、「すみません。今、重田先生から出された夏休みの宿題について話してて……」と、陣内さんが几帳面に答えている。余計な事を言うなと手を振ったが、伊東先生が食いついた。

「重田先生があなた達に？　何を？」

片や全国大会に出場するようなスポーツ少女。こなた先生も扱いに困っているぼっち女子高生。全く接点のなさそうなタイプの違う二人に、体育の横暴教師が何をさせようとしているのか、伊東先生は好奇心をくすぐられたようだ。

「宿題って、一体何なの？」

黙っていればいいのに、陣内さんがかいつまんで説明を始めた。お願いだから、やめて。

「あら、素敵じゃない。ちょっと西島さん」

伊東先生の声が、ワントーン高くなっている。

「どうせなら、泳ぎを教えてもらうついでに、シンクロの紹介動画を作ってみたら？　で、その動画をあなたが言ってる動画サイトにアップしてみるの。反響があれば、ＡＯ入試の時に実績として書けるじゃない」

伊東先生、意外とぶっ飛んでる。そんな事をして面バレしたら、学校で大問題になるんじゃないの？　想像しただけで面白い事になりそうだったけど、それとこれとは話が別だ。

「一般入試だろうが、ＡＯだろうが、あたしは大学受験するつもりはありません」

「あなた、考えとくって言ったじゃない」

椅子を引きずってきて、陣内さんと由愛の間に割り込んだ。

「シンクロはオリンピック種目だけど、部活でやってる学校は滅多にないし、知られてない事も多いと思うの。先生もちょっと知りたい。練習方法とかルールとか。あの衣装やヘアスタイルなんかも、どうやって作ってるのかとか興味あるわね」

陣内さんが、先生と由愛の顔を交互に見ている。

「そっか。陣内さんは知らないんだ。西島さんはね、いずれ動画配信を仕事にしたいんですって」

「え！　西島さん、ユーチューバーなん？」

「いやいやいや！」

「あ――――っ！　それで、いつも熱心に動画を撮影してたんや。もしかして、『モフモフ商店街』の動画とか作ってるの？」

「だから、ちが……」

「チャンネルの名前、教えてよ」

急な展開に慌てる。

Vlogはプライベートな日記みたいなものだし、あそこで由愛は〈ぼっちさん〉という別の人格を演じているのだ。絶対に、ぜったいに、ぜーったいに！　知り合いには見られたくない。

「動画は撮り溜めてるけど、まだ自分のチャンネルは持ってなくて、更新とかもしてなくて……。あーっ、じゃなくて、とにかくいつかなれたらいいなって……考えてるだけ……です」

もう取り繕う余裕もない。

「あ、他の人達には内緒にしといて下さいね」

きつく念押しする。こんな話がうっかりクラスの派手な子達に伝わったら、何を言われるか分からない。

「分かった。誰にも喋らへん。で、いつ、撮影する？」

「い、いつって……」

「それから、夏休み中に泳げるようにするのも任せて」

「ちょ、ちょっと！　いいですよ！　いいってば！　だって、陣内さんには、陣内さんの都合が……。そうだ！　練習とかあるじゃないですか」

「今年は大会に出えへんから、全然平気」

「え、でも……」

伊東先生がぱちぱちと拍手をした。

「これで決まり。陣内さんは夏休み中に西島さんを泳げるようにしてあげて、西島さんは陣内さんをモデルにして動画を作る。この活動を通して、何か発見があるといいわね」

「先生、動画サイトには魑魅魍魎が巣くってます。陣内さんの身の安全を考えたら、顔を出すのはまずいです。やめときましょう」

切り札のつもりで言ったのに、陣内さんは明るく否定した。

「全然平気。スイムキャップを被って、スモークタイプのゴーグルしたら、ほんまに誰か分からんようになるし」

「いや、だから……」

「とにかく、平気やから。泳ぎの方も任せて」

＊

今日は大変な一日だった。

学校では、オモ田と伊東先生から変な宿題を出されるわ、バイトではミスを重ねて叱られるわ。もう、くたくただ。

倒れ込むように玄関に鍵を差し込み、ドアを開いた。

中でがさがさっと物音がした。姉が帰っているようだ。

「ちょっとー。このあいだはよくも……」

お風呂を使いっぱなしにした件で文句を言ってやろうと、ドアを蹴とばすような勢いで玄関に飛び込む。

「え？」

目の前に脱ぎ捨てられていた靴に、ぎょっとする。

見慣れないスニーカーは特大サイズで、どう見ても男物だ。ドロドロに汚れている上、片方はひっくり返っている。

咄嗟（とっさ）に身を引くと、音を立てないように、そっと扉を閉めた。そして、ベランダの方へ回り込んで家の中を覗く。部屋の灯りは消されたままだったが、カーテンと部屋の扉が開けっ放しになっていたから、多少は家の中の様子が分かる。

人が動いているのが見えた。

姉ではない。だったら、誰なんだろう？

ふいに嫌な予感がした。

世の中には、団地マニアという輩がいる。奴らにかかれば、動画に映し出された僅かな情報から、撮影場所を特定するのなど造作ない。ただ、敷地内には同じ間取りの部屋が幾つもあるし、まさか自宅の正確な場所までは把握できないだろうと高をくくっていた。

だが——。

もし、相手がとっくの昔にこちらの自宅を特定し、あろう事か留守の間に、家に入り込んでいたとしたら？

風呂場が濡れていたのも、そいつの仕業だとしたら？

まさかと一旦は否定したけれど、頭に浮かんだ思い付きは、なかなか離れてくれない。

でも、どうやって入り込んだんだろう？　合鍵を作られた？　どんな方法で？

あらゆる可能性や疑問を頭に浮かべ、次々と否定してゆく。

——ど、どうしよう。警察を呼ぶべきですよね？

いや、その前に姉に電話。

——あ、もしかして！　姉の彼氏？

二人で一緒に家に来て、姉は一人で買物にでも出かけたのかもしれない。そうだ。きっとそうだ。そう考えれば辻褄(つじつま)が合う。

その思い付きに心が軽くなる。

何処かで激しく鳴く犬の声が響いていた。「ワン」と鳴いた後、続けて、「ワォーン、ワンワン」と遠吠えしている。

家内の人影の動きが止まり、こちらに向かってきた。

「うわ、うわわわぁ！」

隠れようと思うのに、足がすくんで動かない。やがて、室内の灯りが点けられ、窓が開いた。

「うるせえなぁ。何処の犬だ？」

「ひゃっ！」

「うおっと！」

ベランダの柵を挟んで、由愛と侵入者が同時に声を出した。

妙に細長い人影が、こちらに向かって顔を突き出した。無精髭を生やし、髪がボサボサなのが分かった。しかも、おじさん。幾ら何でも、こんな奴が姉の彼氏な訳ない。

「ド、ドロボー！」

大声で叫んでいた。

「お前、由愛か？」

「え、父？」

室内の灯りが逆光になって、相手の顔が良く見えないが、親の声を聞き間違えるはずはない。ベランダ越しに約二年ぶりの親子対面だ。途端に身体から力が抜け、その場に座り込んでしまった。

——帰ってくるんだったら連絡してよ。もう！　びっくりした……。

玄関に回って、家の中に入る。父が冷蔵庫に入れてあったペットボトルのお茶を飲んでいた。改めて明るい場所で見て驚く。父は別人のように痩せていた。

「母さんは何処に行ってるんだ？　いつ来ても留守だったぞ」

「いつ来てもって……」

その時、給湯器のリモコンから「お風呂が沸きました」と音声が流れてきた。

「もしかして、これまでもあたしが留守の間に入ってましたか？」

「ああ、悪いか？」

「勝手に使わないで。次にやったら、警察呼びますからね」

「何で自分ちの風呂に入って、警察を呼ばれるんだ？　それより母さんは？」

「今、アジアの奥地」

「旅行中か。呑気なもんだな」

「違う。向こうに住んでる。そろそろ一年になります」

父は飲みかけたお茶を「ぶっ」と吐き出すと、激しく咳き込んだ。

「な……何だって？　こど……子供を放ったらかし……て、か？」

まだ咳き込んでいる父を放置し、動画配信用に設置した機材を隅に寄せる。

「茉奈までいないし、どうなってるんだ？」

「知らない」

「知らないって、お前ら姉妹でちゃんとコミュニケーションとってないのか？　それより台所にカメラとかライトとかこんなに置いて、お前何をやってるんだ？　危ないじゃないか」

床に這わせたコードを足先でつついている。

まさか、いきなり帰ってくるとは思わなかったから、撮影機材を出しっぱなしにしていた。

――ていうか、父。仕事は？

「父さん、身体を悪くしてな」

休暇をとって、暫く近くの病院に入院していたと言う。言われてみれば、痩せただけでなく、顔色も妙に黒い。

「ふらふらになって戻ってきたのに、母さんはいないし……。とりあえず自分で入院準備して、着替えだけ持って出たんだ。一ヶ月ほど前だな。風呂？　病院から外出して使ったんだ。毎日、入らせてもらえないんだよ。父さん、綺麗好きだから我慢できなくてな。そんな訳で、暫くは家にいる。自宅静養だ」

——え……、ずっといるんすか？

せっかくの気ままな一人暮らしを、邪魔されたくなかった。だが、家賃を払っているのは由愛ではない。それに、コメント欄で粘着してくる奴もいる事だし、番犬代わりに置いてやってもいい。そんな心境になっていた。

人魚たちの夏

【陣内　茜】

終業式の日、明日から夏休みという気分も手伝って、校内にはふわふわとした空気が流れていた。そんな中、放課後に西島さんと動画の撮影について打ち合わせをする。

場所は屋上。

かなり暑かったけど、ここなら人目につかないし、思い切りお喋りができる。

「問題はプールなんです。ざっと調べたところ、安いのが市民プールでした。会員にならなくても利用できます。しかし、撮影するとなると煩い事を言われる可能性が……」

「普通の市民プールでアースイは無理。ルーティンもできひんよ」

「何故ですか？　というか、ルーティンとは？　日課の事？」

ぽかんとしている西島さんを前に、普段、茜達が何気なく使っている言葉ひとつについても、説明が必要なんだと気付いた。

「アースイでは、音楽に合わせて演技するのをルーティンって言うねん」

「で、何故、市民プールじゃ駄目なんですか？」

「アースイは特殊やから……。遊泳ゾーンで練習させてくれるとこもあるけど、普通のプールは水面から脚を上げたりしてると、すぐに監視員が飛んできて注意される。『他の人の迷惑やから』とか言われて。あと、ルーティンに関しては深いプールやないと……。深さ？　三メートルぐらい。コースロープも避けて、プールを広く使えるようにするねん。飛び込み用のプールを使う事もある。でも、そういうとこ、なかなか個人では利用でけへんと思う」

水深の深いプールは数が少なく、練習場所を確保するのに苦労しているクラブもあるぐらいなのだ。

西島さんはスマホを検索し始めた。

「ダイビング用のプールって駄目ですかね？　水深八メートルですって。撮影もできるみたい……」

だが、すぐに顔をしかめた。

「あ、でも、撮影する場合は貸切での利用になるから、それだと利用料がバカ高くなる。三時間で諭吉さん四枚ですか。うーん……」

二人で分割したとして、二万円だ。

撮影する前にアップぐらいはしたいし、西島さんも「プールの撮影はやった事ないから、一発で上手く撮れる自信がない」と言い出す。撮りなおしの時間を考えたら、三時間で収まるかどうかも怪しい。

「さすがにこれは却下ですね」

普段、何気なく使っているプールだったが、いざ自分達で何とかしようとすると、越えないといけないハードルが幾つもある。

「プールはアテがあるから、私に任してくれる？」

とりあえず、簡単なレクチャーを始める。

「まず、アースイのルールについて。フィギュアとルーティン、二つの競技の説明をしよか」

「フィギュアって、模型の事ですか？」

「違う、違う。西島さん、今、わざとボケたやろ？　基本姿勢を基本動作でつないで、技術の完成度を競うのがフィギュア」

選手は黒い水着に白いゴム製のスイミングキャップで、名前ではなく番号で呼ばれる。音楽もかけないし、見て面白いものでもないせいか、報道される機会はほとんどない。

「一般の人がテレビの中継とかで目にするのは、ルーティンの方。フィギュアの型に、アースイの基本泳法、スカーリング……。あ、スカーリングは『漕ぐ』っていう意味で、手を動かして身体を浮かせたり、方向を変えたり、回転したり……。まぁ、口で説明するより、実際に見てもろた方が分かりやすいと思う。簡単に言うたら音楽に合わせた演技のこと。一人でやるのがソロで、二人組がデュエット。あ、男女混合でやるのはミックスデュエットね。団体競技は四人から八人でやるチーム」

他に、ソロとデュエット、トリオ、グループが一緒になったフリーコンビネーションや、アクロバティックな動きがたくさん入るハイライトルーティンがある。

「ソロ、デュエット、ミックスデュエット、チームのルーティンには、それぞれテクニカルとフリーがあるから、複数の種目に出場する選手は、それだけたくさん振り付けを覚える事になるねん」

テクニカルルーティンは、規定要素を取り入れて演技する種目だ。対して、フリールーティンは競技内容に規定がなく、制限時間のみが設けられた自由種目で、大会ではそれぞれで採点が行われ、各得点を半分にして合算したものが合計得点となる。

「今の説明で分かる?」

「お願いします。日本語で喋って下さい」

「西島さんに言われたくない」

聞き慣れない言葉の連続に、頭がこんがらがったらしい。いつもの仕返しができたみたいで、ちょっと気分いい。

「そんな専門的な内容より、お化粧とかの方がええかな? 大会で着る衣装は綺麗やし、興味を持ってもらえそうやない? あとは、ヘアスタイル。あ、他にやってる人がおる!」

スマホで検索すると、ゼラチンを使って髪型を作る動画が、既にアップされていた。

「ゼラチンって、ゼリーを作る時に使うあれですよね? そんなにしっかり固まるんですか?」

髪型を作る動画を見ながら、西島さんが言う。

「冷えて固まったら、プールの水ぐらいでは溶けへん。逆に後で溶かすのが大変なぐらい、がっちり固まるよ。演技の途中で髪が崩れると、それも減点の要素になるから、しっかり固まるものを使うねん」

「てっきり、専用のヘア用品があると思ってました」

「昔は固める為の整髪料を使ってたみたい。コーチは『チック』て言うてたけど。もちろん、大会の前には、まとめやすいように髪も切るで。アップにした時、お団子の大きさや高さを揃えた方が綺麗やから、髪の毛が多い子は梳(す)いてる」

大会当日はタイトなスケジュールで動くから、実はヘアメイクを作るのも大変で、その為に早起きするほどだ。

「でも、こんなん、別に珍しくも何ともないか？　バラエティとか情報番組で紹介されてるのん観た事あるし……」

茜の言葉に、西島さんは人差し指を立て、顔の前で左右に振った。

「心配しなくても、陣内さんが考えてるより、ずっと珍しいですよ」

何だか今年の夏休みは楽しくなりそうで、わくわくしてきた。

＊

七月下旬――。

いつもより早く起きた茜は、昨夜のうちに用意しておいた荷物を手に階段を降りる。両手に持ったショッピングバッグは、撮影に使う物でいっぱいだ。

今日は忙しい。

午前中に西島さんの家で撮影の打ち合わせなんかをして、お昼をご馳走（ちそう）になったら、午後からプールだ。

出がけに、台所に立っていたママに「行ってきます」と言う。靴を履いていると、玄関まで見送りに出てきた。

「今からクラブ？」

怪訝（けげん）な顔をする。

「練習に行くんやったら、送って行くのに……」

「違う。今日は友達とこ」

「友達って……。水葉ちゃんは今、合宿でおらへんでしょ？」

——もう、煩いなぁ……。

茜が例年とは違うスケジュールで動いているのが落ち着かないのか、最近のママは何かと言うと絡んでくる。ちゃんと説明しない自分も悪いのだけど、今は相手をするのがしんどい。

「それより、リハビリは順調なんよね？」

「うん。まぁ……」

「いつまでものんびりしてたらあかんよ。大事な時期に友達と遊ぶとか、ちょっとたるんでない？」

「遊びに行くんとちゃうわっ！」

思わず声を荒らげていた。

「ママ、ウザいで！　自分がしんどいからって、私に不安をぶつけんとって欲しい。実際に競技してるのは私やっ！」

ママは、傷ついたような顔をした。言い過ぎてしまったと後悔したが、素直に謝れない。

「あんまり時間ないから、行くね」

それだけ言って、家を出た。

バス停へと向かう間に、蟬（せみ）が一斉に鳴き始めた。種類が違うのか、朝や夕方に聞こえる鳴き声とは違う。

あぁ、煩い。

息苦しさが増す。

——別に遊びに行く訳ちゃう。学校の宿題なんやし。

象の鳴き声のようなクラクションが聞こえた。見ると、ちょうどバスが角を曲がってくる所だった。少し急いでバス停に向かい、何とか間に合った。

一番後ろの広い座席には、学校の名前が入ったジャージを着て、大きな荷物を持った部活生が座っていた。

――スイちゃん達、今頃は合宿所に到着してるかな？

一年の集大成となる大会に向けて、「スイミングアカデミー大阪」ではこの時期、水深の深いプールを借り切って合宿を行う。集中する為に最低限の人数で行うから、怪我で離脱していた茜は参加できない。

骨折した箇所は思ったより早くくっついたものの、治療の為に安静にしている間に、身体のバランスが崩れ、筋力も落ちていた。トレーナーからも「休んだ分を取り戻すのに、時間がかかる」と言われている。実際に泳いでみると、確かに以前とは何かが違う。

何よりアースイの選手にとって一番大切な、水中での感覚が失われていたのがショックだった。

コーチからは「大会までまだ一ヶ月あるし、最後まで諦めないで欲しい」と言われていたけど、そんな少ない日数で戻せる気がしないし、自分から身を引くつもりでいる。

スイちゃんに言ったら、物凄い剣幕で怒られた。

（まだ諦めるのは早いよ。コーチは大会前にオーディションして、あーちゃんか紗枝のどっちかを選ぶとまで言うてくれてるねんで！）

休んでいた自分が選ばれたら申し訳ないし、いや、どうせ選ばれない。だったら、そんな形だけのオーディション、最初からやらない方がいい。

このあいだはコーチから、「夏休みの間、入門コースの子達の指導をして欲しい」と頼まれた。茜が気持ちを切らさないように、コーチなりに考えてくれているのが分かった。分かったけど、今はそんな気遣いすら辛い。

でも、小さい子達に教えるのは嫌じゃない。本当にかわいいのだ。

入門コースの子達は、これからバッジテストで上のステージを目指し、技術を向上させて行く。競技会に出場する為には、最低でもステージ3の取得が必要で、ジュニアオリンピックに出場できるレベルの子は別として、大半の小学生はバッジテストをクリアしながら、それぞれの地域で開催される大会を目標にする。

だから、全国大会を経験している高校生の選手は、子供達にとっては憧れの的なのだ。茜がちょっと難しい技を披露するだけで、「凄ーい」と賞賛の声を上げ、「もっとやって見せて」とねだられた。小さな子供から熱い視線を向けられるのは悪い気はしないし、自分の子供の頃を思い出して、ほっと癒される。

もちろん、そんな事で喜んでいる場合じゃないのは分かっている。本当なら、入門コースの指導が終わった後に残って、自分の練習をしなければならないのだが、大会に出ないと決めたからか、いまいち身が入らない。

バスが降車駅をアナウンスした。

約束通り、西島さんが待ってくれていた。やっぱり黒い服で、フリルたっぷりの黒い日傘を差していたから、思わず二度見する。

「おはよー。今日は暑いね」

「ええ。夏ですから……」

やっぱりテンションが低く、会話も続かない。どうやら、朝は調子が悪いようだ。

バスを降りて公園を突っ切ると、そこに面して建つ高層棟の一階が、西島さんの自宅だった。上階から、布団を叩く音が響く。

「うわぁ、猫ちゃん！」

玄関の戸を開くと、物陰から猫がこちらを見ていた。西島さんがLINEのアイコンに使っている猫だ。撫でようと近寄ると、くるりと方向転換し、手の届かない場所へ行ってしまった。警戒しているのか、尻尾を左右に振っている。

「その子、懐かないよ」

奥から髭もじゃの男の人が出てきたから、ぎくっとした。顔は日焼けしていて、黒いTシャツを着ているから白い歯が目立つ。

「どーもー、初めまして。由愛と同じ学校の子？　娘がお世話になってまーす」

ハイテンションで挨拶され、思わず後ずさっていた。

西島さんが「父！　あっちへ行って」と煩そうに追い払う。

お父さんのTシャツの背中に、波間に浮かぶ船の絵に重ねて「航海安全」とロゴが入っているのが見えた。

「あたしの部屋は、こっちです」

長い廊下を歩く途中、唐突に洗濯機が置かれていたから、まじまじと見てしまった。他は古い造りなのに、洗濯機置き場から向こうは新しい。

西島さんの部屋はフローリング風のクッションフロアが敷かれていて、作り付けのクローゼットまであった。

「わぁ！　モフモフグッズがこんなに！」

突っ張り棒に板を渡して作られた棚には、「モフモフ商店街」のフィギュアにぬいぐるみ、ラバーマスコットやアクリルキーホルダー、文房具類なんかが綺麗に飾られ、中でも西島さんが推してるトラフグオのフィギュアは、ポーズや大きさの違う物が最上段に並べられていた。

「そこに置いてるのは、うちのエースです。クローゼットには、その三倍ぐらいのコレクションが収納されてます。なに、あたしレベルなど大した事ありませんよ。知り合いには別に倉庫を借りたり、専用の収納庫まで作った兵までいますからね。お布施は推し事の基本ですが、無駄にメーカーを儲けさせるなっつーの。ま、そんな馬鹿馬鹿しい話は脇に置いといて……。そろそろ始めましょ」

見ると、ローテーブルの上に紙が広げられていた。先に、作業の工程表を作ってくれたようだ。将来、ユーチューバーになりたいというだけあって手際が良い。

西島さんが、防水スマホケースを取り出した。

「これを使えば、水中でも撮影できます」

実際にお風呂に沈めて撮影した実験動画を見せてくれた。重しをしたキッチン用品や缶、瓶類の間を金魚が泳いでいる。カメラは金魚に寄って、つぶらな目や美しいヒレを映し出す。この実験の為に、わざわざ金魚を買ってきたらしい。

――そんな必要ないのに。だって……。

だが、黙っておいた。西島さんが驚く顔を見たかったから。

「私も色々持ってきた。……これがノーズクリップ。私は八百円ぐらいのを使ってて……」

ショッピングバッグの一番上に入れておいたポーチから、ケースに入れたノーズクリップを取り出す。装着の仕方を説明しようとすると、「ちょっと待ったー！」と制止される。

西島さんはスマホを取り出し、カメラアプリを開いた。そして、突然こちらにレンズを向ける。

「え、いきなり撮影するの？」

「テストです。使わないから、安心して下さい。試しにノーズクリップについて説明しながら、付けてみて下さい。行きますよ。三、二、一、キュー！」

何度か咳払いをしてから、喋り始める。

「えー、こんな風に開いて、斜め上から付けます。水が入ってこないように、しっかり留めて下さい。えー、合う形やサイズは人によるので、ちょっと……色々と試してみるとかすると……いいです。こんなんでええ？」

「う～ん、やっぱり説明は字幕の方がいいですね。音声読み上げソフトを使う手もあるけど、あれ、あんま好きじゃなくて」

カメラを止めた西島さんは、動画を再生しながら言う。

「全然あかんね」

録音された自分の声って、何でこんなに気持ち悪いんだろう？　すぐに言葉が出てこなくて、「えー」とか「ちょっと」で繋いでるのも聞き苦しい。

「動画でレクチャーって、難しいんです。芸人さんとか、よっぽど喋りが上手い人でないと、途中で見てもらえなくなる。字幕も多すぎると読んでもらえないし……。今回の場合、説明は最小限にして、どんどん動きを見せたり、絵的に綺麗な物を出して行った方がいいと思います。あと、ノーズクリップは小さいから、拡大したのをワイプにして画面に貼った方がいいですね。

LEDライトパネルを使えば綺麗に撮れます。そっちは衣装?」

西島さんがショッピングバッグの中を覗く。

「うん。これは、初めて人前で泳いだ時に使った水着」

ラベンダーとミントグリーンを組み合わせて、「リトルマーメイド」のアリエルをイメージしている。

「あぁ、ディズニーね」と、西島さんは鼻で笑った。今にも「これだから一般人は」とか言いたそうな表情で。

「舞台は見た事ある? 私、歌えるよ」

劇団四季の女優さんを真似て、ソプラノで「Part of Your World」を歌ってみせたが、西島さんが半目になっていて、その視線が痛かったから歌うのを止めた。

「陣内さん。人には適性ってものがありますから……」

「もう! どうせ私は音痴ですよっ! あ、それは中学に上がってから着てた衣装」

西島さんがバッグを探り、新しい水着を取り出していた。

オレンジに稲妻のように黒い線が走る衣装には、同じカラーリングの髪飾りを合わせる。

「髪飾りはハットって呼んでる。お団子にした髪に、こうやって付けるねん」

簡単にお団子を作り、そこにハットを重ねて見せる。

「これはチームで『ハリー・ポッター』のテーマ曲をやった時の、魔女をイメージした衣装。このルーティン、曲は良かったけど、振り付けがキツかってん。めっちゃ練習したおかげで、全国大会で入賞できて、ほんま嬉しかった」

こうやって並べてみると、その一枚一枚に物語があった。楽しい思い出、辛い記憶。

「これは……」

西島さんが手に取ったのは、黒の地に、シルバーと赤が入った水着だ。スイちゃんとのデュエット用の衣装だ。

「気持ち悪いやろ？　それ一番新しい衣装やねんけど、模様が骨の形になってるねん……」

「いやいや。気持ち悪いだなんてとんでもない。ゴシックでいいじゃないですか」

あばら骨の形に沿って縫い付けられたスパンコールに、西島さんは眼鏡を押し付けるようにして見入っている。

「こんなの、どこで売ってるんすか？」

「それは……、親が縫ってくれた」

――あの時、遅くまでかかって水着にスパンコールを縫い付けてくれてたな……。

思い出して、胸がちくりと痛んだ。出がけに、あんな言い方しなければ良かった。

「待って！　衣装って自分で作るんですか？」

「うん。そうやけど」

デュエット、チームなどに分かれて、出場選手一人一人がデザイン画を描き、その中からコーチが選んでブラッシュアップしている。デザインが決まったら、皆で布のサンプルを集めて、スパンコールのあしらい方など、コーチと相談しながら決めるのだ。そして、裁縫の得意な保護者が試作品を作り、型紙を作って同じチームの選手の親に渡し、各家庭で自分の子供の水着を作るという流れになっている。

「西島さん、ちょっと着てみる？」

「いやいやいや！」

激しく首を振ってるけど、衣装はしっかりと握ったままだ。

「遠慮せんでもええやん」

西島さんは暫く黙って衣装を見ていたが、ぱっと顔を上げた。

「これ、あたしは着てはいけないものです」

「そんなん下着の上から着たらええんやし。私は気にせえへんよ」

「いやいや、そうではなくて……。何と言ったらいいか……」

言葉を探るように、西島さんは俯いた。そして、手にした水着をテーブルにそっと置いた。

「こういうの、てっきり業者さんに頼むんだと思ってました」

「裕福な家の子なんかは、そうしてるかも。でも、うちのコーチは『お母さんが縫ってあげて下さい』って言うてる。良かったら大会の動画、見る？ この水着を着てるルーティン」

スマホを操作して、スイちゃんと出場した五月の日本選手権の動画を呼び出す。

「私、調子が悪かったから、あんまり上手くできてへんけど……」

演技前の陸上動作の部分から再生する。カクン、カクンとぎこちない動きで、コーチからは「笑うな」と言われた。いつもは「口角を上げて」と注意されるのに。

「衣装もやけど、音楽が地獄みたいな曲……」

画像は今、下になったスイちゃんを土台にして、茜は身体を後ろに反らせてジャンプする導入部を映している。水中に没したら、すぐにリフト。そして、叫び声のようなヴァイオリンに合わせてブーストする。冒頭の見せ場だ。

「カッコイイ曲じゃないですか」

「で、ここが、難しいねん」

画面は、足技を見せる場面に移っていた。

「ここ。ほら、スイちゃんの動きと合うてへんやろ？」

「分かりません」

静止して、拡大して見せる。

「脚の角度が違うやん」

水中から突き出した脚が、茜は十五度ほど角度が足りていない。

「そんなとこまで審査されるんですか？」

「うん。レフェリーが二人と、合計十五人のジャッジがいるから、絶対に見逃されへん。ルーティン競技の採点は五人ずつの、三つの審判団が〇・一点刻みの十点満点で採点するねん」

採点の内容はテクニカルとフリーでは多少違う。

テクニカルでは全体の演技の完遂度を評価するエクスキューション、難易度や構成、音楽の解釈、芸術性を評価するインプレッション、各規定要素の完遂度を評価するエレメンツの三つで審査される。対してフリーではエレメンツが外され、代わりに難易度を評価するディフィカルティが加わる。

「それぞれの最高点と最低点を除いた平均点を出して、エクスキューションとインプレッションは三を、エレメンツは四を掛けて、その合計がテクニカルの得点になるねん。フリーはエクスキューションとディフィカルティに三、アーティスティックインプレッションに四を掛けて……」

「じ、陣内さん。お願いだから日本語でお願いします！」

「とりあえずは、小数点以下二桁や三桁で勝敗が決まるて覚えとって。ほんで、コーチはこのジャーンっていうとこでポジションを合わせたいんやけど、その前の動きに余裕がないねん。そのせいで、音楽と動きが合わんくて……」

「それ、曲のテンポを変えてもらうのは駄目なんですか？　余裕を持って動けるように」

「ここだけ、テンポをゆっくりにするって事？」

「ですです。音楽編集ソフトを使えば、ピッチは変えずにテンポだけ遅くできます。それも簡単に。ちょっと、やって見せましょうか。えーっと、あたしのＰＣ……」

その時、ドアがノックされた。

「由愛ー。ちょっといいかー？」

ドアの外で、お父さんの声がした。

「取り込み中！」

西島さんが煩そうに返事する。

「お茶を持ってきてやったぞ」

「そこ、置いといて下さい」

「入るぞー」

麦茶とたくさんの果物を載せた盆を手に、お父さんが部屋に入ってきた。

「今、お隣さんが持ってきてくれたんだ。あ、続けてね」

そして、ちょこんと座ると、にこにこ笑いながら果物ナイフで梨の皮を剝き始めた。髪と髭を伸ばしていて、着ている服とかも若いからか、うちのパパとは随分、雰囲気が違う。

「おっ、それはレオタード？」

お父さんは、テーブルに広げた水着を眺めた。

「アース……、シンクロナイズドスイミングの衣装です。子供の頃から、ずっとやってて」

「へぇ！　凄い事をやってるんだなぁ。確かに君、筋肉質で丸太みたいな身体してるもんね」

「父ーっ！」

西島さんが怒鳴る。

「良かったら、着て見せてくれる？　あ、おい、押すなよ」

立ち上がった西島さんは、無言のままぐいぐいとお父さんを部屋の外に押し出した。お父さんがいなくなると、室内が急に静かになった。

「とりあえず、音楽の編集は後でやって見せましょう。今からお昼ご飯にします。何か食べられない物、ありますか？」

【西島由愛】

鶏肉の消費期限が近づいていた。陣内さんが苦手な食材に鶏肉は入ってなかったし、玉ねぎと一緒にクリームスープで煮込んで、パスタソースにしようか？

野菜室を覗くと、白葱（しろねぎ）と生姜（しょうが）があった。ラップでくるまれた使いさしの野菜も。すぐさま、今日のランチメニューが頭の中で展開した。料理に使う材料を冷蔵庫やストッカーから出し、テーブルに並べてゆく。

ふと、父の姿がないのに気付いた。寝室に使っている和室や、トイレにもいない。靴が見当たらないから、何処かへ出かけたんだろう。

——久々に動画、撮るか。

三脚に固定したカメラを持ってきて定位置に置くと、調理を再開する。

フォークをぷすぷすと鶏肉の皮に刺した後、塩コショウをすり込み、耐熱皿に置く。そして、生姜の欠片(かけら)と葱の青い部分を載せて、上から料理酒をかけてラップ。あとは電子レンジでチンするだけだ。

時間がない時や疲れた時、困った時の手抜きメニューだ。

冷凍しておいたご飯を温めて皿に盛り、出来上がった鶏モモ肉を載せる。その上から、鶏を電子レンジでチンしている間に作った葱ソースを満遍なくかけて、中華味のスープと一緒に部屋まで運ぶ。もちろん、その前に完成した料理をキッチンで撮影した。

「わ、美味しそう！　もう、お腹ペコペコ」

陣内さんは「美味しい、美味しい」と言いながら完食した。

「さて……と」

卓上に運んできたノートパソコンを起動させ、まずはダウンロードした音源をデスクトップに準備しておく。そして、ソフトを起ち上げたら、デスクトップの音源にマウスを合わせ、新規画面にドラッグ&ドロップだ。取り込まれたデータが波形表示される。

「テンポが速いって感じるの、どこでしたっけ？」

動画で確認する。

「あ、ここ」

「じゃ、まずは選択」

変更したい範囲をドラッグする。そして、メニューの「エフェクト」から「テンポの変更」を選んだ。

「ちょっと聞いてみて下さい」

編集された音楽を再生すると、陣内さんはその場で手を動かし始めた。

「あ、これだと動きやすいかも。すごーい。西島さんって、何でもできるんやね！」

「んな、大袈裟な。操作さえ覚えたら、猿でもできます」

「そうなん？　私はこういうのん苦手で、プールで再生してみたら音が小さかったり……。もうスイちゃんに任せてる。そうや！　幾つかの曲を繋げるとかできる？　あと、フェードアウトしたり、効果音を入れたりとか」

「できます」

「今回の撮影用に、新作のルーティンを入れるのん、どうやろ？　面倒くさい？」

「著作権の問題があって、既成の音楽を使うのは制限があります。……けど、まぁ、何とかやってみましょう」

「やった！　振り付けも一緒に考えよな」

「一緒に？　冗談はやめて下さい」

「冗談やない。西島さんにも一緒にルーティンをやって欲しいんやから」

喉が「げっ」と鳴った。

「ブッブー！　断固拒否！　あたしは泳げません！　無理、無理！」

「大丈夫。浅いプールで、底に手や足をついた状態でできるようなルーティンを考えるから」

「しかし、一緒に泳いでしまうと、撮影ができません」

「三脚に立てたスマホをプールサイドに置いといたらええやん」

「ちっ、これだから素人は……。動いてるものを三脚に固定したまま撮影できますかいっ？

被写体を追わないといけないんですよ？　それとも、自動追尾システムが搭載されたスマホ用ジンバルを買ってくれますか？　ちなみに諭吉さん二枚」

だが、「誰かに撮影してもらえばいい」と言って引かない。

「私が視聴者やったら、最初は何もできんかった子が、段々と上達して、最後には形になるのを見てみたい。子供にアースイを習わせようかどうか考えてるお母さんにも、参考になるやろし」

自分がやっている競技を動画で盛り上げ、競技人口を増やしたい。志は立派だと思うが、それとこれとは別だ。

「却下。この話はもう終わりです」

「ずるい」

「ずるいって、あたしがですか？　それは聞き捨てならないですな」

「私は西島さんにも体験してもらって、アースイについて少しでも知ってもらいたいって思ってる。撮影だけして、分かったつもりになって欲しくない」

「水着を持ってません」

「学校で使ってるのあるやん」

「スクール水着？　身バレ必至じゃないですか」

ちなみに、モスグリーンにオレンジのラインという、信じられないようなカラーリングである。

「そしたら、私の水着を貸す。幾らでもあるし」

紙バッグから陣内さんが取り出したのは、胸の所に桜の花が散らされた紺色の水着だった。

「あんまり着てへんし、良かったら使って。スイミングキャップとゴーグルも余分にあるし。あ、ゴーグルに度は入ってへんけど……」

目の前でひらひらと揺れる水着を、手に取った。

「いやいや、これは無理でしょう？」

「何で？　練習用やし、遠慮せんでえぇよ」

「ハイレグですよね？　これ」

「そうやけど？」

「おまけに胸パッドがない。こんなの着てうろうろしてたら、猟銃で撃ち殺されます」

「それやったら私なんか、もうなんべんも撃ち殺されてるわ」

陣内さんは呆れたように笑う。

「こんなん普通やで？　気にした事ないし、他の子も普通に着てる」

「何てはしたないっ！　胸が透けて見えるじゃないですか？」

ブラジャーの必要がないぐらい胸が薄い由愛だが、それでも抵抗を感じる。

「一応、シリコンパッドとかあるけど、飛び込んだら水着から飛び出したりするし、動いてるうちにずれるねん。せやから、みんなそのまま。誰も気にしてへんよ。それより、時間が勿体ないから、そろそろプールに行こ」

食べ終わった食器もそのままに、陣内さんから急かされるように家を出た。

外は最高潮に暑かった。

「何処まで行くのですか？」

陣内さんに言われるがままバスに乗ったが、場所を聞いてなかった。

「スイちゃんち」

「え、神崎さんの自宅って、プールがあるんすか？」

眩量を覚えた。

私立の女子高だからか、ブランド物の財布やポーチを持っている子もいて、生活ぶりや価値観の違いを感じさせられる事が多々あった。母は家やインテリアにはお金をかけるが、「ブランド物にお金を使うんだったら、旅行したい」というタイプで、由愛もブランド物には興味はなかった。が、プライベートプールのある家ってどんな大邸宅なのか、むくむくと想像が膨らんだ。

「しかし、あたしまで行っていいんでしょか？　神崎さんと同じクラスになった事もなければ、喋った事すらないんですよ」

面倒な事になるんじゃないかと、危機察知能力が発動した。

「平気、平気。スイちゃんは今、合宿でおれへんから。その間に、私がスイちゃんちのプールで自主練する事になってるねん。二週間あったら撮影だけやなくて、西島さんを泳げるようにもできるやん」

「あの……、撮影の許可はとってますか？」

「アースイは演技中には自分の動きを見られへんから、コーチに動画を撮ってもらうのが常識やねん。家の人には、撮影してくれる友達を連れて来たって説明したらええやん」

「いや、そもそも動画サイトにあげるブツを、人んちで撮影していいのかって心配してるんです」

やがて、バスの窓から見える風景が変わり、大きなお屋敷ばかり建つ住宅街へと入り込んだ。

バスを降りた後も、ゆうに三台の車が置ける間口の広い家や、モダンな美術館のような外観の家が次々と現れる。

「え、ここっすか？」

それは白亜の城とでも呼びたいような白い外壁の家だった。普通の家の五軒分ぐらいの間口があり、広々としたガレージには高そうな車が何台も置かれている。

陣内さんがインターフォンを押すと、黒いアイアン製の門扉が開錠された。

「茜ちゃん。よく来てくれたわね。さあ、入って入って」

神崎さんのお母さんは、すらっとした綺麗な人で、神崎さんのお姉さんと言われても信じられるぐらい若々しい。

「おばさん、こんにちは。今日から二週間、お世話になりまーす。あ、こちらは同じクラスの友達で、撮影を頼んでる西島さん」

「お、お邪魔します」

玄関ホールは、ちょっとしたマンションのエントランスぐらいの広さで、その先に螺旋階段があった。ぶら下がったシャンデリアが煌めき、白い壁に映える。

さっき、外から見た時は暖炉用と思しき巨大な煙突があった。個人の邸宅というより、避暑地に立つオーベルジュのようだ。

勝手知ったるといった感じで、陣内さんは先に歩き始めた。由愛もその後について階段を降りる。

「プールって、もしかして地下に？」

それには答えず、陣内さんは「ここで着替えんで」と扉を開けた。

そこには壁面ミラーを設けたトレーニングジムがあり、陣内さんは隅にバッグを置いた。鏡張りの部屋で着替えるのだと言う。もたもたしていたら「さぁ、ちゃっちゃと済ませよ」と陣内さんが二人分の水着を取り出した。

タオルを巻いてこそこそと着替える由愛に対して、陣内さんはぱっぱっと服を脱ぎ捨て、水着に脚を入れた。その肢体(したい)に思わず見入ってしまった。

颯爽(さっそう)と競泳用の水着を身に着け、筋肉ではち切れそうなボディは、まさにアスリートのものだった。特に首の後ろや肩、上腕は中に何か入れてるんじゃないかという逞(たくま)しさで、無遠慮に観察してしまった。

由愛の視線に気付いた陣内さんと目が合う。

「あ、いや、凄い身体だなと思って……」

咎(とが)められた訳でもないのに、言い訳していた。

「そう？　長いことまともにトレーニングしてへんから、激太りしてるねん。肉がダブついて、みっともない。ほんまは、ベストの状態で撮影して欲しかったんやけど……」

シャワーで身体を洗ってから、陣内さんについて歩く。洒落(しゃれ)たパウダールーム、ジャグジーやサウナまであり、さながらスポーツジムのようだ。物珍し気にきょろきょろしていたら、陣内さんが振り返った。

「この先に、もっと凄いもんがあるねん。何やと思う？」

勿体ぶった口ぶりで、陣内さんがドアを開けると、そこには信じられない光景が広がっていた。

「う……わぁ……」

いきなり水族館が現れたのかと思った。

「プールの壁がガラスになってるから、撮影するのに便利やろ?」

圧倒され、言葉が出なかった。

ステンレス製の梯子（はしご）や底に貼られたタイル、水面に差し込む光が作り出した模様がガラス越しに見え、思わず「ここって、個人の家だよね?」と自問していた。

「凄い……。秘密基地みたい。この下に格納庫があって、出動要請がかかったらプールの底が割れて、そこからジャッキアップされた……。あ、ただの妄想ですから、気にしないで下さい。防水スマホケース、必要なかったですね」

先に教えてくれたら、こんなちゃちな物は買わなかったのにと、恨めしい気持ちになる。

「さ、こっち」

陣内さんについて階段を上がると、そこがプールだった。

天上と壁に設けられたスリット型の窓から柔らかな光が降り注いでいる。外界に面した場所に独立してプール棟が建設されているのだろう。

学校の二十五メートルプールを一回り小さくしたような大きさで、プールサイドも十分なスペースがあり、ガーデンチェアが置かれている。

「とりあえず、アップさせてね」

陣内さんはプールサイドで軽く準備運動をすると、柔軟を始めた。それも、体育の授業で行うような生ぬるいものではない。いきなり脚を百八十度に開脚して、上半身をべったりと床に着けた。前後に開脚する時は、前の脚をプールサイドの高くなった場所に置いている。

ふいに、自分達が何をしに来たのかを思い出し、慌ててスマホを構える。

「え？　こんなんまで撮るん？」

柔軟を終えると、陣内さんはプールの縁に立った。そこは舞台のように少し高くなっていて、そのまま上体を傾けてプールに飛び込んだ。お手本のような綺麗なフォームで、無様に水しぶきを上げる事もない。

飛び込んだ後、暫くは水中を進み、身体を水面に浮かせてからはクロールで泳ぎ始めた。

速い！

ウォーミングアップでこれだけ速いのだ。本気で泳いだらどれだけ凄いんだろう。

ターンして戻ってきたら、今度は胸から上を水の上に出したまま、平泳ぎを始めた。天上を見上げるように首を反らせている。クロールもそうだったが、一定のリズムに乗って腕を動かしているから、普通の泳ぎとは違って見えた。続いて、背泳ぎ、バタフライ。

次に水中で体勢を変え、仰向けに身体を浮かべて真っすぐの状態になると、そのまま頭の方向に進んで行き、帰りは足をこちらにして戻ってきた。

「いっ、今の泳ぎは何？」

「スカーリング。手の掻きだけで移動するねん。あーしんど。ちょっと休憩させて」

そうは言うものの、プールの縁に肘を置いて休憩する陣内さんは、息一つ乱していない。

「待って！　私は地下に戻りますから、今のスカーリング？　あれをガラス越しに撮影させて……。うわっ！」

腕を引っ張られ、危うくプールに落ちそうになる。

「これをかけて潜って」

陣内さんは自分のゴーグルを取って、由愛に手渡した。

「え？」

「潜ると、手の動きが見えるよ」

だが、陣内さんは人の話を聞いていない。

「潜らなくても、ガラス越しに……」

「あと、鼻に水が入らへんように」

水着のどこからか、魔法のようにノーズクリップを取り出し、由愛の鼻に装着した。どうしても、由愛を水の中に引き入れたいらしい。

「痛くない？」

「かろうじて我慢できます」

「それは予備の分だから、貸したげる」

プール階段の手すりに摑まりながら、恐る恐る身体を沈める。由愛の口から洩れた息が、コポコポコポッと音を立てる。

ゴーグルを通して見るプールは、思っていたよりずっとクリアだった。

由愛が潜ったのを確認した後、陣内さんは水面に身体を浮かべ、腰の辺りで手を動かした。

せっかくなので、防水したスマホでその様子を撮影する。

見ていると、脚は全く動かしておらず、手の動きだけで物凄いスピードで遠ざかって行く。

そして、向こうまで行くと、頭を下にして沈み、姿が見えなくなった。

プールは途中から水深が深くなっているようで、その先の水底の様子を見る事ができない。

やがて、逆立ちの姿勢で螺旋を描きながら、陣内さんが上昇してきた。

——うわっ……。

一旦、水面に顔を出した後、沈む途中で一回転して体勢を変えたら、今度は身体をV字に折り曲げた。そして、閉じた本を広げるみたいに一気に真っすぐの姿勢になると、ロケットのように脚から上昇した。

息を詰めて見ている由愛に気付くと、こちらに身体を向けて手を振り、次の瞬間、身体を反らして頭を下にした。そして、再びプールの底へと沈んでゆく。

腕を曲げ伸ばししながら、前腕や手の平を動かして水を掻き、身体を折り、脚を蹴り出す。まるでワイヤーで吊られたかのように、陣内さんは自在に水中を泳ぐ。一連の動きは、人間ではない別の生き物のように滑らかだ。

息が苦しくなった由愛が、呼吸する為に何度も水面に顔を出し入れしている間も、陣内さんはずっと水中を漂っていた。

——人魚だ。リアル人魚が、目の前にいる!

陣内さんが水中を移動し、由愛のすぐ傍で浮上した。

「あ、あのっ、さっきのV字になってからのあれは?」

「V字? あぁ、水中バックパイク姿勢の事? あれはちょっと難しい。身体を四十五度以下の鋭角に曲げて、両脚を揃えて伸ばすのんをバックパイクていうんやけど、今のは、その姿勢から脚を素早く突き上げながら、同時に上体をアンロールさせて垂直姿勢になる動作」

「す、す、す……」

言葉がすぐに出てこない。

「凄い! 凄すぎる! いや、神! 陣内さん、神です!」

「んな、大袈裟な。小さい頃からやってたら、猿でもできるようになるで。あれぐらい」

由愛の口調を真似て笑うと、陣内さんはこちらに背中を向けた。

「私に摑まって。あ、肩を摑むよりは、前で手を組んだ方が楽やで」

陣内さんに言われて、おぶさるように首に手を回す。陣内さんの背中から体温が伝わってくる。この年になってオンブされるのって妙な気持ちだ。

「しっかり息を吸って。行くよ」

そう言うと、陣内さんは由愛の身体を背中に乗せたまま、水中に潜った。

「え、え?」

まさか、そのまま沈むとは思ってなかったから慌てた。

「ちょっと、待ったー!」

叫んだ拍子に水を飲んでしまい、激しくむせる。

「ごめん、ごめん。でも、子供にやってあげると喜ぶねん」

咳き込みが治まると、陣内さんは大きく手で水を搔いてプールの底に沈んだ。

プールの底を這うように進むのは、初めての経験だった。暫くそうやって泳いだ後、一旦上昇した。そこで終わりかと思ったら、もう一度沈む。プールは途中から足がつかないぐらい深くなっていたが、陣内さんは構わず三メートルぐらいはあるプールの底へと向かって潜ってゆく。そして、由愛を背中に乗せたまま、水中を浮遊した。投げ出されまいと必死で摑まる。

恐ろしいけど、面白い。

竜宮城に行く浦島太郎の心境とは、こういうものなのかもしれない。

しかし、悲しいかな、やっぱり息が苦しくなってきた。陣内さんは平気そうで、こちらが苦しがっているのに気付いていない。溺れ死ぬかと思った時、ようやく陣内さんは水面に顔を出した。

「面白かった？」

「はい。なかなかのものでした。い、いや。マジですげぇっす！」

自分でも驚くほど、大きな声を出していた。

「あー、いや。こういう世界があったのかと、目から鱗が落ちたような……。人魚って、本当にいるんだなぁ……って。いやいやいや！　やめときましょう。そんな陳腐なあたしの感想など蛇足です。え、もう一度？　それはマジでご勘弁。遠慮しときます。耳もどうにかなっちゃってるし……」

トンネルに入った時のように、物音が聞こえづらい。

「あ、水が入ったんやね。ケンケンしたら治るけど、上から水を入れた方が抜けやすいから、もっかい……」

水に潜ろうとするのを、慌てて止める。

「は、早く！　プールサイドに戻してっ！　いや、助けてー！　人殺しー！」

陣内さんは笑い声を上げると、由愛を背中に乗せたまま平泳ぎでプールサイドに向かって泳ぎ出した。


【神崎水葉】

ポーンという丸みを帯びた音で目を覚ます。飛行機は着陸態勢に入り、シートベルト着用のサインが点灯していた。

小さな窓から外を覗くと、飛行機の翼ごしに下界の風景が見てとれた。

「めっちゃ天気ええやん。ほんまに台風来るん？」

そう呟くと、隣に座った彩夏が笑った。

「ええやん。台風のおかげで一日切り上げて帰れる事になったんやから。ほんま、死ぬかと思ったわ」

二週間に及ぶ合宿が、ようやく終わった。

——さすがにキツかった……。

佐藤コーチは、「絶対に表彰台」という意気込みで、今回の合宿に臨んでいた。

朝は五時半に起きて、一時間ほど泳いでから朝食をとる。午前中は基本姿勢や基本動作の確認、負荷をかける競泳で心拍数を上げたら、ようやく音楽を流しての練習になる。昼食を挟んで午後からも練習は続き、水中での練習を終えた後はトレーナーの指示で筋トレだ。

合宿所はプールやジム、宿舎が一体型になった総合スポーツ施設で、二十四時間トレーニングができるのが売りだった。コンビニまで入っていたから、二週間一歩も外に出る事なく練習漬けの毎日を過ごせるなど、集中できる環境が整っていた。

練習と同じぐらい辛かったのが食事だ。朝、昼、晩と大量の食事が用意されていて、その内容はといえば、大盛のご飯にシチュー、ミートスパゲティという信じられないような内容だった。中には野菜をスムージーにしてもらって、飲み込むように食べている子もいた。

水葉に至っては三度の食事だけでなく、補食にお餅を食べたりしているのに、練習がきつ過ぎて、どんどん体重が減って行くという有様だった。

確かに辛かったけど、終わってみれば「やり切った」という達成感で満たされている。

「ほら、起きや」

後ろの座席から声がした。なかなか目を覚まさない子がいるようだ。

「あかんわ。紗枝が起きひん」

ぴしゃぴしゃと頰を軽く叩く音が聞こえる。随分と疲れているようで、それでも起きない。

「もうちょっと強くひっぱたいてみたら？」

皆でよってたかって起こしにかかって、ようやく目を開けたのが気配で分かった。水葉は窓の外に視線を戻した。先ほどより地上が近づいている。

さほど揺れる事もなく飛行機は穏やかに着陸した。飛行機を降りたら、空港で解散だ。

「ええなぁ、水葉は家が近いから。今日はお父さんがおれへんから、迎えに行かれへんって言われた」

彩夏がぼやく。

伊丹（いたみ）空港から自宅の最寄り駅まではモノレールに乗ればすぐだったが、さすがに重い荷物を持って電車に乗るのは辛い。

「タクシー使うけど、一緒に乗って行く？」

誘い合って四人でタクシーに乗り、同乗した子達を一旦、駅で降ろした後、自宅へ向かう。

「あら、水葉。帰りは明日じゃなかったの？」

自宅の前にタクシーが停まるのを見ていたらしい。運転手さんにトランクから荷物を運び出してもらっていると、お母さんが玄関に姿を現した。

「台風が来るから、一日はよ終わった」

「今、ちょうど茜ちゃんが来てるのよ。一緒に練習したら？」

「さすがに、それは無理」

暫くプールは見たくない。

「ちょっと寝る」

「じゃあ、おやつの時間になったら起こしに行くね」

「うー」

呻き声のような返事をして、二階の自室に向かう。着替えるのも煩わしく、髪を結んでいたゴムだけ外してベッドに座り、そのまま上半身を倒す。飛行機の中で寝たにもかかわらず、引きずり込まれるような眠気に襲われた。

どれだけそうしていただろうか。やがて、階下が賑やかになったのに気付く。

時計を見ると、帰宅してから二時間が経っていた。不自然な恰好で寝ていたせいで、腰が痛い。苦労して身体を反転させて、ゆっくりと起き上がる。

部屋の扉が開いたままだったから、よく通るお母さんの声がここまで聞こえてくる。「ほーんと、今時の学校の先生って……」と、素っ頓狂な声を上げている。

起き上がり、腰をさすりながら部屋を出た。

焼きたてのケーキの香りが漂う中、手すりに摑まって階段を降りる。桟の間から覗くと、リビングの扉が開け放されていた。

「で、お友達はクロールをマスターできたの？」

あーちゃんがソファに座っているのが見えた。

「十メートルくらいやったら何とか……。もうちょっと練習したら、すぐに二十五メートルぐらい泳げるようになるんとちゃうかな」

かすかな違和感を覚えた。

——友達？　練習？

何の話かと、耳をそばだてる。

「おばさん、聞いてや。びっくりするねんで。試しに西島さんにトーピードをやってもろたら、そのままプールの底に沈んで行くねん。慌てた、慌てた」

「あら、まあ、まあ」

わっと笑い声が上がり、笑い過ぎたあーちゃんが咳き込むのが聞こえた。

きゅるきゅると音がして、見ると藤田さんがワゴンを運んでくるところだった。飲み物とケーキの他に、果物を載せている。藤田さんは水葉には気付かず、そのままリビングにワゴンを運び入れた。

「あ、グレープフルーツ大好き！」

あーちゃんの言葉に被せるように、「違いますよ。それは文旦（ぶんたん）というんです」と言うのが聞こえた。お母さんや藤田さんの声ではない。

「凄い。文旦を知ってるんですか？」

藤田さんが驚いたような声を出している。

「実は田舎に住んでた時、庭に文旦の木がありまして……」

声の主はジャムがどうしたとか、農薬がどうしたとか、早口で喋っている。

「その通りです。私もレモンは国産の物を選んで使ってます。国産品だと、皮ごと煮詰めてジャムにできますものね」

藤田さんがやけに嬉しそうだった。

「凄いねん、西島さんは。料理も自分で作るんやで。私もご馳走になったけど、めっちゃ美味しかった!」

室内をよく見ようと、手すりから身を乗り出す。

眼鏡をかけた髪の長い女の子が窓際に座っていて、「いや、そんな事ない」という感じで手を振っていた。

黒いシャツにネクタイを締め、ネクタイと同じカラーリングのグレーとピンクのチェックのミニプリーツスカート、夏だというのに黒いニーハイソックスを履いていて、いかにも暑苦しい。

水葉は音を立てないように階段を上がり、部屋に戻る。再びベッドに潜り込んだが、もう眠れなかった。

見慣れた家、親しんだ人達の中に、知らない子が一人交じっている。たったそれだけの事なのに、異質な世界に紛れ込んだような錯覚がした。

——今のは一体、何やったん?

得体の知れない感情が、お腹の底から湧き上がってくる。

つい昨日まで、狭い箱の中で無理やり身体を動かすような、そんな息苦しさに耐えていた。

それが今、あの日々が嘘のように、階下では長閑(のどか)な光景が繰り広げられていた。

(合宿には連れてけないけど、代わりに水葉の家のプールを貸してやって欲しい)

コーチは紗枝を猛特訓しながらも、あーちゃんが這い上がってくるのを待っているのだ。怪我を克服して、間に合わせてくると信じて。

合宿中に、あーちゃんに何度か送ったLINEは既読スルーされたけど、こっちも忙しかったから気にしている間もなく、「あーちゃんも自主練で疲れてるんだろう」と考えていた。

――私らが合宿で死ぬような思いをしてた時、あーちゃん、あんたは一体何をしてたん？

今回の合宿では、コーチに叱られ通しだった。

ペアを組んだばかりの紗枝とは動きを同調させる他、持久力をつける為に休憩を挟んで息が整わない状態でルーティンを繰り返したり、時には錘をつけて演技を行った。練習が終わった後も動画を見ながら反省会をしていたから、ベッドに入る頃には日付が変わっていた事もあった。

紗枝は振り付けこそ覚えていたが、ペアで演技する時の相手との距離感覚は、いくら傍で練習を観察していても摑めない。

おまけに、コーチはさらに複雑な動きを入れようとしていた。

採点競技の難しさは、審査員の印象におもねる点だ。同じようなルーティンであれば、より有名なクラブや実績のある選手に良い点が付けられる。審査員の先入観を覆す為には、ブランド力のある選手の上を行かなければ認めてもらえない。

それでなくても、日本選手権では失敗してしまい、「今年の『スイミングアカデミー大阪』は弱い」というイメージを与えてしまった。そんなネガティブな印象を挽回するのは簡単ではない。

本当の事を言うと、合宿に入った後も紗枝とのコンビは動きが合わず、ずっと苛々していた。大会まで日数がないのも相俟って、思わず嫌な顔をしてしまったりして、口もきかないぐらい険悪なムードになっていた。

今から思えば、先輩として最低だった。

水葉がその光景を見たのは合宿も中盤、疲れが最高潮に達した頃だった。連日の練習で身体を酷使し過ぎて、水葉は眠れなくなっていた。

その日もベッドに入って二時間ぐらいで目が覚めた。喉の渇きを感じ、自販機で飲み物を買おうと部屋を出た時、紗枝が廊下の角を曲がるのが見えた。

ふと、気になって後を追う。

紗枝が向かった先はプールだった。灯りは消され、隣接する庭園の外灯の光が差し込むだけの薄暗いプールで、紗枝は黙々と同じ動きを繰り返していた。

デュエットのルーティンには、紗枝がどうしてもできない箇所があった。終盤に、前後左右に振る複雑な足技を入れながらポジションを変え、まるで水中から四本の脚が生えているかと錯覚させるような動きが入っていた。だが、紗枝はその前にスタミナを消耗してしまい、水葉と高さが合わないばかりか、動きも遅れた。その度に音楽が止められ、やり直させられた。

その問題の箇所を、紗枝は何度も繰り返す。

昨日、コーチは振り付けを変えようとしたが、紗枝は「嫌です」と首を振り、「絶対にやり遂げてみせます」と言って聞かなかった。そして、口だけではなく、皆が寝ている時間に自主的に練習して、コーチの要求に食らいつこうとしている――。

そんな紗枝の頑張りもあって、最終日には見違えるほど息の合ったルーティンを完成させられた。

コーチは「まあまあね」と辛口だったが、水葉が知る限り、コーチにとってそれは最上級の誉め言葉だった。あとは大会に向けて、より磨きをかけ、精度を上げてゆく。

――ほんま、あーちゃん。このままやったら、紗枝に負けるで。

その時、誰かが階段を上がってくる音に気付いた。布団をかぶり、眠っているふりをする。部屋の扉がノックされた。知らん顔していたら、暫くして扉が開き、すぐにバタンと閉められた。気配が遠くなってゆく。

「おばさーん。スイちゃん、寝てるわ」

「あら、そうなの？　帰って来た時、随分と疲れてたわね。そのまま寝かせておいてー」

「分かったー。……えー？　西島さん、もう帰るん？」

押し問答するようなやり取りが聞こえる。

シーツをぎゅっと握りしめながら、水葉は込み上げてくる苛立ちを抑えた。

移行期

【陣内　茜】

「また増えてる」

　夏休み中に体重が十キロも増えてしまった。食べる量を制限しているつもりが、減るどころか逆に増えていた。制服のスカートも、ホックを留められないぐらい窮屈だ。

　憂鬱な気分で始まった日は、やはり憂鬱な事が起こる。四時限目の授業が終わった後、担任の礼子ちゃんから「話があるから、放課後に残って」と声をかけられた。

　背後では一緒にお弁当を食べるグループごとに、教室の中で駒のように机が移動されていた。礼子ちゃんが出て行くと、茜も席を動かし、島の一部に加わる。

「なーなー、昨日の『恋チャン』観た？」

「観た、観た。ニーノがヤバかった」

　弁当箱の蓋を開ける間ももどかしく、会話が始まった。皆が今、ハマってるドラマ「恋するチャンネル」の話題だ。漫画を原作にしたドラマで、放送があった翌日はそれぞれの推しの話で盛り上がる。

「うん。でも、ナオヤもめっちゃ可愛かった」

「今期のドラマ、『恋チャン』が一番や」

「最後が意味シンな終わり方やったから、次が楽しみやな」

そう茜が言うと、彼女達が意外そうな顔をした。

「茜も観たんやー？」

「うん。みんなが話題にしてたから、チェックした」

「やった！　これで茜も『恋チャン』仲間やな」

「来週も絶対に観てや！」

「怪我の功名」という言葉があるけれど、怪我をして良かったことの一つが、クラスメートと同じ体験ができるようになった事だ。

以前はプールでの練習があったから、リアルタイムで彼女達と同じ番組を観られなかった。一応、録画はしていたが、観ている暇がないから、溜まる一方で、話にもついて行けずにいた。

「あーちゃーーんー」

開きっぱなしの扉から、スイちゃんが顔を覗かせた。目が合うと、手招きされる。廊下での立ち話では済まなさそうだったので、食べ終わった弁当箱を片付けてから席を立つ。

ジュニアオリンピックで、あーちゃんと紗枝のペアは三位という結果を出した。昨年の五位から一気に順位を上げただけでなく、「スイミングアカデミー大阪」にとっては、初のデュエットでの全国大会表彰台となった。

二人のルーティンを、茜は観客席で見ていた。

序盤のジャンプやリフトの高さは、会場から歓声が上がるほどの迫力で、茜とペアを組んでいた時よりもスケールアップされていた。急ごしらえとは思えないほど息が合っているのに加えて、水面から突き出た四本の長い脚が華麗に舞う様子は、茜を絶望の淵に落とした。

促されて校舎の外に出ると、振り向きざまにスイちゃんが言った。

「今日は来るよね?」

「まだ一緒に練習できる身体になってへんから……」

大会が終わった後、久しぶりにクラブでスイちゃん達に交じって練習を再開したが、垂直姿勢は甲の方へ倒れるるし、スラストスピンでは水中から上昇する時に途中で力が抜けて姿勢が崩れるしで、思い出したくないぐらい残念だった。

「ちゃんと体重を戻してから来いって、怒られたし」

佐藤コーチからは「今の茜は、競技ができる身体じゃない」と追い返されてしまったのだ。

「コーチは悔しいんよ。せっかく頑張ってきた子が、肝心な時に怪我して……」

茜は「そうじゃない」と、唇を噛んだ。指導者達は「茜が怪我をして、かえって良かった」と囁き合ってるはずだ。

「なぁ、今日はバレエのレッスン日やし、おいでよ。あんまり休んでばっかりやと、余計に居づらなんで」

「う……ん。でも、今日の放課後は、担任の先生と面談やねん」

「面談? あーちゃん、何かやらかした?」

「多分、進路の話」

だが、スイちゃんは納得してくれなかった。

「そんなん、三十分ぐらいで終わるやん。あかんで。絶対にちゃんと来てや。遅れてでもおいで」

予鈴が鳴り、慌ただしく校舎に戻る。

別れ際、スイちゃんは「必ず来てよ」と何度も振り返った。放課後が近づくのを憂鬱に思いながら、こんな時に限って時間が早く進むように感じた。

放課後、礼子ちゃんは追い立てるように生徒を帰らせ、茜と西島さんを教室に残した。

「まず、動画ね。凄くよく撮れてた。競技の事を全然知らない私も、引き込まれたぐらい。合格」

礼子ちゃんは立てた親指を、こちらに向かって突き出す。

西島さんと二人で撮影した動画は、三十分程度に編集したのをＤＶＤに焼いて、九月一日の朝一番に礼子ちゃんに提出した。

その一方で、一本五分ずつに分けた動画を、「もふもふシンクロ部」というタイトルで、動画サイトに順にアップロードしていった。

シンクロナイズドスイミングは今、アーティスティックスイミングに名称が変わっているけれど、まだまだ浸透していないので、タイトルは「シンクロ」にした。

礼子ちゃんに渡した動画の他、カットされたものや、ＮＧ集も盛り込めば、あと幾つか作れると西島さんは言っている。

初回はほんの少しの人しか閲覧してなかったのが、回が進むごとに再生回数が増えて行った。それが楽しみで、暇さえあれば動画サイトを確認していた。

タグ付けした方がもっと大勢の人に見てもらえるし、コメントも書き込めるようにすれば、リアクションがあって楽しいと思うのに、西島さんにそのつもりはなさそうだ。「変な奴が湧いてくるから」と頑(かたく)なだった。

「さて、ここからが本題。進路志望届、書けてないの二人だけだよ」

礼子ちゃんは「はあっ」と言いながら肩をすくめた。

「先生は忙しいの。ちゃんと提出期限を守ってもらわないと……」

そして、新たに進路志望届を渡された。また、長いお説教をされるのかと覚悟していたら、思いの外あっさりと話は終わった。礼子ちゃんも疲れているのだろう。帰り支度をし、そのまま二人で学校を出る。

「進路、どないすんのん？」

「ヒッキー一択です」

「え、えー。進学せえへんの？　就職も……」

「バイトぐらいはする。十分な自由時間を確保できる程度に働いて、好きな事をして暮らす。そう言ってるのに、伊東先生は納得してくれないんすよ。……ったく。陣内さんは何で迷ってるんすか？　スポーツ推薦で何処でも行けるでしょに。もしかして、色んなとこから引きが来てて、決められないんすか？」

「そんなん、ちゃうよ」

無試験で名門大学に入学できると思われているが、スポーツ推薦で進学した場合、競技をやめたら退学を迫られる。学業との両立も大変だったりで、現実はそう単純なものではない。すぐ傍を、自転車が猛スピードで走って行く。西島さんは、それ以上突っ込んでこなかったから、追い抜いて行った自転車の背中をぼんやりと見つめていた。

「うちは気楽なんだな。父はあんなだし、母は今、いないし……」

「えぇっ！」

そう言えば自宅にお邪魔した時、お父さんだけでお母さんはいなかった。何となく「仕事にでも行ってるんだろう」と思っていたけど、そうじゃなかったのだ。

「いやいやいや。他所で暮らしてるってだけで、ちゃんと生きてるし、離婚もしてない」

お母さんは一人で海外で暮らしていると聞いて、二度びっくりする。

「聞いて下さいよ！　あたしが高校の合格通知を貰った後ですよ？　母が『これからは好きなように生きます』って言い出したの」

「それは、お母さんのお仕事の関係で？」

ドキドキしながら、西島さんの返事を待つ。

「うーん、まぁ、そういう事にしときましょ」

何だかよく分からない。それでも駅に向かって歩くうち、西島さんは少しずつ家の事を話してくれた。

「うちは父が船に乗ってあちこち行ってて、子供の頃から留守がちだったり、他所んちとは違くて。つまり、母は辛抱できなくなったんすよ」

もう駅前だったけど、やっぱりクラブには行く気になれない。このまま一緒に電車に乗って、西島さんの話を聞こう。そう決めた。

「お母さんがおらへんかったら大変やん。私、恥ずかしいけど毎朝、お母さんに起こしてもらってる。西島さんはちゃんと一人で起きてるんよね？」

「それそれ！　一人暮らしの最大のネックは、起こしてくれる人がいないこと。スマホのアラームの他に、目覚まし時計もセットして、何ならベッドから手の届かないタンスの上とかに置いて……」

その時、LINEの通知が鳴った。

〝あーちゃん。今、何処？　もうバレエの先生が来てるで〟

「西島さん、ごめん。ちょっと待ってて」

LINEに「予定が入って、行けなくなった」と返事を打ち込んでいたら、西島さんが手を振った。

「今からバイトなんすよ。悪いけど、先行きます。じゃ」

「あ……」

スマホを握る茜を置き去りにして、西島さんは駆け出した。左右に揺れる長い髪は、瞬く間に自動改札機を通過した。

すぐに追いかけようとしたが、電車の到着を知らせるアナウンスが流れた。今から走っても、どうせ間に合わない。

――西島さん、この電車に乗りたかったんや……。

そう言えば、夏休み中もバイトが忙しそうで、プールで撮影した後に、ダッシュでスイちゃん宅から飛び出して行った事もあった。何もかも親任せで、お小遣いまで貰っている茜には分からないような事情があるのだろう。

その場に立ち尽くし、自動改札機を出入りする人達を見ているうちに、心もとなさを覚えた。身の回りの事を親任せにして、競技に没頭してきた自分を否定するつもりはない。だけど、今の自分は何をしている訳でもない。ただ、張り合いを失って、漂うように日々を送っているだけ。アースイへのモチベーションは落ちている。かと言って大学受験を視野に入れて勉強するのでもない。

自分一人、中途半端な場所でふらふらしているような気がする。こんな自分は嫌だ。

再びスイちゃんからLINEが届いた。

送信前の文字を消すと、「もう近くまで来てる」と文字を打ちながら、西島さんと歩いて来た道を戻る。クラブの受付を通り過ぎた時は、既にレッスンが始まっている時間だった。小走りで更衣室へと向かう。

「早苗。気持ちは分かるけど、これはチャンスやで」

ふいに聞こえてきた声に、茜の足が止まった。

パーティションで仕切られた一角で、佐藤コーチが誰かと話していた。

「確かに責任が重い割りに、条件は悪い。ボランティアみたいなもんやから、尻込みするのは分かる。せやけどな、早苗。選手を引き連れて世界を回ってこそ、最先端のASに触れられるんや。どの国も新しい技術や芸術性を見せようとしのぎをけずってる」

喋っている相手は物陰に隠れて見えない。だが、声に聞き覚えがあった。「新宮ASC」の代表で、ASナショナルチームの元ヘッドコーチ、新宮典子コーチだった。

「オリンピックに出たいと思ってる子供を指導するのに、そのあんたが世界を知らんで、どないするん？」

「でも、私が留守をすると、選手達が……」

「あんたが心配してるのは、あの子らやろ？　心配せんでも私が面倒見て、ジュニアナショナルに押し込んだる」

これは自分が聞いてはいけない話だ。

茜はそっとその場を離れた。

＊

「彩夏！　それ、ほんま？」

振り向いた拍子に、汗を拭きとっていたタオルを床に落としてしまう。

「ちょっと、茜。声が大きい」

彩夏が周囲を見回す。そして、更衣室に誰もいないのを確認してから話を続けた。

「まちがいないよ。お父さんが水泳連盟の幹部から聞いた話やもん」

彩夏のお父さんは病院を経営していて、そこに入院してきたのが縁で、水泳連盟の幹部と懇意になったらしい。その幹部の話によると、ジュニアオリンピックで水葉と紗枝のペアを表彰台に送り込んだ腕を見込まれ、佐藤コーチに「ナショナルチームのコーチに」と声がかかったらしい。

「ほんなら、私らは別のコーチに見てもらう事になるん？」

「せやろなぁ。ナショナルチームは海外でも競技会があるから、ヘッドコーチに帯同するやろし。佐藤コーチがおらんくなるの、ほっとするような、寂しいような……」

そう言って、複雑な表情を見せる。

確かに指導は厳しかったが、佐藤コーチは全員に分け隔てなく指導してくれる希少な人だった。

アースイは、常に自分の体勢がどうなっているか分からない競技だ。だから、コーチの目や助言が頼りなのに、これまで指導を受けた中には、気に入らない生徒をあからさまに無視するコーチもいた。

「あと、ここだけの話やけど、新宮コーチが水葉と紗枝の指導をしたがってるらしいわ。特に紗枝の事は『もうちょっと頑張ったら、世界を狙える』。そこまで言うてるんやて」

「それって、もしかして『新宮ＡＳＣ』に二人を移すって事？」

「さあ、さすがにそこまではせえへんやろ……。せやけど、佐藤コーチがおらんくなるんやったら、水葉と紗枝が向こうに移りたいって言うかもしれへん。茜、水葉から何か聞いてる？」

彩夏は上目遣いをした。

「スイちゃんは、何も言うてへんかった。だいいち、佐藤コーチの話も今、初めて聞いたし」

「ふうん。ほんならただの噂かな？」

彩夏はどうやら、スイちゃんの動向を知りたくて、茜に声をかけたようだ。

更衣室の壁にかけられた時計が、白々と時を刻む。やけに大きく響く秒針の音に、廊下の方から聞こえてくる話し声と物音が混じる。

「あ、噂をしてたら何とやら……。茜、知らん顔してて」

彩夏がスマホを取り出したから、茜も真似てスマホを見ている振りをした。

扉の向こうで賑やかな笑い声がしたかと思うと、扉が開かれた。スイちゃんが年下の子達を連れていた。全員、黒のレオタードを着ている。

「何や、ここにおったん？」

笑いながら、スイちゃんがこちらに向かってくる。

「内緒話？　ずるいでー」

「あ、今、ちょっとハマってる動画があって、それを彩夏に見せようと思って……」

「そうそう」

彩夏も白々しく、茜の手元を覗き込む。

画面には、咄嗟に呼び出した「〈Vlog〉ぼっちＪＫの地味な日常」が流れている。

「ふうん。これって、何がええの？　単に自分の家を映してるだけやろ？」

動画を見ながら、彩夏がぽつりと呟く。見ていないようで、しっかり見ている。

「何か殺風景というか、貧乏臭いよ」

彩夏のセリフに、一緒に覗き込んでいたスイちゃんも頷いている。

残念に思う一方で、彩夏やスイちゃん達が興味を示さなかったことにほっとしていた。〈ぼっちさん〉のVlogは、興味本位だけの人と共有したり、心無いお喋りで消費したくない場所だった。

「そんな事より、あーちゃん。だいぶ身体が鈍ってるんちゃう？」

渋々参加したバレエのレッスンは、やっぱり散々だった。

「いっぺん私んちで練習しよや。久しぶりに二人でガチ練」

スイちゃんが正面から、茜の目を覗き込んでくる。

「クラブのプールを出禁になったかて、うちやったら遠慮はいらんし」

キラキラ光る、濁り一つない目。

本当に茜を思って言ってくれているのは分かるけど、それが今は重い。

「あーちゃん、長いこと休んでて、強い練習をしてへんやろ？　今のうちにしっかり泳いで、遅れた分を取り戻しとかんと、十月からしんどいで。それに、体重も減らさんとあかんやろ？」

九月の国体が終われば、移行期と呼ばれるリフレッシュの為の休養の時期となる。その間は激しい練習は行わない。

そして、十月に入れば次のシーズンに向けての練習が再開される。最初のミーティングで合宿や大会の予定、ソロ、デュエット、チームのメンバーが発表されたら、平日は夕方から三時間。そして、休日にはその倍の時間の練習が待ち受けている。

「分かった……」

結局、押し切られる形で承諾する。

「あ、どこ行くん？　あーちゃん。今日はお母さんが迎えに来るから、一緒に乗って行きや」

「うん。ちょっとトイレ」

通路に出てトイレに向かうと、いきなりカンファレンスルームの扉が開いた。

「あ……」

佐藤コーチと紗枝だった。

コーチは紗枝に向かって頷くと、茜の方には目もくれずに立ち去った。

残された紗枝と二人きりになる。

「佐藤コーチと何の話やったん？」

「あ……、別に大した事じゃなくて……」

言葉を濁している。

「もしかして、新宮コーチの事？　向こうのクラブへ移るとか、どうとか」

紗枝の頬が、さっと赤くなる。「何の話ですか？」ととぼける声も、上ずっている。

「あの、それって誰から聞いたんですか？」

「誰って……。噂になってんで」

彩夏の事だから、「ここだけの話」とか言いながら、どうせ他の誰かにも話している。

気づまりな沈黙が続いた後、紗枝が躊躇いがちに口を開いた。

「茜先輩、もう怪我はいいんですか？」

「もう治ってる。多分……やけど」

紗枝が首を傾げたから、つい「ごめん。迷惑かけて」と言っていた。

また、謝ってる。

わざとじゃないけど、紗枝のせいで怪我をしたのだ。自分が謝るのはおかしい。分かっているけど、やっぱり謝ってしまう自分がいた。

「色々と心配かけて、ごめん……」


【神崎水葉】


プールの壁に背中をつけ、頭を下にした姿勢で、天井に向かって揃えた両脚を伸ばす。

目の前を、あーちゃんが何ラップ目かの立ち泳ぎで進んで行った。膝から下を互い違いに旋回させ、上体を高く保持した姿勢で水に浮かび、そのまま前進する。

段々と疲れてきたのか、顎が水中に沈んでいる。

水葉は立てていた両脚を九十度の角度まで下げ、摑んでいたプールの縁から手を離しながら水中で回転する。そして、仰向けに浮かぶと、バックであーちゃんの傍まで行き、一緒に立ち泳ぎを始める。

「あーちゃん！　ファイト、ファイト」

水葉も胸から上を水面に出し、「ほら、ここまでおいで」と声をかける。

あーちゃんは力を取り戻したように、身体を上昇させる。

「そうそう。いいよ」

だが、やがて遅れ出し、顔の半分が水に浸かるようになる。何とかノルマを達成したものの、息が上がっている。

昨日、あーちゃんは家に泊まった。早朝から、うちのプールで特訓をする為にだ。

あーちゃんとは以前からここでガチ練していたし、時にはクラブの子達も集まってプチ合宿や自主練をするから、家族も慣れている。練習に集中できるように、プールサイドのテーブルに簡単な朝食を用意してくれていた。

「基本姿勢の補正をやろっか」

休憩した後、まずはプールサイドで柔軟から始める。

「あーちゃん、やっぱり身体が固くなってるよ」

開脚した状態で、背中が真っすぐに伸びるように押してやる。以前にはなかった抵抗を感じた。リハビリ中、あまり柔軟運動ができてなかったのかもしれない。

「一応、家でやってたんやけど……」

「一人でやる時は、椅子を使うとええよ」

続けてプールの壁を使って、姿勢の補正を行う。

あーちゃんが頭を下にした垂直姿勢になると、水葉はプールサイドに立って、水面に出た脚が真っすぐになるよう手を添える。

次にプールの中央まで行き、垂直姿勢からのスプリット。水面で脚を百八十度開いた状態で、五秒間静止する。

プールサイドで見ていると、体幹が弱っているのが分かる。以前だったら、静止して決まっていたのが、今は脚がぷるぷると震えている。「ドンマーイ。ゆっくりやろう！」と励ます。

まだ途中なのに、あーちゃんがプールから上がった。

「どしたん？」

「何か……気持ち悪くて……」

プールサイドにそのままペタンと座り込む。

——そんな元気のない姿、見せんとってよ。

考えないようにしようと思うのに、どうしても夏休み中の、あの光景が浮かんでくる。ここに水葉の知らない子を連れてきて、楽しそうに喋っていたのを。

後からお母さんにそれとなく聞いてみた。

眼鏡をかけたあの子、西島さんは、あーちゃんと同じクラスの子だった。

西島さんはあーちゃんの練習を撮影する為に同行したとかで、それはまだ分かる。自分がどういう動きをしているかは、本人には分からないから、指導者の指摘や動画が頼りなのだ。

納得できなかったのが、あーちゃんが西島さんに泳げるように指導していた事だった。そんな目的でプールを使って欲しくなかったし、せめて水葉に一言あっても良かったんじゃないかと思う。

あーちゃんに練習して欲しくて、快くプールを開放したのだ。あんな知らない子に貸す義理はない。

それとも、そんな風に考えてしまう自分は、心が狭いんだろうか？

何処からか差し込んできた光に目を細める。すっかり日が昇り、スリット窓から見える風景は朝の空気に満たされていた。

「スイちゃん、見て！」

さっきまで暗い顔をしていたあーちゃんが、興奮した様子で窓の外を指さしている。

つられて覗くと、道路で毛の長い薄茶色の犬と、黒いプードルがじゃれ合っていた。飼い主同士も知り合いなのか、犬を遊ばせている傍で喋っている。

犬たちの様子を、あーちゃんは口を開けたまま見ていた。丸いおでこに、小さな鼻。薄っすらと日焼けした横顔に、白い歯が眩しい。その横顔は出会った頃から変わらない。

「今度、あの子と同じ犬がうちに来るねん。パパが近所のペットショップで見つけてきてん」

茶色い犬を指さす。

「写真ないの？　見せて、見せて」

あーちゃんはスマホを開くと、ペットショップで撮影した写真を見せてくれた。垂れ耳の子犬が、あーちゃんの腕に抱かれている。

「わ、可愛い。名前は？　もう決めたん？」

「幾つか候補があって……。私はエビニャーにしたいんやけど、ママは、もっと犬らしい名前にしようって」

「今度、連れといでよ」

あーちゃんは急に真顔になると、目を伏せた。

「スイちゃん。ジュニアオリンピック三位、おめでとう。今さらやけど……」

そこで初めて、あーちゃんから直接「おめでとう」を言ってもらってなかった事に気付いた。

いや、水葉の方が避けていたのだ。ジュニアオリンピックの話を。

「あ、ありがとう。改めて言われると、何か照れ臭い……」

「新宮コーチのとこに行くんやろ？　紗枝と一緒に」

火傷（やけど）した場所に触られたように、ぴりっとした痛みが肌の上を走る。

「水臭いよ。言ってくれたら良かったのに」

「あーちゃん、何か勘違いしてへん？」

自然と語気が強くなる。

「誰が何を言うたかは知らんけど、私はこれまでと同じように、みんなと一緒に練習するつもりやで」

「せやけど、コーチもナショナルチームに行くんやろ？　新宮コーチとそんな話してた」

「佐藤コーチの代わりに、別のコーチが来るやんか。それに、私はあーちゃんと一緒にやりたいねん。せやから、自分だけ他所へ行くことか、偉い先生に見てもらおとか思わへん。なぁ、あーちゃん。何で分かってくれへんの？　私は元通りあーちゃんとペアを組みたいねんよ」

こうして一緒に練習するのも、早くあーちゃんに復帰してもらいたい、また二人のデュエットで大会に出場したい、そう願っているからだ。

「何で？　このまま紗枝と組む方が自然やん。実際、結果を出したんやし」

やけに冷めた調子で言われ、無性に腹が立った。何故、そんな風に言えるの？　もっと怒れよ。紗枝なんか吹っ飛ばしてやるって。

だが、その一方で、黒い靄（もや）のように不吉な言葉が、水葉の頭を覆った。

ジュニアオリンピックの表彰式の後、水葉は新宮コーチから話しかけられていた。それだけでも驚いたのに、水葉の演技に対する感想や、注意点を指摘してくれた。そして、最後にこう言った。

（アーティスティックスイミングは、ひと昔前の競技とは別物というぐらい変化してる。動きが合うてるのはもちろん、よりスピーディーに、よりアクロバティックに。そうなると大柄な欧米人や、背の高い選手を揃えられる中国が有利になる。これから世界で戦う為には、身体の大きい子が必要なんや）

息が止まりそうになった。

あーちゃんの努力が完全に否定されたのだ。

いや、紗枝とあーちゃんの身長差なんて、たかだか一〇センチ程度だ。物差しに刻まれた一〇センチを見れば、いかに小さな差なのかが分かる。そのぐらいの差なんて、あーちゃんなら克服できる。絶対に。そう言い返したかったのに、世界を見てきた新宮コーチの言葉は重かった。

水葉の気も知らずに、あーちゃんは喋り続けていた。

「スイちゃんも私なんかに構ってる時間ないやろ？」

「それは私が決める事や」

そして、「もう、この話は終わり」とばかりに立ち上がった。

「さ、もう少し泳ぐよ！」

自分を鼓舞するように声を張った。

「しんどいのは分かる。でも、やらんと上に行かれへんよ。あーちゃん」

「せやな……」

座り込んだままのあーちゃんを前に、不穏なものが胸に広がる。

移行期が終わり、次の試合期に向けて準備の季節が近づくと、水葉だって「また、あの日々が始まるのか」と嫌になる。夏の間、リハビリで練習量を落としていたあーちゃんは、なおさらだろう。

これまでも怪我がきっかけで競技を続ける意欲を失ったり、緊張の糸が切れてしまう子はいて、再びやる気を取り戻させるのに、コーチが苦労しているのを水葉は見てきた。

——あーちゃん、約束して。必ず戻ってくるって。

表彰台に立てて、それはそれで嬉しかった。だけど、横にいるのがあーちゃんじゃなかったから寂しかった。紗枝には申し訳ないけど、心の底から喜べなかった。

私とペアを組むのは、あーちゃんの他にはいない。

十月・リスタート

【陣内 茜】

アラームが鳴ると同時に、目が覚めた。

午前六時。

遮光（しゃこう）カーテンの隙間から、薄い光の筋が入り込んできている。布団に包まれたまま、ベッドの上で手足を伸ばす。右に半回転、左に半回転、腰から下を捻（ひね）る。暫く、布団の中でダラダラした後、膝を曲げて勢い良く起き上がった。

これから始まる一日を思うと、朝から気が重い。

着替えを済ませて下に降りると、台所では既におかずを詰め終えたお弁当が、蓋を開けられた状態で置かれていた。お弁当が冷めるのを待つ間、ママが飲み物の用意をしている。

部屋に漂う食べ物の匂いのせいか、喉に酸っぱい物が込み上げてきた。慌てて洗面所へ逃げ込むと、顔を洗い、髪を結んだ。

身なりを整えてから戻るとママの姿はなく、代わりに新聞を広げたパパがいた。膝の上には、ベージュの毛の塊を乗せている。

「アムちゃーん。おはよう」

茜が声をかけると、犬はちらとこちらを見ただけで、すぐにパパを見上げる。

元々は、パパが「茜の為に」と見つけて来た犬なのに、パパに一番懐いていて、その次がママ。だから、両親がいると、茜には見向きもしない。朝の散歩に連れ出すのはパパで、ごはんを用意するのがママだから、仕方ないとは言え、少し寂しい。

「結局続ける事にしたんか？　ママから聞いたけど」

「うん。もうちょっと頑張る……つもり」

バサリと音を立てて、新聞の頁(ページ)が繰られる。

ママが茜に付きっ切りになるのに、これまでパパが不満そうな様子を見せた事はなかった。でも、パパ方の叔母(おば)さん達が良く思ってないのは知っている。ママがパパをないがしろにしていると。さすがに、茜が全国大会に出場するようになってからは口を噤んでいるけれど、それでも嫌な雰囲気は伝わるのだ。

「そんな無理してやる必要あるんか？」

「もう怪我は治ったし、それにみんな待ってくれてるから、一人だけ勝手な事でけへんねん」

茜の答えは結局、そこに行き着く。

これまで一緒に頑張ってきたのに、抜け駆けするみたいに途中で降りる事はできない。「いっそ、もっと酷い怪我をしていれば、やめる言い訳になったのに」と、そんな不謹慎な事を考えてしまう自分が嫌になる。

パパが膝から犬を下ろす。途端にキャンキャン鳴きながら足元で飛び跳ねるから、仕方なく抱き上げる。

「競技以外の事も色々、経験しといた方がええと思うけどな。若いうちに」

犬が顔を舐めようとするのを避けながら言う。

「今は他にこれと言ってやりたい事ないし、そのうち考える」

説明になっているような、なっていないような。そんな返事をしながら、バンダナに包まれたお弁当箱とバナナ、おにぎりをリュックサックに詰めてゆく。

駐車場に面した窓から覗くと、ママは先に車に乗り込んでいて、運転席でスマホを弄っていた。車はフォルクスワーゲンのゴルフRで、色はラピスブルーメタリックというらしい。数が少ない限定車だったのを、苦労して取り寄せたとか言ってて、納車された頃は何かというと車で出かけていた。

「行ってきます」

何かを振り切るように、部屋の扉を開けた。

茜が外に出ると、ママが車のエンジンをかけた。後部座席の扉を開き、滑り込むように座ると、ゴルフはゆっくりと発進した。

車が動き出すと同時に、おにぎりの包みを取り出す。午前中は二時間、びっちりと競泳のトレーニングがあるから、ガス欠にならないように、しっかりと朝食を食べておかなくてはいけない。

塩を入れ忘れたのか、それとも分量を間違えたのか、おにぎりは味がしなかった。飲み下すように、機械的にお腹に入れる。

運転しているママが、前を見たまま言う。

「おじいちゃんもおばあちゃんも、茜が水葉ちゃんと全国大会に出るのん、それはそれは楽しみにしてたから残念がってた。言うても、しょうがないのになぁ……」

そして、大きなため息をつく。残念がってるのは祖父母ではなく、ママ自身なのだ。

茜が怪我をした時、最初のうちは「ずっと頑張ってきたから、暫く休めばいい」と理解を示していたけど、がっかりしているのが表情や声に表れていた。気付いてない振りをしていたけど、ママが「もっと早く治す方法はないのか」と主治医に電話したり、ネットで他の病院を検索していたのも知っている。

国道一七六号線を南下し、梅田新道で方角を変えたところで道が混み始めた。いつもは四十分ぐらいで到着するところが、随分と時間がかかっている。

「事故があったみたい。もう……」

ママがブツブツと独り言を言うのを聞きながら、茜はクラスLINEを眺めてゆく。明日は月曜日だからか、「週明けの早朝テスト」や「月曜日に提出する課題」の話なんかが連なっている。

西島さんに「おはよう」と送ってみた。

夏休み中、一時は毎日のように会っていたのが、撮影が終わった途端ぷっつりと連絡を取り合わなくなり、今では学校で顔を合わせるだけになっている。仲良しの子達を放って西島さんに声をかけるのも変だし、特にこれと言って用もないから、なかなか話をする機会がなかった。

西島さんはまだ寝ているのか、既読にならない。

谷町筋に入ると、ようやく道が流れ始めた。大阪城の南側を東へ直進すれば、もう間もなくプールが入っている施設が見えてくる。ママは徐行運転しながら、「今日はあべのハルカスで友達とランチする」と言った。

「練習が終わる頃には、クラブに顔を出すからね」

久しぶりのお出かけだからか、ママは心なしかウキウキしている。帰りの車内は、きっとショッピングバッグとデパ地下で買った食材だらけだ。

「じゃ、頑張って」

「はーい」

ゴルフが走り去るのを見届けてから、茜は建物の中に入った。

まだ、営業時間ではないから、インターフォンを押して警備員さんに通用口を開けてもらい、受付でカードをかざす。入室の確認チェック後、カンファレンスルームへと向かった。


【神崎水葉】


日曜日。

水葉はいつもより早くクラブに到着した。

今日は練習に入る前に、次のシーズンに向けての予定と、大会に出場するメンバーが発表される。そのせいか、いつもと雰囲気が違う。毎年の事だが、緊張感が混じった、ぴりっとした空気が漂っていた。

講師控室をノックすると、既に佐藤コーチは来ていた。椅子から立ち上がりかけたのに、畳みかけるように告げる。

「このあいだの話、お受けできません」

コーチは唇を噛み締め、顎を引いた。

暫し睨み合う時間が続く。先に口を開いたのは佐藤コーチだった。

「新宮先生に見てもらえるのよ？　断るなんて、あり得ない」

新宮コーチを始め、今後は水泳連盟全体でバックアップしてくれるのだと説明される。

「私は『スイミングアカデミー大阪』で育ちました。今さら他所のクラブに行きたくないです」

あーちゃんを置き去りにして、抜け駆けする。そんな事は考えられない。

「それは心配しなくていい。練習場所は向こうになるけど、所属は今のままでいいって仰ってる」

つまり合同合宿のような形で、期間を決めて集中的に指導を受けたり、週に一度だけ「新宮ASC」に足を運ぶなど、そんな形で考えているらしい。

「先生は大きな方よ。クラブチームの垣根を越えて、日本代表になれるような選手を育てたいと思ってらっしゃる。レベルの高い選手が一緒に練習する事で、さらにレベルアップも図れるしね」

「それやったら、あーちゃんも一緒にして下さい。私と紗枝、あーちゃんの三人で」

「それは無理」

話にならないとばかりに、手を振る。

「先生はお忙しいの。余分な生徒まで指導してる時間なんてない」

「でも……」

さらに食い下がろうとしたが、コーチの声に阻まれた。

「気持ちは分かるけど、ここは切り替えようよ。ねっ！　チャンスなんだよ。先生の指導を受けないなんてあり得ない」

いやだ。

私はそんな風に割り切れない。

「あーちゃんは、泣き虫だった私の傍に、いつもいてくれました。知り合った頃は、私なんかよりずっと泳げる子で、私は彼女を目標にしてきたんです」

「確かに、茜は頑張ってる。頑張ってるけど……、世界では戦えないの。日本代表派遣選手の選考に、身長減点があるのは知ってるよね？　一六五センチ未満の選手は、一センチごとに一点が減点される」

畳みかけるように、佐藤コーチが続けた。

「これはもう、どうしようもない事なの。競泳だったらタイムを競うから、背が低かろうが、脚の形が不恰好でも関係ない。速い者が一番。でも、あなた達がやっているのは採点競技。ちょっとでも高得点を取る為に、技術を磨くのはもちろん、演技以外の面で気を配らなくっちゃいけない。音楽の選び方ひとつで、悪い物もいいように見せられる。水着もそう。より選手を引き立てられるようなデザインを考えるし、生まれ持った体型も才能の一つになる」

そんな事は、分かってる。でも、言わずにはおれない。

「あーちゃんは身長は低いかもしれへんけど、ハンデを補う為に、高さを出す技術を磨いてきました」

アースイでいう高さとは、水面に出ている部分の事だ。あーちゃんは自分より背の高い選手に合わせる為に、より水面に身体を露出するように頑張っていた。

「そうね。でも、努力してるのと、美しく見えるのとは別なの。背が高くて、プロポーションの良い子達が同じように努力したら、もっと高さを出せるよね？　下の子達だって頑張ってる。うちのクラブだけでも、中学生で茜より背の高い子が何人もいる」

ぐっと言葉に詰まる。

「ねぇ、水葉は本当にオリンピックに行きたいの？」

無言のまま、しっかりと頷く。

「確かに茜の事は残念に思ってる。せっかくここまで力を引き上げられたのにって……。だからって水葉が茜に囚われて、チャンスを逃すのは違う。いつも言ってるよね？　仲良しクラブはやめようって……」

何故、そんな事を言うの？

コーチはあーちゃんの味方だったんじゃないの？

「仲が良くて、何が悪いんですかっ！」

たっと踵を返し、佐藤コーチの前から立ち去る。

あり得へん。

あり得へん。

絶対に、あり得へんし！

通路に佇んだまま、水葉は拳を握っていた。

「どうしたんですか？」

はっとした。通路に置かれた観葉植物の向こうから、紗枝がこちらを見ていた。

「ちょっと話があったから。コーチと……」

紗枝の喉がぐるんと動いた。

「紗枝は行きたいん？『新宮ＡＳＣ』へ。正直に言うて。新宮コーチに練習を見てもらいたいん？」

ぽかんとしている紗枝に向かって、投げつけるように言った。

「私は嫌やから。佐藤コーチにもはっきりと返事したし、今日、みんなにも宣言するつもり。自分はここでみんなと一緒にやるって」

言いたい事を一気に吐き出す。

紗枝が何か言っていた。呟くような、小さな声だ。

「何？」

首を傾げ、耳をそばだてる。

「茜先輩が……。茜先輩がいるから……」

そこまで言って、紗枝は口ごもる。

「あーちゃんだけやない。彩夏や紗枝らとやりたいねん。ずっと一緒に頑張ってきたんやもん」

紗枝の返事も聞かずに、カンファレンスルームに向かって駆け出す。

部屋はラッシュ状態で、見回すとあーちゃんは隅の方に座っていた。そちらに行きたかったけど、座席は埋まっていて、仕方なく出入口に近い席に座る。

カンファレンスルームに佐藤コーチが姿を現すと、お喋りが止み、緊張はピークに達した。

最初に大会の日程と合宿のスケジュールが告げられ、続いてソロ、デュエット、チームに選出された選手の名が発表される。

「まずはソロ。神崎水葉」

「はい！」

椅子から立ち上がると前に出て、佐藤コーチの隣に並ぶ。

「デュエットは神崎水葉、及川紗枝、陣内茜」

室内の空気がざわめく。あーちゃんより先に紗枝の名が呼ばれた。

あーちゃんは補欠なのだ。

水葉の隣に紗枝が立ち、その向こうがあーちゃん。

次にチームのメンバーが読み上げられるが、もう頭に入ってこない。横目で見ると、あーちゃんは唇をぎゅっと結んで、俯いている。

「以上。選ばれたメンバーは頑張って下さい。……今日、この後は練習に入ります。すぐに着替えて、各自で体操したら集合」

がたがたっと椅子を動かす音がして、皆、一斉に出入口へと向かう。あーちゃんに声をかけようとしたら、その前に紗枝に遮られた。

「水葉先輩。私、また先輩と一緒に表彰台に立てるように、精一杯頑張ります」

自信を漲らせた目で、水葉を真正面から見つめてくる。

「あ、うん……」

紗枝はまだ何か言いたそうにしていたが、先に行ったあーちゃんを追いかける。

「あーちゃん、私……」

「ソロとデュエット、頑張ってな」

「何やのん！　他人事みたいに。まだ、一緒にやられへんって決まった訳やない！」

あーちゃんが怪我をして、紗枝と入れ替わったように、その逆もあり得るのだ。

「私、高校最後のシーズンやから、絶対にあーちゃんと一緒にやりたい。中学生の時から、ずっとペアを組んできたのに、他の子と……。こんなん、こんなん、イヤや……」

「スイちゃん、それって紗枝に失礼やで」

ライバルを気遣うあーちゃんがもどかしい。

「絶対に弱気になったらあかん。私、あーちゃんが復活するの、待ってるから」

だが、弱々しい笑みが返ってきただけだった。


【西島由愛】


由愛が教室を覗くと、既にほとんどの生徒は登校してきていた。

恐る恐る教室に足を踏み入れ、陣内さんの姿を探す。

陣内さんは、いつも一緒に行動しているグループの子達と喋っていて、由愛と目が合うと、小さく頷いただけで、すぐに顔を逸らされた。

「今、マツリビとアイコンタクトした？」

目ざとく見つけた生徒にからかわれ、「ちゃうよー」と笑っている。

そこに、伊東先生が入ってきた。

「起立！」

学級委員の号令がかかる。

授業中、先生が板書している隙にさり気なく窺う。俯いてノートをとる陣内さんは特に変わった様子もなく、いつもと違う所と言えば、普段はポニーテールにしている髪を今日は左右に振り分け、両耳のところでゴムで結んで肩に垂らしている。それぐらいだろうか。

――ぬ！　ツインテール、似合ってるじゃねーか！

先生の目を盗んでスマホを操作し、昨夜、陣内さんから送られてきたLINEを表示させる。

〝明日一緒にお茶しない？　ちょっと聞いて欲しい事あって〟

一体、どういう風の吹き回しですか？

改めてお誘いだなんて。しかも、あたしに相談？

バーチャルな世界でこそ、由愛は〈ぼっちさん〉として振舞っているが、実際はリアル友人から頼られたり、相手の役に立てたためしがない。だから相談されてもろくな事は言えない。

そうこうしているうちに昼休みだ。

様子を見ていると、陣内さんはいつも通り机を移動させ、お弁当を食べるグループの島を作っていた。どうやら由愛と学校で話す気はないらしい。なので、いつものようにパンとスマホを手に席を立った。

教室を出る時、神崎さんがこちらに近付いてくるのが見えた。そして、由愛と入れ違いに教室に入って行った。

きっと、陣内さんに用でもあったのだろう。

夏休み中、プールを借りたり、おやつをご馳走になったり、神崎さんの家の人には随分とお世話になった。何か言った方がいいのかと思ったけど、神崎さんは由愛と顔を合わせても知らん顔をしているし、だいたい神崎さんみたいな目立つ生徒に不用意に声をかけて、周囲の注目を浴びるのも鬱陶しい。

結局は何も言わないままとっとと教室を後にし、昼ご飯を食べる場所を求めて校舎内をうろうろしていた。

今日の予報は午後から雨で、そのせいか空気がじめっとしている。雨の日はいつも、校舎内の人気（ひとけ）のない場所を探してお昼を食べるのだけど、すぐには降り出しそうにない。結局いつも通り屋上でお昼を食べる事にした。校舎を五階まで駆け上がり、隅っこにある屋上に繋がる狭い階段を上る。

階段の踊り場は、ちょっとした死角になっている。一度、「絶賛交際中」の女子生徒二人が肩を寄せ合って座っていた事があり、以来、派手に物音を立てながら、近づくようにしている。良かった。今日は誰もいない。

ほの暗い階段を上った先に鉄の扉があり、屋上に出られるようになっている。その扉を開けた途端、妙に密度の濃い外気に頬を撫でられた。灰色の雲が空に広がっているのが目に入る。たっぷりと湿気を含んでそうな雲は、見ているだけで気持ちが塞ぐ。

給水塔に凭（もた）れてパンを食べながら、更新したばかりの「もふもふシンクロ部」を開く。荒れないようにコメント欄を非表示にしたり、他のＳＮＳと連動させていないのもあって、期待するほどには再生回数は伸びていない。

次に「〈Vlog〉ぼっちＪＫの地味な日常」へのコメントを読んでゆく。それからインスタグラムとツイッターのアカウントを開き、そちらもチェックする。動画をアップする際にリンクを貼っておくと、結構な反応があるのだ。

いつもコメントをくれるフォロワーが、記事をリツイートした上で、感想もアップしていた。

「相変わらず素敵。ほっこりします」と。

〝嬉しいです。いつもありがとうございます〟

顔文字を駆使してリプライした時、頭に何かがぽつんと落ちてきた。

水滴だ。

ついに降ってきたか。校舎に戻ろうと立ち上がると同時に、金属がきしむ音がした。誰かが屋上に上がってきたのだ。

目を疑った。

神崎さんだった。

耳障りな音を立てながら扉を開いた神崎さんは、屋上の縁にぐるりと張り巡らされた手すりに駆け寄ると、そこでじっと動かなくなった。

あまりに動かないので段々と気味悪くなった。「まさか飛び降りるつもりじゃ？」と心配になった時、その肩が震えているのに気付く。

神崎さんは、指で目元を拭う仕草を見せた。

——え、泣いてる？

タイミングの悪い事に、手にしたスマホが「ピョコン♪」と、とぼけた音を立てた。LINEの通知音だ。

ひやっとしたが、神崎さんは気付かなかったようで、ポケットから取り出したハンカチで涙を拭いている。そして、予鈴が鳴ると同時に、校舎へと戻って行った。

由愛は数字を百まで数えてから、動く事にした。

先ほどからぽつぽつと降っていた雨が、その間に本降りになっていた。

「……四十八、四十九」

我慢できずに、五十を数えたところで駆け出す。

少しでも濡れないように両手で頭を庇いながら走り、転がるように扉を開く。校舎の中に入ると、雨の音は遮断された。

見ると、LINEは陣内さんからだった。

〝学校が終わったら、駅前のクレープ屋さんに来て〟

＊

教室には、まだ何人か残っている生徒がいた。

何かと弄ってくるグループの子達で、気付かれないように荷物を取り、光の速さで教室を飛び出す。

「今の、マツリビじゃない？」

「無視すんなよー」

ワンテンポ遅れで追いかけてきた声を、振り切るように駅まで急ぐ。

昼過ぎから降り始めた雨は勢いが弱まらず、傘を差してもあまり意味がなかった。遠くの方でゴロゴロと雷が鳴っていて、自然と速足になる。

何で、こんな日に限ってオモ田に呼び出されるんだろう。

夏休み中に練習して、何とかクロールで二十五メートル泳げるようになったし、二学期に入ってからはプールの授業もサボらなかった。それなのに、今日から始まった球技の授業で積極性が見られなかったとか何とか、ねちねち絡まれた。

標的にした生徒をダシに、憂さ晴らしをしているとしか思えない。

約束の時間はとっくに過ぎていて、待ち合わせ場所に到着する頃には、スカートはびしょびしょで、歩く度に水に濡れた靴が嫌な音を立てた。

クレープリーカフェ・コスモスは駅に隣接したモールの隅っこにある。いかにも女子高生が好みそうな店なのに、フードコートにたこ焼きやハンバーガーなど、安くてお腹が一杯になるメニューが豊富にあるせいで、意外な穴場になっている。

息を整える間もなく店内を覗くと、奥の方の席に座った陣内さんが気付いて、手を振ってきた。

「お待たせしました」

一応、遅れるとは連絡してあったが、さすがに一時間は遅れ過ぎだろう。だが、陣内さんは晴れ晴れとした笑顔を見せた。

「ほら、新たなコレクションをゲット！」

見ると、テーブルには飲み物が入ったプラカップの他に、「ガチャの森」で引き当てたと思しき「モフ商」の仲間たち、ネギ坊主のネコタマ、シュウマイのニャムチャ、あんまんのアンニャンが並んでいた。もちろん、エビニャーも。

「私もグッズのコレクション棚を作るねん。トラフグオが取れたら、西島さんにプレゼントしよと思ったんやけど、取られへんかった。残念。あ、注文してきて」

由愛は椅子にバッグを置いて、ラージサイズのジンジャーエールと、何十種類もあるクレープの中から、バナナチョコデラックスを選んだ。

「何か久し振りやね。こうやって喋るの」

「そうですね」

夏休み中、あれだけ濃い時間を共有したというのに、新学期が始まったら、元のクラスメートの一人に戻っていた。陣内さんには仲良しグループがいたし、自分みたいな生徒と親しいと思われるのは迷惑だろう。

文化祭では、うちのクラスはダンスを発表する事になっているけど、ヒップホップを習っているとかいう子が仕切っていて、最前列で華麗に踊る陣内さん達に対して、由愛は後ろでポンポンを振るグループに入れられた。あまりやる気のないポンポングループと違って、最前列組は放課後に残って練習していたりする。たかだか高校の文化祭ごときに気が知れない。あまりの熱量の違いに、驚くを通り越して呆れるほかなく、ダンスや踊りに命をかける人達は、自分とは違う生き物だと思う事にした。

そんな訳で、陣内さんには近付かないようにするなど、由愛にとっては最大限の気遣いをしてきたつもりだ。なので、思い出したように距離を縮めてきた陣内さんを不審に思う。

「かっわい〜い。ぷにぷに……」

陣内さんは、ソフビでできたモフモフ達を頬に押し当て、ずっとにやにやしている。かと思うと、スマホを弄り始めた。

「ほんでな。この子が新しい家族。アムっていうねん」

スマホの壁紙に、淡いベージュの、垂れ耳の子犬が貼られている。大きな目と黒い鼻、舌を出しているのが可愛く、思わず頬が緩む。

「アメコカですか。いいですね」

「え、知ってるの？」

「アメリカンコッカースパニエルは、ディズニーの『わんわん物語』のレディのモデルになった犬ですよ」

こちらもスマホで画像を検索して差し出す。

「うわぁ、ほんまや！　アムちゃんや。ほんま西島さんって、何でも知ってるんやね」

「え？　そうでも……」

「アムちゃんは、パパが見つけてきてん。私の為にって……。この子のお父さん、ドッグショーのチャンピオンやって」

随分とお金持ちなんだなと思った。

以前、ペットショップで見たアメリカンコッカースパニエルは、四十万円という値がついていた。この犬も、きっとそれぐらいするんだろう。

「せやけど、この子、私に懐かんくて、パパの膝の上が定位置。本当は猫が良かった」

「猫も人懐っこい子ばかりじゃないっす。うちのチョコなど塩対応がデフォで、ベタベタしてくるのは寒い時だけ。あたしの事は下僕どころか、床暖房かホットカーペットって認識なんでしょ」

「そっかー。でも、近づいてきてくれるだけええやん。アムちゃんにとって私は、何なんやろ？」

話というのは、この犬の事なんだろうか？　まさか、そんな訳ないだろう。

「もしかして、話って神崎さんの事っすか？」

仕方なく直球を投げてみたら、陣内さんの顔から表情が消えた。うわ、どうしよう。図星だったみたい。でも、喧嘩（けんか）の仲裁なんか、あたしにはできない。

「そんなつもりで誘ったんとちゃう。久しぶりに西島さんと喋りたか……」

ふいに語尾が途切れた。

陣内さんが一点を見つめて固まっていた。

「ごめん、ちょっとお手洗い……」

慌てて席を立ち、裏口の方から出てゆく陣内さんの背中を見ながら、由愛は首を傾げた。

——急にもよおしましたか？

そう思った時、周囲に圧を感じた。

「ちょっと、ええ？」

見上げてぎょっとした。

見慣れない女の子が、由愛の正面で仁王立ちしていた。セーラーカラーの制服は、三つ向こうの駅にある女子校の制服だ。それだけじゃなく、後ろにも何人かの女の子達がいて、それぞれ他校の制服を着ている。

「茜の友達？」

正面に立った子から、そう聞かれた。

何だ？　この展開は。

「ごめん。別に喧嘩を売ってるつもりはないねん。今、茜と一緒におったよね？」

黙っていたら、相手の子が低姿勢になった。

「あ、えー。今、トイレに行くって……」

女の子は「トイレ、見てきて」と後ろを振り返った。

その時、外で雷が光った。まだ夕方だというのに空は暗く、不穏な雰囲気だ。

「実は、今日は茜と私らで集まる事になってててん。せやのに、約束の時間に来んくて。それで今、一緒にいるのを見かけたから、どういう事かなって思って……」

さっきまで陣内さんが座っていた場所を見ると、トイレに行くだけなのに、制鞄と傘がなくなっていた。

「あたしは、その……。誘われただけです」

女の子達は集まって、ボソボソと会議を始めた。

まずい。非常にまずい。

どうやら、妙な事に巻き込まれたらしい。

彼女達から視線を外すと、テーブルの上に並んだ「モフ商」のマスコット達が目に飛び込んできた。陣内さんが置いていったものだが、彼らは何も教えてくれない。

その時、「彩夏ー！　おったよ！」と声がした。

何処かで聞いた事のある声だと思ったら、神崎さんだった。陣内さんではなく、びっくりするぐらい背の高い、モデルみたいな女の子を伴っている。

こちらに駆けてきた神崎さんの前に、彩夏と呼ばれた子が立ちはだかる。

「同じ学校の子やろ？」

顎をしゃくって、由愛に一瞥（いちべつ）をくれる。

おぉ、神崎さん相手に喧嘩腰。

「えーっと、その……西島さん？」

神崎さんが、由愛の名を知っていた事に驚いた。いや？　家にお邪魔したのだから普通はそうか？

「え、あ、はい。その節は家の方に誠にお世話になりまして……」

この期に及んで、間抜けな挨拶をするあたし。

「やっぱり！　夏休みに、うちに来てくれたよね？　あの時、私も合宿から戻ってきたばっかで疲れてて、話ができんくて……」

あまりにフランクな対応をされ、咄嗟にどう反応して良いか分からなかった。黙っていたら、由愛が気を悪くしていると思ったようだ。神崎さんが釈明を始めた。

「みんな、ちょっと気が立ってて……。嫌な思いさせたんやったら、ごめんやで。ほら、彩夏も謝って」

「ちょっと、水葉！」

「せやから、西島さんは関係ないねん。私らとの約束をすっぽかすのに、あーちゃんに利用されただけやと思う。被害者とゆうか……」

利用？

被害者？

何、それ？

戸惑う由愛を尻目に、神崎さんが続ける。

「ほら、さっさとお詫びする！」

「待ってや。私だけが悪いん？　だいたい水葉が茜にこだわるから、こんな事になるんやん」

彩夏という子が、負けじと言い返す。

「当たり前やない。あーちゃんは私らに必要な人や」

「あのな、はっきり言うてええ？　今となったら誰も、そう思てへんから」

神崎さんの美しく整えられた眉が、吊り上がった。

「彩夏。あんたがそんなんやから、あーちゃんはクラブに来んようになったんよ」

「は？　私のせい？」

どちらも引かず、今にも摑み合いの喧嘩が始まりそうだ。さっきから店の人達が、何事かとこちらを見ている。

段々と事情が飲み込めてきた。

陣内さんはずっと練習に顔を出しておらず、今日は陣内さんを交えて話し合いをする予定だったのだ。神崎さんは陣内さんを呼び戻したい。だけど、他の子達はそうじゃない。そういったところだろうか。

——本人がやる気を無くしてるんだから、周りでわーわー言ってもしょうがないんでは？

だが、二人は言い合いをやめない。

「とにかく、茜には早く立ち直ってもろて、またみんなで頑張ろや。ずっと、一緒にやってきたんやから」

「それは無理。もう、私、マジでキレてるし」

「彩夏、お願いやから、私の話を聞いて」

店の人や、他の客が見ている。中には笑っている人もいる。そんな事にも気付かず、真剣に言い争う二人の様子に、つい「バカかよ」と呟いていた。途端に二人がこちらを振り向く。

「しまった」と思ったが、遅かった。

「何？　何か文句でもある？」

物凄い目力で、彩夏が凄んできた。その迫力にテーブルの上に置いていた手が震える。

「えっと、あたしは帰っていいのかな……と」

滑稽なぐらいおどおどしてしまう。

外では雷がゴロゴロとお腹に響くような音を立て、それが段々と近づいてきていた。

二人は由愛などいなかったかのように、再び言い合いを始めた。

「水葉！　あんた、鬱陶しいで！　さっさと新宮コーチのとこへ行ったらええねん！」

彩夏はスカートの裾を翻す勢いで歩き出し、店を出て行った。何人かの連れがその後を追う。

呆気にとられていると、どさりと音がした。

さっき陣内さんが座っていた椅子に、神崎さんが座っていた。テーブルに肘をついた恰好で、両手で顔を覆っている。テーブルに置かれたままの「モフ商」達が、つぶらな目で神崎さんを見つめていた。

モデルみたいな女の子と目が合い、視線のやり場に困る。いたたまれなくなり、音を立てないように立ち上がると、そっとその場を離れた。

外に出た途端、空に稲妻が走った。続けて、バリバリッと空気を切り裂くような音がして、周囲で「きゃー！」と声が上がる。雷と雨を避けるように、屋根づたいに駅へ向かう。

「ピョコン♪」

陣内さんからエビニャーのスタンプが送られてきた。「ごめんなさい」と言ってるつもりか、手を合わせて拝むような姿勢のエビニャー。

すぐにLINEアプリを閉じた。

返事はしない。

既読スルー。

別にどう思われてもいい。元々、学校に友達はいないから、陣内さんに嫌われて同じクラスの奴らや、何なら学校中から総すかんを食っても、由愛の高校生活は変わらない。何処にも属さない人間、失うものがない人間というのは、こういう時には強いのだ。

びちゃびちゃの靴で中央線に乗り、本町で御堂筋線に乗り換え、空席めがけてダッシュ。制鞄から宿題を引っ張り出す。簡単な問題ばかりなのに、さっきの出来事が頭にちらついて、問題の内容は頭の右から左へと通り過ぎて行く。

通知が鳴った。Vlog に新しいコメントがついたのだ。

——もうっ！

集中力が削がれ、もう宿題を片付けるのは諦めた。スマホを手に取る。

〝今日は辛い日でした。もう生きてるだけで辛い。私も〈ぼっちさん〉みたいに、一人で生きる強さが欲しいです。何もかも上手くいかないし、家にも居場所はないし、誰もいない所に行きたい〟

よくある内容だったが、名前に目を惹かれた。

〈エビニャー大好きっ子〉

ソフビのエビニャーに頬を押し付けていた陣内さんが、頭の中を通り過ぎて行った。

慌てて過去の動画を遡る。

マメにコメントをくれる登録者の名は覚えているが、それ以外のコメントは流し読みしていたし、名前もいちいち記憶していない。だが、〈エビニャー大好きっ子〉という名は何となく覚えていた。この人も「モフ商」が好きなんだな、という認識で。調べて行くと、何度か短いコメントが残されていた。

〝素敵です〟

〝美味しそう〟

そんな他愛ないコメントばかりだから、名前以外は印象に残らなかったのだろう。

まさか、まさか――。

あなたは陣内さんなのですか？

【神崎水葉】

「あらら ぁ、茜ちゃん、ずっとクラブをお休みしてるの？」

お母さんが素っ頓狂な声を上げた。

「補欠やけど、デュエットのメンバーに選ばれてるんやで。あり得へん……」

水葉は箸を置いた。今日の夕飯は、藤田さんが腕によりをかけて作ってくれたローストチキンなのに、食が進まない。

「そぉう。それは困ったわねぇ。怪我しちゃったもんね」

そして、お母さんは自分の経験を話し始めた。新体操の選手時代に足首を捻挫し、なかなか治らなかった時の事を。

「痛いし、刻々と大会は近づいてくるしで、どうなるんだろうって、もう不安で不安で……。先生は頑張れ、諦めるなって言ってくれるんだけど、それが逆に辛いの。怪我したせいで周りに迷惑かけてるなぁって一人で悩んだり」

「そんな遠慮する事ないのに」

「水葉も実際、大怪我してみれば分かる。身体もだけど、気持ちがなかなか回復しないのよ。元のパフォーマンスに戻すだけでも大変なのに、大会となると実力以上の物……自信とか、オーラを発揮しないと勝てない。だったら自分は身を引いて、調子を上げてる人に出場してもらった方がいいんじゃないかって考えちゃうのよ」

その夜、ベッドに入った後もなかなか眠れなかった。

準備期に入り、次のシーズンのメンバーが発表された後から、あーちゃんはクラブに来なくなった。だから、何とかしたくて、皆で集まる場を作った。

あーちゃんには「もう、私の事はええから」と言われたけど、放っておける訳なかった。無理やり約束させて、皆を集めて——。

でも、あーちゃんは約束の時間になっても待ち合わせ場所へは来ず、関係修復の為の集まりが、あーちゃんの悪口大会みたいになってしまった。

思い出す度に情けなくなる——。

「水葉が一人でバタバタしてるだけで、全く物事が前に進んでへんやん」

それぞれ飲み物を買って、フードコートの一角に集まった。水葉が仕切るつもりが、最初に彩夏が口火を切ると、次々と皆の不満が噴き出した。

「呼び戻しても、チームの空気が悪なるだけやと思う」

「やめたい人には、やめてもろた方がええ」

聞いていて、段々と悲しくなってきた。

「茜が競技を続けるかどうかは、私らがどうこう言う問題やないと思う。本人の気持ち次第とちゃうん？」

いつになく彩夏がつっかかってくる。

「……それは、そうやけど」

「それに、水葉は新宮コーチに指導してもらうんやろ？」

「そうやん。茜を呼び戻したって、どうせ水葉はおらんようになるんやん」

ひっぱたかれたような衝撃を覚える。

「ちょっと待って。私、他所へは行かへんよ。そんなみんなを裏切るような真似、せえへん。私、はっきりと佐藤コーチに断ったもん。新宮コーチやなくて、みんなと一緒に、次に来る新しいコーチの指導を受けるって」

だが、彩夏は納得しない。

「へぇ、そうなん？」

「このあいだ、みんなにもちゃんと説明したやん」

「でも、あっちに行きたい人もおるみたいやけど？」

皆が一斉に紗枝を見る。

紗枝は驚いたように目を見開いている。今、この場で、そういう話が出ると思ってなかった。そんな表情だ。

「どうなん？　今日は本音を言い合おや」

「え……、あ……」

問い詰められた紗枝は、ろくに言葉が出てこない。それどころか席を立ち上がり、何処かへ駆け出してしまった。

「あーあ。やっぱり図星やったな」

「何やってるんよ。もう……。ほら、追いかけんで」

皆、荷物を持ってノロノロと立ち上がり、紗枝がいそうな場所を探して歩いた。

「あ、あれ！　茜やん！」

誰かが声を上げた。

見ると、あーちゃんが誰かと一緒にいた。

――うちに居た子や！

水葉が合宿に行っている間に、あーちゃんとうちに来ていた子。ヘアスタイルや赤い眼鏡、独特の雰囲気で、すぐにあの子だと分かった。

確か名前は西島さん。

テーブルには小さな人形が並んでいて、あーちゃんはその人形を手に取って撫でたり、さすったりと随分楽しそうだ。そのうち、お互いのスマホを見せ合い、何か話を始めた。

最近、私の前では決して見せてくれない、子供の時と同じ顔――。

久しぶりに見た、あーちゃんの笑顔だった。

「何、遊んでん？」

「気楽そうに笑って……。真剣に考えるのん、アホらしなってきたわ」

口々に出てくる辛辣な言葉を聞きながら、水葉は声を張り上げる。

「私、紗枝を探してくる！」

引きはがすように視線を逸らし、一人で駆け出していた。

スマホをチェックしてみたが、あーちゃんへのLINEは既読になったまま返事が来ない。

――西島さんと話してみよか……。

水葉が知らないあーちゃんを、西島さんは知っているかもしれない。

そう考えた途端、胸の中で言いようのない感情が蠢(うごめ)いた。

あーちゃんにとって水葉は一番の親友で、何でも話してくれる。そういう存在じゃなかったのだろうか？

手にしたスマホを、ぎゅっと握りしめていた。

でも、今は意地を張っている場合じゃない。

クラスの仲良しのグループLINEに西島さんの名を書き込むと、すぐにリアクションがあった。

〝去年、同じクラスやったけど、喋った事ない〟

〝たまに通学路で見かけるけど、声をかけられへんぐらい速足で歩いてる〟

部活もやってないみたいで、接点のある子はいなかった。暫く静観していると、ようやく関わりのありそうな子から返信があった。

〝マツリビやったら、授業のグループ分けで一緒になった事あるよ〟

よく分からないが、マツリビというのが西島さんの呼び名らしい。

「どんな子だった？」と聞いてみる。

〝自分の世界を持ってるというか、周囲に壁を作ってる感じ。あまり深入りされたくなさそう〟

同じグループになったよしみで、授業が終わった後、「お昼を一緒に」と誘ったものの、さらっと断られたらしい。

〝お昼はやる事があるとか何とか。突っ込んで聞いたら、ダンマリ。感じ悪っ。部活もやってへんし、変なの〟

続けて、別の子達から返信が入る。

〝あいつ、キモいよ。言葉遣いもヘアスタイルも制服の着方も変やし〟

〝友達もおらんみたいやし、何が楽しくて生きてるんやろ？〟

どんな子なのか、想像もできない。少なくとも、これまで自分の周りにいなかったタイプなのは確かだ。次々と入る新しいコメントを読むうちに、水葉は決意を固めた。

――やっぱり一度、ちゃんと西島さんと話してみよう。


【西島由愛】


「〈Vlog〉ぼっちJKの地味な日常」のコメント一欄を開き、もう何度も読み返したコメントを読む。

〝今日は辛い日でした。もう生きてるだけで辛い。私も〈ぼっちさん〉みたいに、一人で生きる強さが欲しいです。何もかも上手くいかないし、家にも居場所はないし、誰もいない所に行きたい〟

入学して以来、何度も壇上に上がり、全校生徒の前で活躍を称(たた)えられていた陣内さんが、誰だか分からない相手に、「辛い」と訴えている。

——神崎さんや他の人達は、陣内さんがこんな風に思ってるの、知らないんでしょね。

神崎さんと言い合いしていた、彩夏という子の顔を頭に思い浮かべる。自分の部屋に「強気」とか「限界突破」とか書いて貼っていそうな子で、由愛の苦手なタイプだった。

——めんどくさっ！

陣内さんから貰ったLINEには返信しないと決めていた。うっかり関わると、また訳の分からない事に巻き込まれそうだったから。にもかかわらず、「放っておいていいんだろうか……」と考えている自分がいる。

最初、伊東先生から「泳ぎを教えてもらうついでに、シンクロの紹介動画を作ってみたら？」と提案された時は憤慨していた。

だけど、やってみたら想像していた以上に面白く、いい絵が撮影できた。

撮影が成功した最大の理由は、陣内さんが持つ確かな技術、嘘や誤魔化しのない動きだった。神崎さんちのプールで、次々と人間離れした動きを繰り出し、由愛を魅了した陣内さんの姿が、今も目に焼き付いて離れない。それは水槽の中を自在に泳ぐ魚のようで、まさにマーメイドそのものだった。

人の身体や動きに、こんなにも心を動かされたのは初めての経験で、由愛はただただ呆(ほう)けたように口を開けて眺めていた。馬鹿になったのではない。自分でも意外なほど感動し、興奮していたのだ。人々がスポーツ観戦やオリンピックに熱中する理由が分かった気がした。

――今、やめてしまうのは勿体ないんじゃないですか？

思い切って、陣内さんに言ってみようか？

いやいやいや、自分はそういうキャラじゃない。

あ――――っ！　めんどくさいったら、めんどくさいっ！

【陣内　茜】

時間は午前十時。

学校に行きたくないなと思っていたら、上手い具合に熱が出た。パートに出かけたママが薬を置いて行ったが、治って欲しくないから飲まずにいる。

ベッドでまどろみながら、それでもスマホだけはチェックする。

西島さんに送ったLINEは既読になっていたが、返信はないままだ。

「無視……ですか」

悲しいを通り越し、情けなかった。

夏休み中に西島さんと一緒に過ごした二週間は、本当に刺激的で楽しかった。

西島さんの口から出るのは、「どうすればいい動画が撮影できるか」とか、「どんな構成にすれば視聴者を引き付けられるか」とか、そんな話ばかりで、最初は難しくてついて行けなかった。

でも、それがかえって良かった。

撮影中は怪我した事や、競技を続けるプレッシャー、色んな悩みを忘れて、西島さんの注文に応じて動いてみせたり、時には「こんなポーズはどう?」と提案したりして、気が付いたら窓の外が暗くなっていた事もあった。

ただの仲良しじゃない。

でも、競争相手でもない。

上手く言えないけど、同じゴールを目指している仲間。

皆が同じ方向を向いて「競技で上位入賞」とか、そんな明確な目標じゃなく、手探りで一緒に何かを作っている感覚。それは、なかなか新鮮で、わくわくする体験だった。

西島さんと、あの時のように話したいと思った。

もちろん、話しながら、自然と悩みを打ち明けられる雰囲気になればいいなとは思っていた。

それなのに、ぎくしゃくした会話しかできなかった。

夏休み中の、あの濃密な二週間は神様が、いや礼子ちゃんとオモ田が取り持ってくれた奇跡の時間だったのだ。

――あーあ。何やってるんやろ、私は……。

昨日は〈ぼっちさん〉のコメント欄に、今の自分の気持ちを書き込んだ。返信がついていたが、〈ぼっちさん〉ではなく、他のチャンネル登録者からのコメントだった。

〝健康な身体に生まれてきたんでしょう? 世の中には生きたくても生きられない人もいるんですよ〟

〝簡単に家を出たいっていうけど、一人暮らしって思ってるより大変だよ〟

ますます気が重くなる。こんなお説教が聞きたい訳じゃない。ただ、書かずにいられなかっただけなのに。こんな事なら、コメントなんて書き込まなければ良かった。

〈ぼっちさん〉だって顔も知らない登録者から、「生きてるだけで辛い」なんて書かれて困っているはずだ。友達でも何でもない相手に、自分は何を期待していたんだろう。

午後の遅い時間になって、パートから帰宅したママが部屋に食事を持ってきてくれた。

「食べたくない」

「朝もお昼も食べてないんやろ?」

寝返りを打って、ママに背中を向けた。

「いつまで拗ねてるの? みんな心配してくれてるよ」

――知った風なこと言わんといてや。誰も心配なんかしてへんよ。スイちゃんは紗枝と一緒に「新宮ASC」に移籍するやろし、他の子らも私の事は邪魔者扱いや。

佐藤コーチだってナショナルチームに誘われているのだ。いつまでクラブにいるか分からない。いずれ、「スイミングアカデミー大阪」に茜の居場所はなくなるだろう。

ママの手がおでこに当てられる。ひんやりと冷たい。

「熱は下がってるやん。食べたいものがあったら、言うてよ」

「分かった、分かった」

ママを追い出した後、動画サイトに戻る。

そして、訳知り顔で返信してきた登録者達に「私って、甘えてますか? そう言うあなたは、さぞかし立派な人なのでしょうね。失礼しました。もうコメントしません」と、半ばやけくそになって書き込んだ。

〈ぼっちさん〉は、コメント欄が荒れると登場してくる。もしかしたら、注意されるかもしれない。何でもいいから声をかけてもらいたかった。だけど、すぐに後悔した。

こんな形で大好きな場所を汚したくない。

書いたばかりのコメントを削除しようとして、手が止まる。返信がついていた。書き込んでから五分と経っていないのに。それも〈ぼっちさん〉本人から。

「え、ええっ？　えええ――――！」

ドキドキしながら、画面に顔を近づけた。

〝初めまして、〈エビニャー大好きっ子〉さん。いつも見てくれてありがとう。何か辛い事があったの？　大丈夫？　私は甘えてるなんて思わない。だから、ここで辛い気持ちを吐き出していいんだよ〟

胸が熱くなった。

〈ぼっちさん〉が自分の気持ちを分かってくれたのだ。

茜は夢中になって文字を打つ。

〝〈ぼっちさん〉、返信ありがとうございます。感激です！　凄く救われました。実は私はある競技をしていますが、子供の頃から頑張ってきたのに、最近になって怪我をしました。その間にメンバーから外れて、私がいない方が成績が良かったんです。やっぱり悔しいし、情けないんです。毎日が辛い〟

自分の事を書きすぎたかと思ったが、どうせ誰だか分からない。匿名での書き込みという事実が、茜を大胆にさせた。

――ほんまにおったんや。

動画の中で、自分と同じ高校生とは思えないような生活をしている女の子の存在が、改めてリアルに迫ってくる。

でも、不思議だ。

スイちゃんや彩夏、家族や子供の頃からの知り合い、学校の友達には言えない事を、〈ぼっちさん〉には素直に言えた。

何でだろ?

暫くして、また〈ぼっちさん〉から返信があった。

〝そっかー。子供の頃から頑張り続けてきたんだね。〈エビニャー大好きっ子〉さん、凄い。尊敬ー!〟

思わず、「うわわぁ」と声が出る。文字入力する手が震える。

〝ありがとうございます。でも、私、少しも凄くないんです。尊敬してもらう価値なんかないんです。怪我は治ってるはずなのに、休んでる間に競技力が落ちて、気持ちも上がらなくて。周りの期待や励ましもしんどい。最近はチームの子達との関係も微妙なんです。怪我なんか治らなければ良かった。ついそんな風に思ってしまい、自己嫌悪です〟

すぐに、新たな書き込みがついた。

〝そうなんだ。辛いね。以前は見えていた光を見失い、どちらを向いたら良いか分からなくなってる。今、そんな感じなのかな?〟

〝そうなんです。その通りです。自分で自分が分からないんです〟

〈ぼっちさん〉のコメントが続く。

〝それは不安だよね。〈エビニャー大好きっ子〉さんは今、何かを変えなければいけない時期に来てるんじゃないかな。それも、これまで歩いた事のない道を選ぶ時期に。怖いよね。知らない場所を一人で歩くのは……〟

今の自分を言い当てられた気がして、一字一句、頭に刻み込むように読んだ。

アースイを続けるのが辛い。でも、アースイをやめた後の自分も想像できない。そんなどっちつかずな状態が、今の茜なのだ。

〈ぼっちさん〉からの返信は、まだ続いていた。

〝〈エビニャー大好きっ子〉さんがやってる競技に詳しい訳でもないのに、生意気な事を書いてしまってごめんね（実は、泳げません）。〈エビニャー大好きっ子〉さんはずっと頑張ってきて、今も頑張ってるんだよね。そんな人に「頑張って」なんて言ってはいけない。でも、頑張った経験は何処かで生きるはず。〈ぼっち〉は大した事できないけど、遠くから応援してるよ。そして、いつでもここに遊びに来てね。早く答えが見つかりますように〟

そして、〈ぼっちさん〉からの返信は途絶えた。


【西島由愛】


〝とりあえず家族とか友達の事は横に置いて、〈エビニャー大好きっ子〉さんが決断しないと、何も始まらないと思います〟

そんな風に書いてしまったところで、手が止まった。

これは、紛れもない由愛の本音だ。もし、陣内さんから面と向かって相談されたら、うっかり口にしてしまい、間違いなく相手を傷つけるか、怒らせるかしていただろう。

いつも自分は、失敗していた。

たまに誰かと友達になれても、言わなくて良い事を言ってしまって相手が離れて行く。

――何度もやらかしたんだから、学べよ。自分。

一旦書いた文書を削除し、書き直した。

〝子供の頃から頑張り続けてきたんだね。〈エビニャー大好きっ子〉さん、凄い〟

我ながらクサイと思ったけれど、今は自分を消して、〈ぼっちさん〉になり切る。

一人で暮らし、家事も自分でこなす大人な〈ぼっちさん〉は、女神のように優しくて、悩める人達の相談にも答える人気者だ。

〈ぼっちさん〉の励ましに勇気を得たのか、陣内さんは矢継ぎ早にコメントを書いてきた。その度、由愛は〈ぼっちさん〉になり切って返信する。

〈ぼっちさん〉だったら、こう答えるだろう。決して突き放すような言動はしない。

「はぁっ、疲れる……」

相手の事情を知っていると、選ぶ言葉一つ一つに慎重になってしまう。何より、正体を隠したまま相手の本心を聞くという行為に罪悪感を覚えた。

陣内さんも、こちらの素性を知らないから、悩みを打ち明けられたのだ。〈ぼっちさん〉の正体が由愛だと知ったら、彼女はここまで自分の気持ちを表に出さなかっただろう。

コメント欄を見ると、新たに〈エビニャー大好きっ子〉＝陣内さんから返信が来ていた。

〝〈ぼっちさん〉。励まして下さって、ありがとうございます。辛いなんて書いて、ごめんなさい。ずっと頑張ってきた競技を、こんな形で終わらせてはいけない。さっき、〈ぼっちさん〉と話しながら気付きました。もう少し頑張ります！〟

由愛はいつまでも、その言葉を目で追っていた。

【陣内　茜】

プールサイドでは、すでに佐藤コーチが待ち構えていた。

何年も指導を受けていると、表情を見ただけで、コーチの機嫌の良し悪しが分かるようになる。今日は相当、機嫌が悪そうだ。地雷を踏まないように気を付けないといけない。

ずっと無断で休んでいたのを謝ろうとしたら、声で遮られる。

「すぐにアップ始めて。ちゃっちゃと動く！」

ウォーミングアップと言えば身体をほぐす程度の運動だと思われがちだが、そんな生ぬるいものではない。インターバルといって、決められた時間内に泳ぎ、休憩を挟んでまた泳ぐのを繰り返す。

設定されるタイムには、休憩も含まれているから、遅れたらそれだけ休める時間が少なくなる。そうなると、息が整う前にスタートしなければならない。

「こらぁ、彩夏！　スタートの合図の前に飛び出さない！」

「茜、もっと脚を使って！」

勇んで来ては見たものの、やっぱり思うように動けない。息が上がり、耳に蓋をされたように物音が遠くなる。震えが指先から漣（さざなみ）のように全身を走り、段々と視野が狭くなって行く。

ぐらりと頭が揺れた。

気が付くと、皆がターンしてこちらに戻ってくるところだった。

意識が遠のいて、スタートしそびれたのだと気付く。皆が戻ってくるのを待つ間、深呼吸をして身体を整える。

焦るな。

慌てるな。

次の号令で一緒にスタートすればいい。

トップで戻ってきたのはスイちゃんで、ちらとこちらを見た。さすがに声をかけてくる余裕はなさそうだ。次々と戻ってくる子達が立てる水しぶきと、激しい息遣いが、わんわんと響く耳鳴りの音に混じり、頭の中が騒がしい。

容赦なく、カウントダウンが始まる。

「三、二、一……、スタート！」

茜もスタートした。

だが、半分も行かないうちに、身体が動かなくなり、あっという間に離された。両隣を泳いでいる子達が脚を動かす度に、ぷくぷくと水中に泡が生まれるのを、呆然として眺める。

「すみません。お手洗いに行きます！」

叱られるのを承知で、トイレ休憩を申し出る。

コーチが何も言わないのが、余計に惨めだった。ひとしきりトイレで気持ちを落ち着かせた後、プールに戻る。アップは終わっていて、ランドリルの最中だった。陸上で音楽を流しながら手の振りを合わせ、同調性を高めてゆく練習だ。

「俯かない！　顔上げて！」

「表情が硬い！　笑顔！」

「肘が緩んでる！　指先！　止めるっ！」

キリのいい所で茜も加わる。

途端にコーチの声が飛ぶ。

「茜、姿勢が悪いよ！　もっと首を長く見せて。頭のてっぺんを天井から糸で吊るされているような意識！」

自分でも動きが硬いのが分かった。

そこから水に入って、曲をかけての練習が始まる。まずはチームだ。音楽は前のシーズンと同じで、振り付けを若干変えるつもりのようだ。

「さしあたって今日は、おさらい。ちゃんと覚えてるよね？」

少し離れた場所で泳いでいたら、何度目かの曲かけで「茜、入って」と言われた。

茜のポジションはジャンパーだ。

陸上動作の後、飛び込んだら潜水でプール中央まで泳ぎ、浮上したら立ち泳ぎしながら、支えになってくれる選手が下に潜り込むタイミングを待つ。両脇の選手の頭に手を置き、下にいる選手を踏み台にして、茜はバク宙の姿勢で飛んだ。

ジャンプで高さが出ず、ちゃんと回り切れないまま、水面に叩きつけられる。水中に沈みながら、次の動作へと移る為に水を掻く。

すぐさま体勢を整え、全員揃ってブースト。水面から飛び出し、空中で両手を上げたら、立ち泳ぎしながら横に移動する。その間も、音楽に合わせて腕は動かし続けている。

次は上向き水平姿勢になり、リバーストーピードで水を掻いた。身体を反らせながら頭から水中に入り、身体を沈めたら、波間に浮かぶ棒ウキのように垂直姿勢になる。そして、爪先からゆっくりと上昇し、音楽に合わせて脚を動かす。その間、水中では忙しなく両手が動かされ、浮上するタイミングや回転速度を調節するのだ。

もう数えきれないぐらい練習した振り付けだが、イメージした通りに身体が動かない。

「あっ！」

次の動作に移る時、隣の子と足がかすり、ひやりとする。

「何で、そこで離れるの！」

接触を恐れて間合いを取ると、すかさず注意される。

「もっと高く！」

「脚がバラバラ！」

「汚い！　動きが揃ってない！」

容赦なく声が飛び、二分三十秒のルーティンが終わった後には、もうへとへとになっていた。

コーチの元に集まり、身体を水に浸けたまま、撮影された映像をタブレットで見る。茜だけタイミングが合っていない。速い動きについて行けていない。

「やり直し。もう一回」

反省点を確認したら、すぐにプールから上がって、位置に付く。

そして、飛び込むところから始める。

二度目のルーティンでのジャンプは、最初よりもっと酷かった。そして、演技の前半で既に息が上がっていた。

子供の頃からやってはいても、息を止めて水中で動く時の息苦しさには、いつまでたっても慣れない。体内に酸素を溜め込み、限界まで息を吐き出して苦しいのを我慢する。それが何度となく続くのだ。どんなに苦しくても、水面に顔を出す時は笑顔を見せなければならない。それなのに、今は表情を作れない。

隣で泳ぐ紗枝と一瞬、目が合う。

無様な顔を見られた。

——やりにくいなぁ。

以前、怪我をしたのも、紗枝の横にいる時だったから、近づくのが怖い。

「こらぁ！　また離れてる！」

「何度も同じ事を言わせないで。どうして、ここで離れるの？　カッコ悪いよ！」

その時だった。

水中に潜ったタイミングで誰かの手が顔に当たり、ノーズクリップが外れた。その拍子に鼻から水が入り込んできた。塩素の匂いが鼻孔に広がり、鼻にツンとした刺激が走る。水着に取り付けた予備のノーズクリップに手を伸ばした時——。

「うっ！」

思わず声が出ていた。

このあいだ骨折したばかりの箇所が、何かにぶつかった。鈍い痛みが走り、驚いた拍子に水を飲んでしまう。水が気管に入り、激しくむせる。演技を続けるどころか、溺れないように手足を動かして身体を浮かせるのが精一杯だった。

「溺れてる人がいるわね。しょうがない。ちょっと待ってやって」

音楽が止められる。

茜が落ち着くのを、皆は立ち泳ぎしながら待ってくれていたが、茜は平泳ぎでプールサイドまで泳いで行き、水から上がった。咳き込みながら荷物を置いた場所まで行く。そして、壁に凭れて座ると、足の甲と指を触った。

もう痛みもなく、腫れてもいない。だが、心が痛かった。

今のはぶつかったのではない。誰かが故意に蹴ったのだ。

――何でそんな事するん？

身体の震えが止まらなかった。

怖い。

誰かが茜を邪魔に思っているのだ。

慣れ親しんだチームの仲間が、まるで知らない人達に見えた。

「……いい加減にして……」

目の前に人が立って、何か言っている。見上げると、紗枝だった。

「は？」

相手の声がよく聞こえなかったから、問い返していた。

「だから、何故戻ってきたんですか？　全然できてないのに……。やる気がないんでしょう？」

今度は投げつけるように、紗枝が言った。

「あ……」

後輩に叱られるという状況がよく理解できず、言葉が上手く出ない。

「だって、怪我をしてたから……」

自分でも下手な言い訳だと思った。

「私のせいで怪我したって言いたいんですか？」

「あ、いや。そういうつもりで言うたんと違うねん。ごめ……」

「だからぁ……」

地団太（じだんだ）を踏むように、紗枝が忙しく足を動かした。

「謝らなくていいです。『ごめん』って言えば、許されると思ってるんですか？　もう、黙って消えて下さい。茜先輩が戻ってくるから、水葉先輩が……」

見る間に紗枝の頬が赤くなり、「ひとえちゃん」と呼ばれる所以（ゆえん）になった涼し気な目がぎゅっと閉じられると、次の瞬間、ぼとぼとっと音を立てそうな勢いで涙がこぼれた。

食いしばった歯の間から、次々と嗚咽（おえつ）混じりの声が漏れ、その間も伏せた目から水滴が流れ落ち、床に小さな水溜りができた。

紗枝はしゃくり上げながら続けた。

「何で……、何で茜先輩なんですか？　何故、私じゃ駄目なんですか？　子供の時からの友達って、そんなに大事なんですか？　一緒にいた時間が長い。それだけじゃないですか……」

一つ一つの言葉が、えぐるように茜の胸に響いた。

茜は立ち上がると、そのまま荷物を持って更衣室へと向かった。そして、誰もいない更衣室で床にへたり込んだ。冷たい風で撫でられたように、身体が震えていた。

間違いない。

さっき足を蹴ってきたのは紗枝だ。

このあいだのは偶然ぶつかっただけかもしれない。でも、今のはわざとだ。

お前なんか怪我をして、さっさといなくなってしまえ。

そんな声が聞こえた気がした。いや、実際に言われている。「黙って消えろ」と。そこまで自分は紗枝に憎まれているのだ。

(何故戻ってきたんですか？)

(やる気がないんでしょう？)

(一緒にいた時間が長い。それだけじゃないですか……)

ぶつけられた言葉が頭の中を巡り、胸が押し潰されそうになる。

スイちゃんが一緒に頑張るのは、自分ではない。

紗枝でなくてはならない。

だから、自分はここにいてはいけない。茜の存在自体が、スイちゃんと紗枝の足枷になっているのだから。

どのぐらい、そうしていただろうか。背後で扉が開いた。

スイちゃんだった。

水着の上にジャージを羽織った恰好で、更衣室の入口に佇んでいる。

「あーちゃん、大丈夫？」

「うん」

機械的に答えていた。

スイちゃんが「一緒に戻ろ」と言う。

様子を見に来たのか、彩夏が後ろから顔を覗かせる。他の子達も。そこに、紗枝はいなかった。

「何をやってるの？」

彩夏達を押しのけるようにして、佐藤コーチが前に出てきた。

「プールに戻りなさい！　早く！」

一人ずつ更衣室の外に追いやる。

「あなたも、戻りなさい」

だが、水葉は動こうとしない。

コーチは何かを言いあぐねるように口を閉じると、すっと目を細めた。

「自分で分かってる？　紗枝や茜を追い詰めてるのは、水葉。あなた自身なのよ」

最後まで立ち去らないスイちゃんに、コーチは静かに言った。

「全く、どこまで周囲を振り回したら気が済むの？」

「そ、そんなつもりじゃ。ただ、私は……」

「いいから、行って」

有無を言わせぬ口調でスイちゃんを追い出した後で、コーチは振り返った。

「茜……。ジュニアオリンピックでは表彰台に立てたけど、私は少しも嬉しくない」

コーチの肩から力が抜け、それまで仮面を被ったように怖かった顔が、くしゃっと崩れた。

笑っているような、泣いているような、そんな表情だ。

「悔しいよ。結局、背が高い子じゃないと駄目なのかって……」

それは茜を慮(おもんぱか)るというより、自分に言い聞かせているように聞こえた。

コーチの身長は茜と大して変わらない。やはり選手時代に不利を被(こうむ)ったり、理不尽な目に遭っていたのだろう。

他の子達より水面から身体を出そう。

脚の長い子が膝まで出している時、腿まで出して高さを揃えよう。

コーチはずっと、茜にそう指導してきた。背が低い分、頑張らないといけないと。

――せやけど、背が高い子が……紗枝が腿まで水面から出せるようになったら、私はどないしたらええん？

紗枝ならやれるだろう。紗枝は恵まれた体格に甘えて、手を抜くような真似はしない。そうなれば、もうどうにもできない。

――私は、ここにおったらあかん人間や……。

考えるより先に言葉が出ていた。

「……コーチ、私やなくて他の子を……、私より背の高い子をデュエットの補欠にして下さい」

唇が震えて、上手く喋れない。

「何で諦めるの？」

「努力ではどうにもならへん事があります」

「自分で自分を見限るの？」

「……私はもう……」

それ以上、言葉が出なくて、俯いてしまった。

「お母さん。呼んで」

もう何も考えたくなかったから、言われるがままバッグからスマホを取り出し、ママの番号を呼び出す。

『どないしたん？』

ママが電話に出た。食器が触れ合う音や笑い声が聞こえる。友達と一緒のようだ。

『何で黙ってるのん？　まだ練習時間中やろ？』

訝し気な声が耳元で響く。

コーチが電話を寄越せと合図した。茜からスマホを受け取ると、咳払いを一つし、そのまま更衣室を出て行った。

暫くすると、コーチが戻ってきた。

「お母さんと少し話した。……迎えに来てくれるって」

コーチはスマホをこちらに返すと、そのまま更衣室を出て行った。

着替えて待っていると、暫くしてママから「駐車場に車を入れた」と電話が入った。

友達とのランチを中断して、迎えに来てくれたようだ。

コーチとどんな話をしたのかは分からないが、ママは何も聞いてこなかった。茜もむっつりと黙り込んでいるので、帰りの車の中で会話はなかった。

家に到着した後は、さっさと自室に上がり、ドアを閉めた。ベッドに入り、そのまま頭から布団を被る。

（黙って消えて下さい）

紗枝の声が頭の中で響く。

入ったばかりの頃は、「茜ちゃん、茜ちゃん」と後ろをついて来てた子が、いつの間にか茜を追い越し、それだけでなく邪魔者扱いするようになった。

どんなにスイちゃんが庇ってくれようとも、コーチが励ましてくれようとも、「スイミングアカデミー大阪」にはもう、茜の居場所はなかった。

遠慮がちなノックの音がした。

返事をしないでいるとドアが開き、隙間からママが覗いた。

「茜。ちゃんと話して。何があったん？」

「……コーチは何か言うてた？」

「……具合が悪そうなので、迎えにきてくれって。それだけ」

「泳いでる途中で気分悪なって……吐いた」

実際には吐きそうになっただけだが、大袈裟に伝える。

「え、大丈夫なん？」

「久しぶりやったから……。多分、すぐ慣れる。心配せんとって」

そう言うのが精一杯だった。

「そうなんや……。でも、茜やったらできるよ。これまでできてたんやもん。頑張って」

「うん……」

ママが部屋を出て行き、暫くするとボソボソと話し声が聞こえてきた。誰かと電話で話しているようだ。もしかしたら、スイちゃんのお母さんかもしれない。

考えただけで、息苦しくなる。イヤホンを耳に突っ込み、布団に潜り込んだ。

心臓が、まるで狂暴な生き物のように、体内で暴れていた。

何故、皆、茜に「がんばれ」と言うのだろう？　スイちゃんも、コーチも。そして、ママも。

もう十分に頑張った。

ずっと頑張ってきたのだ。

もうこれ以上は無理。

それとも、そんな自分には価値がないんだろうか？

頑張れない、駄目な自分を受け入れてくれたのは、〈ぼっちさん〉だけだ。〈ぼっちさん〉に会いたい。会って、今の気持ちを聞いてもらいたい。

〈ぼっちさん〉、どこにいるの？　助けて！

私の心はツインズカム

【神崎水葉】

「及川さんっ！　あんた、さっきから何べんおんなじ事で注意されてんの？」

腕を上げたまま立ち泳ぎをする紗枝に、新宮コーチの怒声が飛ぶ。

「もっと高く！　脇腹から腕が生えてるつもりで……。ほら、ここまで上げるねん」

手にしたデッキブラシを、紗枝の頭上に掲げる。

「そう！　そう、そう、そう、そのまま……。ほら、また、下がった！」

紗枝に向かって次々と飛ぶ注意の声が、段々と大きくなる。

今日は新宮コーチが「スイミングアカデミー大阪」を訪問するという事で、朝から皆、浮足立っていた。

新宮コーチと佐藤コーチは師弟関係にあるから、これまでも何度か特別講師として招かれていた。だが、今日は水葉と紗枝の練習を見るのが目的だったようだ。皆が音楽をかけて練習をしている間、二人だけ呼ばれて新宮コーチの目の前で基本動作を見てもらう事になった。個人的に指導を受けるのは、水葉も初めての経験だ。

「二人とも、プールから上がって」

新宮コーチに指示され、鏡の前に連れて行かれる。

「あんたら、こうやって並んでると、ペアを組んだばっかりと思えんぐらい絵になるなぁ」

鏡に映りこむ新宮コーチが、思っていたよりずっと小柄なのに気が付く。

「下向いてんと顔を上げなさい。そうや、もっとツンと顎を上げるねん。背筋も伸ばして、その姿勢で笑う。ほらっ！　可愛い」

水葉は鏡に映った紗枝の全身に目をやる。

白いスイミングキャップに、黒い水着という地味な恰好でいても、紗枝の肢体は人目を引く。もしかして、また背が伸びたかもしれない。

「せやけど二人とも、私に言わせたらまだまだ細いねん。しっかり食べて、筋肉つけて身体を大きしたらもっと風格が出て、周囲を圧倒できるはずや」

そして、これからやるべき筋トレと、食事について注意される。

「早苗ー！　あんたもこっち来てー！」

呼ばれた佐藤コーチが、小走りでプールサイドを駆けてきた。

「あんた。今のままやったら、この子ら次はないで。いっぺん全国で表彰台に乗れた。その勲章だけ持って、高校卒業したら引退コースや。カッコええ言い方したら、燃え尽き症候群やな。はよ酔いを醒ましたらんと、選手があかんようになる」

新宮コーチの言葉を、佐藤コーチは真剣な表情で聞いている。

「及川さん」

紗枝を振り向いた新宮コーチは、口調も表情も優しくなっていた。

「大会前の合宿で、えらい頑張ってたらしいやないの。怪我した先輩の代わりを務めるだけやなし、先輩以上の演技をして、先輩の席を取ったろ。そない思たんやろ？　今の子に足りんのは、そういう気持ちや。そのハングリー精神を忘れたらあかんで。期待してるから」

新宮コーチは紗枝の背中をバチンと音が出るほど強く叩くと、笑顔を見せた。

「神崎さんもご苦労さん。お昼食べに行ってや」

そして、佐藤コーチを伴って、その場を立ち去った。

「どうやった？　新宮コーチの指導……」

休憩時間に声をかけてきたのは、彩夏だった。

あーちゃんの事では大喧嘩になったけど、彩夏も言いたい事を言って気が済んだのだろう。次の日にはけろっとしていて、何事もなかったように話しかけてきた。

「大きな大会が終わって、気が抜けてるって注意された。はよ気持ちを切り替えろって」

弁当の包みを広げながら、もやもやとした思いを胸の内に押し込める。

指導の間、新宮コーチから水葉への注意は、ほとんどなかった。

何も今日に始まった事ではない。ジュニアオリンピックに出場した後、紗枝と二人でメディアの取材を受けた時も、質問が集中したのは紗枝の方だった。父親が日本を代表する競泳選手で、その娘がアーティスティックスイミングで頭角を現したという事で、より注目を浴びたのだ。

カメラの前で笑顔を作りながらも心は複雑だった。実力では自分の方が上なのだから、毅然としていればいい。そうは思うのに、釈然としない。紗枝より軽く扱われたという事実に、プライドを傷つけられた。

「あいかわらず美味しそうやな……」

今日の弁当はハムをたっぷり挟んで、アメリカ風に仕上げたサンドイッチだ。焼いたパンを使っているからか、バターの香ばしい風味がした。だが、せっかくの藤田さん特製のサンドイッチなのに、味気ない気持ちで噛み砕く。

「あの話、どうなったん？　『新宮ＡＳＣ』で指導を受けるとかいぅ……」

彩夏が探りを入れてくる。

「私は……今日みたいに、新宮コーチがこっちに来た時だけ、指導してもらうのでええ。それだけで緊張したし、疲れた」

一緒に指導してもらったのが紗枝でなく、あーちゃんだったら良かったのに。また、そんなどうしようもない事を考えてしまう。

「そうなん？　そしたら紗枝の奴、一人で『新宮ＡＳＣ』に通うつもりなんかな……」

答えない水葉に、彩夏が続けた。

「なぁ、水葉。茜の事ばっかり気にしてたら、紗枝に出し抜かれんで……な－んてね。まぁ、あの子やったら平気で抜け駆けとかやりそう……」

「煩いなぁ。ちょっと黙っとって」

「怒った？　せやけど、とりあえず茜も紗枝も横に置いといて、水葉にとってベストの選択をした方がええんちゃうん？　それに……。茜にかて、やめる権利はあるんやし」

あーちゃんは、またクラブに顔を出さなくなった。水葉や彩夏がLINEを送っても、返事すらしてこない。

「……私はあーちゃんの何を知ってたんやろ……。もう、完全に自信なくした」

「そら、小学生の時と同じという訳にはいかんやろ。幾ら仲良しで、ずっと一緒やったからって。私かて、茜の意外な一面を知って、びっくりしたもん」

彩夏はスマホを弄り出した。

「たとえば、この動画」

スマホから猫の鳴き声が聞こえた。そして、「黒ネコのタンゴ」のメロディが流れる。床を走ったり、椅子に飛び乗る猫が映った後、ご飯とおかずを一緒盛りしたお皿や、手作り風のケーキが流れてくる。

「茜にこういう趣味があったのん、私も初めて知ったし。水葉も知らんかったやろ？」

「て言うか、それ、彩夏も視聴してるん？　貧乏臭いとか言うてなかった？」

「コメント欄が面白いねん。この動画を作ってる子、女子高生やのに一人暮らししてるみたいで、コメント欄が人生相談みたいになってる。分かる、分かるーとか思いながら読んでたら、ハマってしもて……。あ、佐藤コーチが戻ってきた」

休憩時間は終わりだ。

彩夏が見せてくれた動画のタイトルと、料理が並んだサムネイルを目に焼き付けると、水葉も立ち上がった。

＊

その日、後半の練習では集中力を欠き、散々だった。

いつになく疲れたから、迎えに来てくれたお母さんの車に無言で乗り込む。ドアを開いた途端、鼻をついた香水の匂いに顔をしかめていた。

——苦手やねんなぁ。この匂い。

「お母さん、香水変えた？　頭がくらくらする」

「やあねぇ。いつもと同じよ」

車内は密室だから、匂いがこもる。車が走り出すと助手席の窓をそっと開け、香水が混じった空気を飛ばす。

渋滞に捕まる事なく、車は滑らかに街を走る。スマホを取り出し、彩夏が教えてくれた「〈Vlog〉ぼっちＪＫの地味な日常」を視聴する。

取り立てて事件が起こる訳でもなく、ヤマもオチもない。テンポ良く次々と展開するアースイとは真逆の世界だった。

水葉は自分で料理をしないし、正直なところ競技以外の事に労力を使いたくない。身の回りの世話はお母さんや藤田さんがしてくれるし、制靴も磨かない。衣類は制服とジャージがあれば事足りるというか、お洒落をしている暇もない。大会で使う水着は別として、身につける物にも興味はなかった。

学校に薄化粧をしてきたり、化粧品の情報交換をしている子もいるけど、水葉は子供の頃から眉を剃ったり、自分で化粧をしてきたのだ。今さら夢中になるような事ではなく、それよりも頭の中はアースイの事、競技を続けた先に広がる将来の展望で埋め尽くされていた。だから、あーちゃんも同じだと思っていた。

「なぁ、お母さん」

ハンドルを握るお母さんに話しかける。

「なぁに？」

あくびまじりの声が返ってきた。

「今日、新宮コーチの指導を受けてん」

「へぇ、凄いじゃない。どうだった？」

「うーん。言われてる内容は、佐藤コーチと同じような事。でも、言葉の圧というか、説得力が凄かった」

同じ言葉を発していても、人が変わるとこうも伝わってくる熱量が違うのかと、考えを改めさせられた。

「そりゃそうでしょ。佐藤コーチの先生なんだもの」

「私、新宮コーチの指導を受けた方がええんやろか？　コーチから勧められてるんやけど、何か気が進まんくて……」

「私とこにも連絡あったわよ。水葉の意思を尊重しますって答えといた」

お母さんは子供の頃から、「こうしろ」とか「ああしろ」といった指示を出してこなかった。好きなようにすれば良いと、水葉の気持ちを最優先してくれた。

「私は『スイミングアカデミー大阪』で育ったんやし、あーちゃんやみんなと一緒に頑張りたい。そう思ってきたけど、間違ってるんかな？」

「どうだろう……。でも、大事な決断をする場面は、これから何度も訪れるわよ。特に水葉のような、オリンピックに出場できるんじゃないかって言われている選手には」

学生時代に新体操の県大会で優勝したお母さんの声は、いつになく重く響いた。

「こういう時、お母さんやったらどうしてた？」

「そんなの分かる訳ないじゃない。お母さんは、オリンピックに出場できるような選手じゃなかったんだから」

あっけらかんと笑う。

お母さんにも分からないのなら、自分にだって分からない。

間もなく、車は自宅に到着した。

【陣内 茜】

「茜ー。今度の日曜日に、みんなでUSJに行かへんか？」

昼食を食べながら、パパが従姉妹達の名を出した。

「えーっ、また？ 昨日、焼肉に行ったばっかりやん」

食べ過ぎてしまい、未だにお腹が空かない。

「茜はシンクロの練習ばっかりで知らんかったやろけど、おばあちゃんの号令で、しょっちゅう集まってるんやで」

パパの親戚は皆、近くに住んでいて、仲が良かった。

「シンクロ、やめる事にしたんやろ？ これからは茜も親戚の集まりに参加しなさい」

ママが無言で立ち上がり、汚れたお皿を流しに運び出した。その時、ちらりと壁に飾った写真に目をやり、目を伏せたのを、茜は見逃さなかった。

それは大勢の人が写った集合写真で、茜とスイちゃんが水着姿で真ん中に立っていた。小学校六年生の時、チームの一員として一緒に大会に出た時の写真だ。

演技が終わった直後に撮影したから、髪はお団子にしたままで、スイちゃんは「頭が痒い」とか「お腹が空いた」とか文句ばかり言って、撮影の時も不機嫌だった。親戚のおじさんが

「水葉ー。笑ってー」と何度も言っていたのを思い出す。

確かスイちゃんの方でバスをチャーターしてくれて、それぞれの家族や親戚が揃って会場まで応援にかけつけてくれたのだった。

この後ぐらいから、スイちゃんだけどんどん背が伸びて行き、徐々に二人の距離が開いて行った。最初は少しずつ、そして、今では取り返しがつかないぐらい、スイちゃんが遠い。

「USJには茜も行くって、向こうには伝えとくで」

「ん。分かった」

スマホを手に、二階の自室へと上がる。

ベッドに腰かけ、ゲームの続きを始める。飽きたらお気に入りの動画を視聴して、合間にLINEに返信する。

時計を見ると、まだ午後二時だった。

クラブではお昼休憩が終わり、午後の練習が再開されるタイミングだ。茜が抜けた穴は、誰が埋めてるんだろう?

考えているうちにじっとしていられなくなり、スポーツウェアに着替えた。

「アムー。お散歩に行くよー」

リードを手に犬を呼び寄せる。

首輪にリードを取り付けていると、台所からママが様子を見に来た。

「ちょっと走ってくる」

何か聞かれる前に、先回りして言う。

ママは無言で台所に戻った。

そういうの、鬱陶しい。

不機嫌な態度を取られると、まるで自分が悪い事をしているように思えてくる。

「うわ、さぶっ」

半袖のTシャツで家を出たら、吹き付ける風が冷たくなっていた。これまであまり気に留めてなかったが、街路樹が紅葉し始めていた。気温が下がり、走るには気分のいい季節だ。

リードを握っていない方の手を、目の前にかざす。

以前は長時間プールに浸かっているせいで手がふやけたり、酷い時は皮がめくれたりして、保湿用のクリームが手放せなかった。

——もうハンドクリームもいらんな……。

クラブに行かなくなってから、一ヶ月が経っていた。

もう一ヶ月。

それとも、まだ一ヶ月。

段々と、時間の感覚が分からなくなっていた。

クラブでは大会から逆算したスケジュールで、練習やトレーニングに励んでいた。ずっと続けてきた習慣から急に解き放たれた今は、足元がふわふわしているような、支えを失ったような、そんな頼りない気持ちで毎日を過ごしている。

この間は、思いついて市民プールに泳ぎに行った。お年寄りがたくさんいて、泳ぐよりは社交が目的なのか、二十五メートル泳いでは休み、水の中に入ったまま楽しそうにお喋りしていた。

一レーンだけ、「速く泳ぐ人」用のコースがあり、手にダンベルを持った男性が練習していた。そのレーンに飛び込むと、鬱憤を晴らすように全力で泳いだ。途中で何度も前を泳ぐ人を追い越し、ターンしてはまた泳ぐ。そのまま一キロほど泳ぐつもりが、何度目かにターンしようとしたところで監視員に止められた。

「追い越し禁止ですよ！」

市民プールにも、茜の居場所はなかった。そこで、犬の散歩がてら近くを流れる川の土手を走る事にした。

土手が見えた途端、犬が立ち止まった。何とか宥めて歩かせようとしても、すぐに座り込む。川沿いには一周六キロのコースがあるのだが、このあいだは途中で犬がヘバってしまい、最後は抱っこして戻ってきたのだった。

その時の事を思い出したのかもしれない。

「アム、行くよ。ほら」

リードを引っ張っても、発破をかけても動かず、ついに寝転んでしまった。

――やっぱり、走らせ過ぎたからかな？

犬は走るのが好きなものだと思っていたけど、決してそうではないらしい。仕方なく、一旦家に戻って犬を置いて、再び一人で家を出る。

団地の中を抜けてコースに足を踏み入れると、急に目の前が開ける。川に沿って設けられたコースは、季節によっては野鳥が観察できる場所だ。カメラと三脚を担いだ人達が、土手に並んでいた。

雑草に覆われた中州では今、真っ白な鷺が羽根を広げているところで、すぐ傍に大きな黒い鳥の群れがいた。十羽ほどの群れは、水中に潜っては浮かぶを繰り返す。

暫く鳥達の様子を見ていた茜だったが、すっと顔を反らし、地面を蹴った。

走っていると、小さな子を連れた家族連れや、犬の散歩をしている人達に交じって、ランナーの背中が見えてくる。彼らは大抵、ゆっくりと走っているから、楽に追い越せた。

走るのは楽しい。

茜は泳ぐのも速かったが、実は長距離走も得意だった。小学校で行われた持久走ではいつも学年で一番だったし、中学時代には陸上部の顧問から「駅伝に出て欲しい」と誘われたぐらい駿足だ。

――そうだ。陸上部に入ろう。

今さら競泳に戻るぐらいなら、思い切って別の事をやってみたい。

陸上競技の専門的な指導を受けていないから、今から短距離やトラックの中長距離は無理だろうけど、駅伝だったら走らせてもらえるかもしれない。

腕を組んで歩く男の子と女の子を追い越しながら、ふと羨ましいなと思った。陸上部に入部したら、大会で他所の学校の子達と交流して、彼氏も作ろう。

新しい思い付きは、茜の気分を上向きにさせた。その勢いでペースを上げる。

次々と入れ替わる景色に、時折吹き付ける風。地面を蹴る動きと、水を摑む感覚は別物だったが、相通じる何かを感じる。次第に脈拍が速くなる。

――まだまだ。水中での苦しさは、こんなもんじゃない。

さらにペースを上げようとした時、右足の甲に違和感を覚えた。

高ぶっていた気分が、急速に冷やされる。

急に長い距離を走ったりして、負担をかけていたのだろうか。怖くなり、そのまま立ち止まってしまう。汗が噴き出したものの、息は上がっていない。

遠くから轟音が近づいてくる。

見上げると、上空に飛行機が飛んでいた。伊丹空港に着陸するのだろう。灰色のお腹を見せながら、高度を下げて行く。ここでは、そう珍しい事でもないから、周囲を歩く人達は素知らぬ顔で歩いている。

飛行機が遠ざかり、元の静かな川べりの風景が戻ってきた。

耳に残っていた飛行機のエンジン音が消え去ると、だしぬけに塩素の匂いが何処からか漂ってきた。

錯覚かと思ったが、見上げた空が水中から見た水面にも見え、選手達が作り出す渦と、口元から吐き出される泡に取り囲まれる。水流に呑まれたように、身体がふわっと浮かび上がり、また沈む。

だが、それは一瞬の幻だった。

水中の光景は、続けざまに飛んで来た飛行機の音に、瞬く間にかき消されてしまった。

足を痛めないように、帰りは歩いて帰った。走れば何でもない距離が、歩くとなれば遠く感じる。きらきらと光る川面を見ながら、「泳いで帰れたら楽なのにな」と、どうしようもない事を考えた。

――私、ここで何をやってるんやろ……。

水の中にいる訳でもないのに、上手く呼吸ができなかった。

【西島由愛】

うっぎゃあああああ――――！

「ひゃあっ！」

ソファで横になっていた父が、変な声を上げる。

「由愛！　その着信音、何とかならないのか？」

驚いた拍子にソファから滑り落ちたようで、床に四つん這いになって腰をさすっている。

食器を洗っていた手を止めて、テーブルに置いたスマホを覗き込む。画面には、陣内さんの名前が表示されている。

例の騒動以来、陣内さんからのLINEはずっと既読スルーしていたから、電話をかけてきた事に戸惑う。暫し逡巡（しゅんじゅん）した後、ざっと手を拭いて応答ボタンをタップした。

「……もしもし？」

返事がない。

「陣内さん……ですよね？」

相手が息を呑む気配だけが伝わってきた。

「もしもし、用がないんだったら切りますよ」

『……今、近くまで来てる』

「ふぁ？」

『西島さんの家まで行こうとしてんけど、途中で迷ってしもて……。ごめん。やっぱり、びっくりしてる？　こんな時間に迷惑やね……』

最後は消え入るような声になっていた。

時計を見ると、午後十一時になろうとしていた。

「近くに、何か目標になるような目印とかありますか？」

『真っ暗で、分からへん……』

敷地内には同じような建物が並んでいるから、慣れていない者は昼間でも迷う。それでも、話すうちに陣内さんの現在地が分かった。

「動かないで、そこで待ってて下さい。十分ぐらいで迎えに行けます。多分」

後はお風呂に入って寝るだけのつもりだったから、前髪はタオル地のヘアバンドで押さえていた。それもトラフグオのぬいぐるみがついたヤツ。外すと、変な癖がついていて、ブラシで梳（と）かしても元に戻らない。

　こんな時間にすれ違う人はいないだろうし、相手は陣内さんだ。細かい事には構わず、頭にトラを乗っけたまま家を出た。

目星をつけた場所が近付くと、街灯の光を受けて立つ陣内さんを見つけた。向こうが由愛を認めるより先に、リードに繋がれた薄茶色の塊が駆け寄ってきた。飛び掛かってくるのを中腰で受け止める。

「アム！　駄目！」

陣内さんがリードを引っ張るが、暴れまわる犬を押さえきれない。

「構いませんよ。ほーら、おいで。アムちゃん」

名前を呼ぶと垂直に立ち上がり、ぴょんぴょん飛び跳ねる。何？　この子。めちゃくちゃ可愛い。

ドッグショーに出てくるアメリカンコッカースパニエルは、床に着くほど毛を伸ばしているが、まだそこまで毛が伸びておらず、全体的にふわもこしている。モヒカンみたいに、頭の中央部の毛が立ち上がっているのが愛らしい。

捕まえて抱き寄せ、撫で回す。「可愛いでちゅねー」と言ってやると、長い舌を出し、黒目がちの目で由愛を見上げる。大きさはトイプードルほどで、まだまだ子犬だ。

「わっ！」

顔をベロリと舐められた。

そこで、はたと気付く。

——まさか、家から徒歩でここまで？

盲導犬を除いて、ケージに入れていない犬は電車に乗せられないはずだ。

「とりあえず、あたしんちに……」

二人と一匹で夜の団地内を歩く。その間、陣内さんは無言だった。

玄関を開けると、一旦出迎えに現れたチョコが、アムちゃんを見るなり一目散に奥の部屋に駆け込んだ。

「どうぞ。アムちゃんもご一緒に」

陣内さんは玄関に立ったまま、チョコが逃げた方向を見つめている。

「陣内さん？」

「あ、うん……」

アムちゃんはリードを外され、タオルで足を拭いてもらった後、抱っこされて家に上がった。

犬を抱いたまま西島さんは腰を屈め、器用に靴を揃える。

「おじゃま……します」

とりあえず、由愛の部屋に通す。

「ここはクッションフロアだから、自由に歩かせてやって下さい」

解放された途端、アムちゃんは部屋の中で走り回り、勢いあまってコレクション棚にぶつかった。フィギュアが倒れ、ラバマスやアクキー、細かい物がばらばらっと落下する。

「わわわ、お犬様！　お手柔らかに！」

「アム！」

陣内さんが首根っこを押さえて大人しくさせようとしたが、犬はじたばたと暴れ、キャンキャンと甲高(かんだか)い声で鳴く。

「あぁっ……。アムちゃん、苦しがってますよ」

あまり犬の扱いに慣れていないようだ。

「ごめん。私、西島さんの都合とか考えずに、急に来たりして……。犬まで連れて、本当にひんしゅくやよね。アムちゃん、うちでは甘やかされてて、家中何処でも歩き回ってて……」

「いやいやいや。うちも猫がいるから似たようなもんですよ。あ、父、こっちこないでよ」

騒ぎを聞きつけたのだろう。襟ぐりがだらしなく広がり、ウエストのゴムが伸びたスウェットの上下というくつろいだ恰好で、父が部屋を覗き込む。

「あれ？　前に一度来てくれた子だよね？」

「夜分、すみません」

陣内さんは礼儀正しくお辞儀をした。

「うちじゃ、そんな堅苦しい挨拶は必要ないからね。いつでも大歓迎。もしかして、泊まってくの？」

由愛の咎めるような目付きを無視して、父は陣内さんに向かって話しかける。

「え、あ、いや、すぐに帰ります」

「帰るったって、もうこんな時間だけど？」

いつの間にか日付が変わっていた。

「父、あっち行ってて！」

蹴り飛ばす勢いで、部屋から追い出す。

振り返ると、陣内さんは犬を抱いたまま、じっとこちらを見ていた。

「あの、あたしの顔に何かついてますか？」

そんな風に聞いた後で、頭の上にトラフグオがいたのを思い出す。

「いいでしょ？　これ。モフラー仲間からの誕プレなんですよ。陣内さんも被ってみますか？」

笑いを取ろうとふざけてみたのに、陣内さんはくすりとも笑わない。目を伏せると、犬を抱いたまま立ち上がった。

「ごめん。やっぱり帰るわ」

そのまま部屋を出て行ったから、後を追う。

「こんな夜中に、徒歩で帰るんですか？　物騒ですよ」

「大丈夫。帰れる」

顔色を見た限りでは、あまり大丈夫そうには見えない。それに、何だか様子がおかしい。

その時、アムちゃんが身をよじって陣内さんの腕から飛び降りた。そして、由愛の部屋に向かって駆け出した。ベランダに面したサッシに前脚をかけて立ち上がると、激しく鳴きながら爪を立てる。

「ん？　どうしましたか？　外に何かいる？」

由愛も窓の外を覗く。部屋の灯りを消すと、闇の中でチラチラと動く光が見えた。

気持ち悪かったので、父を呼びに行く。風呂に入ろうと服を脱ぎかけていたが、構わず引っ張ってくる。

「この子が何かを気にしてます。父、ちょっと外を見て」

あいかわらずアムちゃんは二本足で立ち、落ち着かなげに鳴いている。

「大方、猫かイタチでもいるんだろ」

父がサッシ戸を開けるやいなや、アムちゃんが飛び出した。そして、ベランダの柵に頭を突っ込み、激しく鳴いた。

同時に、チラチラと動いていた光がぴたっと止まる。

「あ、そこにおるんとちゃうか？」

男の人の声だった。

「おーい。アム。おるんかー？　アムくん」

アムちゃんは飛び跳ねんばかりの勢いで立ち上がると、ベランダを右に左にと走り回り始めた。

「もしかして、犬をお探しですか？」

父が声の主に向かって話しかける。そして、一言、二言話した後「玄関の方に回って下さい。

今、開けますから」と答えた。

「ご両親だよ。……あの子を探しに来たって」

父の言葉に、思わず声を上げていた。

「両親って、陣内さんの？」

説明してもらおうと陣内さんを振り返って、ぎょっとした。眉間に皺が寄り、これまで見せた事もないような怖い顔になっていた。

「こいつにGPS機能がついてるんじゃないの？」

アムちゃんの首元に手をやり、「ほら、やっぱり」と言う。首輪には四角い、小さな箱状の物体が取り付けられている。

「何か色々と事情がありそうだけど、とりあえずご両親に入ってもらうよ。いいね」

項垂れている陣内さんに向かってそう言うと、父は部屋を出て行った。アムちゃんがその後に続く。暫くすると、玄関の開く音、甲高い犬の鳴き声、人の声が混じり合って部屋まで聞こえてきた。互い違いに聞こえる複数の足音が、こちらに移動してくる。

戻ってきた父の後ろに、女の人が立っていた。

化粧はしていなかったが、茶色く染めたショートボブはきちんとブローされ、陣内さんとよく似ていた。その人が、父を押しのけるようにして部屋に入ってくると、陣内さんに取りすがった。

「もう！　この子は！　どんだけ心配したと思ってるの！」

「……ごめ……ん」

「こんな夜中に、犬を散歩させに行くって言うから、ママ、おかしいって思ってた……。何で？　何で、こんな事するの？」

陣内さんの両腕を掴んで揺する。されるがままの陣内さんは眉を寄せ、物憂げな表情をしている。

なすすべもなくその様子を見ていると、いきなりお母さんが振り返った。まるで不審人物を見るような目だ。むっとしたけど、よく考えたら由愛の頭の上では不敵な面構えのトラフグオが睨みをきかせているのだ。確かに怪しい。

「茜。この子は誰なの？」

掴まれた手を、陣内さんが振り払った。

「茜！」

「ママ。西島さんは関係ないねん。私が、私が全部、悪いねん。夜中に勝手に西島さんちに押しかけて……」

だが、お母さんは陣内さんの言葉を聞いていない。

「最近の茜は、やっぱりおかしい。なぁ、何があったん？　クラブで苛めにでも遭うたん？　あんなに一生懸命やったのに、急に行くのやめてしもて……。ほんまの事、ママに教えて」

「ほんま心配せんとって。苛めとかやないから。特に……理由はないねん。ちょっと……、ちょっと嫌になってん。もう、疲れた。お願いやから、そっとしといて……」

「放っておける訳ないでしょ！」

それまで黙って見ていたお父さんが、お母さんを宥める。

「おいおい、何もここでそんな話せんでもええやろ。とりあえず家に帰ろ。こんな時間に迷惑や」

「あなたは黙ってて！」

「何でいつもそうやねん？　もっと茜の話を聞いたったらどうや？」

「パパも見たやん。この子は聞いても、ちゃんと答えてくれへん。もう、ママ、どないしたらええか分からへん！」

「せやから、やいやい責め立てるな」

激しく言い合う両親を前に、陣内さんの呼吸が段々と荒くなってゆく。

「じ、陣内さん、大丈夫ですか？」

思わず背中に手を置いていた。

陣内さんは答える代わりに、「ハーッ、ハーッ」と声を出した。身体が痙攣（けいれん）している。

「陣内さん？　ちょっと……、あ、あのっ！　陣内さんの様子がおかしいんですけど！」

異変を感じた由愛が、大人達に向かって叫んだ途端、陣内さんは崩れ落ちた。身体を丸めて「ハッ、ハッ」と息継ぎを繰り返している。

「どうしたの？　茜？　茜？　返事をして！」

「父っ！　手伝って！」

陣内さんをベッドに運ぼうと悪戦苦闘している間も、陣内さんの息継ぎがどんどん激しくなってゆく。

「救急車！　救急車よ！」

お母さんが誰に言うともなく叫ぶ。

気が動転してしまい、由愛は意味もなく室内を行ったり来たりする。

スマホ、何処にやったっけ？

＊

「やれやれ、やっと寝たか……」

父はアムちゃんの頭を撫でながら言った。

茶色いぬいぐるみのような犬は、段ボールとタオルで作った即席のベッドで、スースーと寝息を立てている。

「犬のおかげで子供が見つかったはいいけど……」

過呼吸の発作を起こした陣内さんは、救急隊員の手で担架で運ばれて行き、両親が付き添った。その際に犬は連れて行けないと言われ、今夜は預かる事になったのだ。

置いてけぼりにされたと思ったのだろう。アムちゃんはずっと鳴き続け、最後は声が嗄れていた。それを父と二人がかりで宥め、冷蔵庫に残っていた牛肉を食べさせるなどして、ようやく眠らせたのだった。

「しかし、あそこまで子供を追い込むって、一体どんな事情があるんだ？　あの子、礼儀正しいイイ子だったよなぁ。親も俺なんかと違ってちゃんとしてそうな人達で……」

風呂に入りそびれてしまったせいか、父の顔は薄汚れて見えた。

「うん、まぁ、でも、普通の子じゃないし……」

全国大会に出場して、たびたび朝礼で活躍ぶりを紹介されていると説明すると、父は「へぇ」と感心した。

「そんな凄い子が、何でお前なんかと友達なんだ？」

『お前なんか』って何ですか？　『お前なんか』で悪かったですね。全く……。もう朝だよ……」

あくびが出る。時計は午前四時半を指していた。

——学校も休んじゃえ。

そのまま昼まで寝ているつもりが、そうはさせてもらえなかった。ベッドで浅い眠りを貪っていると、午前六時きっかりにアムちゃんが起きて、クンクン鳴き出したからだ。布団をかぶったままじっとしていると、「はいはい。散歩ですか？」と言うのが聞こえてきて、やがて玄関のドアを開け閉めする音がした。父と犬が出て行った後、やっと静かになったが、もう眠れない。仕方なく起き出して、学校に行く支度をする。

寝ぼけ眼（まなこ）で朝ご飯を食べていると、父とアムちゃんが帰ってきた。

「よーし、よしよし。今からご飯にしような」

コンビニでドッグフードを買ってきたらしい。パカンッと缶を開ける音を聞きながら、「行ってきます」と家を出た。

寝不足の目をこすりながら電車に乗ると、運よく席が空いていた。座席に背中を付けると、途端に眠気に襲われうつらうつらし始めた。隣の人の肩を枕代わりにしてしまい、咳払いされては、はっと目を覚ますというのを繰り返しながら、乗り換え駅に到着した。

午前中の授業は本当に辛くて、居眠りしながら聞いていた。そして、昼休みはいつも通りダッシュで教室を抜け出し、屋上の給水塔に凭れる。そのまま転寝（うたたね）する気でうとうとしていたら、着信音で目が覚めた。

うっぎゃあああああ——！

電話をかけてきたのは父だった。

「ふぁい。何れすかー?」

『さっき、あの子の親父さんから連絡があって、日曜日の午前中に犬を引き取りに来るってよ』

「あ、そう」と言って電話を切ろうとすると、「待て、待て」と遮られる。

『こっからが本題。あの子、入院しているらしい』

「入院?」

『詳しい事は分からんが……。親父さん、随分とお疲れの様子だったぜ。犬なんか飼ってる場合じゃないよなぁ。うちで飼ってやるか?』

——父、勝手な事をほざくな。誰が世話すんですかって話だよ。

アムちゃんは子犬だし、猫と違って犬は一人で留守番できない。

『俺がいるじゃないか』

「ちょい待ち!　いずれは出てくんでしょがっ!」

今は病気療養とかで仕事を休んでいるが、健康になれば航海の旅に出て、そうなると何ヶ月、いや何年と帰ってこないのだ。

『転職してもいいし』

——本当?　普通のお勤めが嫌で、今の仕事を選んだんじゃねーのかよ?

相手をしているとキリがないから、「切るよ」と言って通話を終えた。

——全く、父が絡むとロクな事ない。だいたい、今になって戻ってくるか?

一度、母に聞いた事がある。父が滅多に戻ってこず、「寂しくないのか?」と。

（あの人はね、縛られるのが嫌で、今の仕事を選んだの。混雑した時間に通勤電車に乗るのも、時間通り出社するのも、窮屈なんだって。要はワガママなのよ）

全く父らしい。つい思い出し笑いをしてしまう。

（結婚だって、一種の束縛だよね？「じゃあ、離婚する？」って聞くと、それは嫌だって言うの）

パン生地をこねながら、母は諦めたようなため息をついていた。

（自分は船に乗って、年がら年じゅう家を空けてて、でも、帰る場所は欲しいだなんて勝手でしょ？　宙ぶらりんにされたままの家族はどうすればいいのよ。とっとと手放して欲しいわよ）

母は続けた。

（私はパパから教えてもらった。結局のところ、我慢した方が馬鹿を見るんだって。好きに生きた方が勝ちなの）

そして、母は我慢するのをやめて、一人で家を出た。姉や由愛を置いて。

――自分探しって奴ですか？　全くどいつもこいつも。

再び眠気が襲ってきて、うつらうつらし始めた。午後の授業はサボって、ずっとここで寝ていたい。

「西島さんだよね？」

ふいに声をかけられ、閉じていた目を開いた。

制靴のローファーに黒い靴下が視界に入る。

見上げると、由愛の三倍ぐらいは筋力がありそうな目が、こちらを見下ろしていた。

神崎さん？

何故、彼女がここにいるのだ？

【神崎水葉】

大急ぎでお弁当を食べ終え、一緒に食べている子達には適当な用事をでっち上げて、一人で席を立った。あれから西島さんについて、さらに情報収集したところ、昼休みは屋上にいるらしいと分かった。

屋上に続く扉を開くと、何かを焼く臭いが混ざった風が、鼻先をかすめた。

西島さんは給水塔の足元に座っていた。スマホを耳に当て、誰かと喋っている最中だった。暫く見ていると、西島さんが両手をぐーんと伸ばし、大きなあくびをした。通話を終えたようだ。

あんなに大きな口を開けて、虫でも入ったらどうするんだろう？　だいいち、人に見られたらみっともない。

あくびをし終えた西島さんは、またスマホに目を落とした。一人でにやにやして、何か独り言も言っている。まるで不審者だ。

屋上では、円陣になってバレーボールを楽しんでいるグループがいて、その中に知っている子がいた。例の「西島さんが昼休みは屋上にいる」と教えてくれた子だ。水葉に気付いて、手を振ってくる。

手を振り返しながら、はたと考えた。いざ、本人を前にして、どう切り出そうかと。

それに、人前で西島さんに声をかけるのは正直、少し恥ずかしかった。申し訳ないけど、こんな子と友達だと思われたくない。でも、ここまで来て引き返したくなかった。そろそろと近づきながら、声をかけるタイミングをはかる。

スマホをポケットにしまった西島さんは、今度は腕組みをして下を向いた。

「あの……。話があるんだけど」

全く反応がない。

「西島さんだよね？」

今度は少し大きな声で呼ぶと、がくんと首が傾いた。ゆっくりと顔を上げた西島さんは、眩しそうに目を細める。そして、急に居住まいを正した。

「ちょっと話せる？」

「え、あ、いや。今、取り込み中で……」

「そんなに時間とらせない」

逃げ出そうとするのを、通せんぼした。

「ね。お願い」

昼休みも残り時間は少ない。早く、決着をつけなければ。

「このあいだは、ごめんなさい。失礼やったよね。私ら……」

西島さんの隣に座る。

「全然、気にしてません」

「あ、普通に喋ってよ。同い年なんやし、敬語はやめて欲しいな。本当に悪かった。で……。あーちゃん、あれからずっと学校を休んでるよね？　今日も……。何か言うてた？」

「えー、あー、話してないっす」

横目で見ると、西島さんの視線が宙を泳いでいた。嘘をついている。そう思ったが、追及せずに話を続ける。

「そっか……。私は最近、あーちゃんが何を考えてるんか、よく分からんくなってて……。私とあーちゃんは、小学生の頃からの親友で、ずっと励まし合いながら競技を続けてきた。あーちゃん、ちょっと前に怪我して、ギプスしてたやろ？　あれ、実は……」

一人で喋っているうちに、段々と気づまりになってきた。何故、ろくに知らない相手に向かって、こんな話をしているのかと。

「怪我しただけやなくて、怪我の原因になった子が、あーちゃんの代わりに大会に出る事になって……。そのせいで、調子が狂ったんやと思う。チームメイトとして、親友として、私も力になりたいねん。元通り、みんなと一緒に頑張れるように。だから……」

だから、何？

私はこの子に一体、何を期待してるんだろう。

予鈴が鳴った。

西島さんが立ち上がったから水葉も腰を上げ、そのまま並んで歩く。

「陣内さんとは、マブダチなんですか？」

いきなり発語したから、ちょっとびっくりした。しかも「マブダチ」って——。

言葉を発したけれど、相変わらず西島さんは前を向いたままだ。こちらを見ない。

「そうやで。小学生の時からの仲良し」

西島さんは黙り込んだ。向こうから聞いてきたのに無言。「失礼やん」とカチンとくる。

「私、何か変な事ゆうた？」

わざと茶化すように言ってみる。

「いやいやいや。ただ、気になっただけで……」

「何が？」

「陣内さんも同じように思ってるんでしょか？」

思いもしなかった言葉が返ってきて、口ごもってしまう。

「い、今の、どういう意味？　十年前から友達やねんから、親友に決まってるやん。あーちゃんも同じはず」

「分からないんだったら、いいです。忘れて下さい」

気が付いたら、西島さんの肩を掴んでいた。

予鈴が鳴った後も未練がましくバレーボールをしていた子達が、教室に戻るのにぞろぞろと歩き出していた。顔見知りの子が、ちらりとこちらを見た。

「差し出がましい事を言いました。すみません」

西島さんはそのまま行こうとしたが、水葉は肩を掴んだ手に力を込めた。

「構へんから、西島さんが考えてる事を言って」

西島さんは「でも」とか、「別に」とかごちょごちょ言ってたけど、「ええから」と圧をかける。

西島さんはため息をつくと、やっと口を開いた。

「競技をやめた後も、マブダチでいられますか？」

地面がぐらりと揺れた気がした。

――この子は、何を言うてるのん？

「それ！　あーちゃんが、そう言うてるん？」

「いやいやいや。そういう訳ではないです。あたしが言いたいのは、あくまで一般論としてであって……」

落ち着いて話を聞こうと思うのに、勝手に唇が動いていた。

「西島さんって、あーちゃんと知り合ったばっかでしょ？　それなのに、あーちゃんの何を知ってるん？　私とあーちゃんの何を知ってるの！」

言えば言うほど、自分が惨めになる。

学校で変わり者扱いされて、皆に敬遠されてるこの子は、水葉が知らないうちに、あーちゃんと仲良くなって、こそこそと二人で何か楽しい事をして、もしかしたら陰で水葉の悪口を言い合ってるかもしれないのだ。眩暈がするほどの怒りが湧きあがり、自分の顔が醜くゆがむのを感じた。

その場から逃げ出すように、西島さんが歩き出していた。遠ざかる背中を追う。

「西島さん、やっぱり何か知ってるんやろ？　あーちゃんが学校に来んくなった理由を……」

並んで歩きながら、西島さんの横顔に向かって言う。

「別に。何も」

「隠さんとって。私は……。あーちゃんが何か悩んでるんやったら、力になってあげたい。親友なんやから、心配するのは当たり前やない？」

西島さんの眼鏡が光を受け、白く光った。

「だったら直接、自分で陣内さんに聞いて下さい。マブダチなんだから」

ぐっと言葉に詰まる。

「それとも、何も言ってくれないから、あたしんとこに聞きに来たんすか？」

【西島由愛】

寝起きの気分は最悪だった。

眠りが浅かったせいか、朝方におかしな夢を見た。

由愛は水の中にいて、何かから逃げようとしている。そして、夢の中で「上手く泳げない」と焦っている。

そこに、わっと取り囲んできたのが、髪をシニヨンにまとめ、きらきらと光る衣装で着飾った、同じ顔をした人達だった。彼女達は笑いながら、泳げない由愛に自分達と同じ動きをするように迫った。

仕方なく不器用に動いてみせると、「そうそう！」「ナイス！」「いいよ」と言って、水面を叩いてしぶきを上げる。そして、水中から脚を出したり、一回転したりを始める——。

（楽しいよ！　やってみて！）

どうしようと焦っているうちに、「これは夢なのだ」と気付き、起きているような寝ているような奇妙な感覚に陥(おちい)る。

やがてアラームが鳴り、悪夢は終わった。完全に目覚めた後も、頭が働かない。

——何で、あんな余計な事を言っちゃったんだろ。

あまりに、さらりと「親友」という言葉を出されて、言わずにはおれなかったのだ。

親友。

人は何故、ああも恥ずかしげもなく「仲間」とか「親友」って言葉を使うんだろうか？

痛む頭を摩（さす）りながら、枕元のスマホを取り上げる。陣内さんからのLINEは入っていない。

「〈Vlog〉ぼっちJKの地味な日常」の方を見ても、〈エビニャー大好きっ子〉の新しいコメントはなかった。

入院中でスマホが手元にないのか、或いは親に監視されているのか。それより、あれから良くなったのだろうか？

――ちょっとぉ。何か一言ぐらいあってもいいんじゃないですか？

心配してるのにと、柄にもなく腹が立った。

こういう時、神崎さんだったら返信があるまでLINEを送り続けるか、何なら病院に電話して、容態を聞き出したりするのかもしれない。まさかと思いつつ、あの勢いというか、行動力ならやりかねない。「親友」という免罪符を使って、力ずくで陣内さんに揺さぶりをかけるだろう。だったら、余計に入院しているなんて言ってはいけないし、ましてや病院の名前など教えられない。

「チョコはどう思う？」

ベッドの足元で居眠りしている猫に問いかけたが、あくびで返された。

がちゃがちゃっと玄関で物音がして、「ただいまー」という声と共に父が部屋の扉を開けた。

「いやぁ、子犬は元気だなぁ。他所の犬にじゃれつくわ、誰かとすれ違う度に愛嬌（あいきょう）を振りまくわで、俺の方がヘトヘトになったよ」

ベッドから降りた由愛に、アムちゃんが飛び掛かってくる。短く切られた尾が左右にひくひ

く と 蠢 く。 尾 を 振っ て いる つもり らしい。
そして、 チョコを 見つける と 「遊ぼう!」 と 突進 し た が、 シャーッ と 威嚇 さ れ て いる。
本当 に 騒がしい。
「今 から 着替える ん だ から、 みんな 出 て 行っ て!」
着替え て リビング に 行く と、 父 が ソファ で くつろい で い た。 膝 の 上 に は アム ちゃん が い て、
ロー テーブル に は ノート PC が 広げ られ て いる。
「見 て みろ よ、 由愛。 凄い よ なぁ」
PC の 画面 を、 こちら に 向ける。
それ は 東京 オリンピック の 際、 都内 の プール で 開催 さ れ た アーティスティック スイミング 競
技 の、 テレビ 中継 の アーカイブ だっ た。
「お前 の 友達 が やっ てる って 聞い て、 ちょっ と 興味 が 湧い て……」
あたかも プール が 透明 の 壁 に なっ た か の よう に、 水上 と 水中 の 動き が 同時 に 映し 出さ れ て い
た。
神崎 さん ち で 動画 の 撮影 を し た 時、 水族館 の よう な ガラス 張り の プール の おかげ で、 水上 と
は 全く 違う 動き が 水中 で なさ れ て いる の を、 じっくり と 観察 でき た。 たとえ ば、 逆立ち の 恰好
で 水 に 浮かん で 静止 し て いる 時 も、 水中 で は 高速 で 手 を 動かし て いる と いっ た 具合 に だ。
手首 の 角度 を 微妙 に 変え たり、 前腕 を しならせ て、 前 に 進ん だり、 後ろ に 下がっ たり。 身体
を 浮かせ たり、 沈め たり、 時 に は 回転 し たり。 本当 は、 それら を 組み合わせ て 演技 が 構成 さ れ
る の だ が、 陣内 さん は 一つ ずつ 分解 し て 見せ て くれ た。
撮影 の 合間 に、 陣内 さん から 簡単 な 動作 を 手取り 足取り 教え て もらっ た。 だ が、 泳ぎ を 覚え

ったばかりの由愛には何がどうなっているのか分からず、結局は何一つマスターできないままだった。

「これ、合成なんだってな」

「合成？　リアルで見せてもらったのと、同じですけど？」

陣内さんも凄かったけど、オリンピック選手の動きは、よりスピーディーで滑らかだ。

父はネットで検索した説明を読み上げる。

「水中の被写体は大きく映るから、単純に水上の被写体と合成すると、不自然な動画が出来上がる。だから、同じ大きさになるように水中カメラのズームを自動的に調整して、正しいバランスになるように映し出してる……か。つまり、リアルタイムで補正して合成してるんだな」

ツインズカムというテクニックらしい。

「これだけの事ができるようになるまで、物凄い時間と労力をかけてんだろうなぁ。子供もだけど、親も大変だ」

スポーツが得意で、はきはきと礼儀正しい明るい女の子。由愛と違って、陣内さんは同年代の子達から憧れられ、先生や大人達からも期待されてきたんだと思う。でも、その裏では「怪我が治らなければ良かったのに」と言ってしまうぐらい、何かに押し潰されそうになっていた。

誰の為に、何の為に、そんな努力をするんだろう？

ツインズカムが見せる映像は、まるで陣内さんの二面性を現しているようだ。

「いやいやいや、子供の方が大変だと思う。家族とかみんなの期待を背負うんですから」

「良かったな。うちは何の覚悟も責任感もない親で」

父が呑気な口調で言う。

「あ、お犬様。どうしましたか？」

それまで父の膝の上でリラックスして惰眠を貪っていたアムちゃんが、急にむくりと起き上がり、そわそわし始めた。

「もしかして、お迎え？」

由愛がそう言ったタイミングにインターフォンが鳴った。

ソファから飛び降りたアムちゃんは、由愛より先に玄関に到着し、ドアを見つめながら短い尾をぴこぴこと振った。

「どうも、ご迷惑をおかけしました」

陣内さんのお父さんは紺のスーツに、きちんとネクタイを締めていた。地味な色のスーツなのに、何処となく品がいい。きっと、ブランド物なんだろう。それなのに、アムちゃんは構わずお父さんの上等そうなスラックスに飛び掛かり、爪を立てる。

隣に並ぶお母さんは、ベージュのワンピにジャケットのアンサンブルという、子供の入学式に付き添うような上品な恰好だが、たったの数日で一回り小さくなったように感じた。

「先日は私も気が立っていて、お嬢さんに向かって失礼な事を……。どうお詫びを言ったら良いか……。本当にごめんなさいね」

由愛に向かって頭を下げると、そのまま俯いてしまった。

「ほら、ママ」

お父さんに声をかけられ、手に持った紙バッグを差し出す。

「良かったら、これ……。召し上がって下さい」

受け取って良いものかどうか迷っていると、父が奥から出てきた。

「どうぞ、どうぞ。せっかくですからお茶でも」

そう言う父は擦り切れたGパンを穿いていて、おまけに髭も剃っていない。

「いや、ここで失礼します」と遠慮するお父さんを、父が強引に中に導き入れる。

「まぁ、そう仰らずに。実は僕、仕事の都合で娘にも滅多に会えないんですよ。あ、今は身体を壊して、自宅療養中でして……。せっかくだから、この機会に娘の友達や高校の話も色々お伺いしたいんです」

調子よく喋りながら、いそいそと二人分のスリッパを並べた。

「それでは、お言葉に甘えて」

陣内さんのお父さんとお母さんは、アムちゃんにまとわりつかれながらスリッパに足を入れた。

「うちの犬、何か粗相をしませんでしたか？」

「いえいえ、大人しい良い子でしたよ。さ、そちらのソファにどうぞ」

そして、父はキッチンへと行き、冷蔵庫を開いた。

「由愛ー、お客様に出せる飲み物とか何かないのか？」

「……あたしがやるから」

コーヒーや紅茶もあったけど、無難にほうじ茶にした。急須に茶葉を入れ、お湯を注ぐ。そして、茶葉が開くのを待つ間に、昨日買ってきた柿を剝く。

「あ、これはこれは……どうも」

お茶と柿を運んで行くと、お父さんは驚いたように由愛を見た。膝の上にはアムちゃんが乗っている。

「しっかりしたお嬢さんですね。うちの娘は、お茶の一つも自分で淹れませんよ」

「雑な育て方をしたら、こうなっただけで……」

「よく言うよ」と、心の中で呟く。育ててくれたのは母であって、父ではない。

「親があまり構い過ぎるのは、子供にとって良くない。娘を見ていると、そう思います」

お父さんは、肩を落とした。

「大変だったでしょう。あれから、どうなりましたか？」

よせばいいのに、父は野次馬根性丸出しで話を聞き出そうとしている。我が親ながら恥ずかしい。

「妻が娘に付き添っていたので……」

そう言って、お父さんはお母さんの方を見た。

「ずっと付き添ってらっしゃったんですか？　大変でしたね」

お母さんは膝に置いたバッグのハンドルをぎゅっと握った。

「病院では付き添いはいらないと言われたんですが、家に居ても心配で……。そうお伝えして、主治医から特別に許可を出して頂きました」

お父さんが眉をひそめた。

「全く小さい子やないんですよ。しかも、生死をさまよう状態でもないのに……」

お母さんは、恨めしそうにお父さんを睨んだ。

「あのぅ」

夫婦喧嘩が始まる前に、父が言葉を挟んだ。

「それよりお嬢さんの容態は」

お母さんは咳払いをした。

「……おかげ様で、落ち着いたようです。個室に入れてもらったんですが、あれからあのような事もなく……」

そのまま黙り込んでしまったお母さんの後を、お父さんが引き継いだ。

「主治医からは、思春期外来を受診してはどうかと言われました」

父と由愛の顔を交互に見ながら言う。

「思春期外来？」

不登校やリストカット、摂食障害など、思春期の子供に多い症状について取り扱う外来らしい。

「病気というよりは、思春期特有の不安定さというか、メンタルの不調を診てもらえるそうです。実は娘の髪、外から見えない場所が白髪になっていて。かなりストレスを感じてるんじゃないかと指摘を受けて……」

言葉を失っていると、お父さんから「由愛さん」と声をかけられた。

「娘と仲良くしてくれて、ありがとう」

唐突な展開に困惑する。こないだは不審者だったのが、今日は「ありがとう」だと？

「え、あ、いやいやいや。仲良くだなんて、そこまでの間柄じゃ……。つい最近になって、趣味が同じなのが分かって、一緒に映画を観に行ったり、泳ぎを教えてもらったぐらいで……」

慌てて言い添える間も、お父さんは目を細めて頷いている。

「茜に必要なのは、そういう友達なんです。そうですか。趣味が同じなんですね。それは、何かゲームとか漫画かな？　もしかして好きなタレントが同じとか」

「あ、えーっと……」

由愛は立ち上がると、自室へ向かった。

口で説明するよりは見せた方が早いと思い、コレクション棚から幾つか見繕ったグッズを抱えて戻る。

「こういうマスコットがありまして、陣内さんが好きなのはエビニャー。この子です」

エビニャーのラバマスを見せると、お母さんは「あ、これ」と、少しだけ表情が柔らかくなった。お父さんに至っては、わざわざ眼鏡を外して見入っている。

「エビフライと猫が合体して、だからエビニャー。ははぁ……。で、あなたが好きなのは？」

「あたしの推しは、この子です」

センターテーブルに並べた品の中から、トラフグオのフィギュアを前に押し出す。父が呆れたような顔をしていたから、かーっと頬が熱くなる。

——何で、あたしはこの場で「モフ商」の説明をさせられてんですか？

でも、陣内さんのお父さんが真顔で色々と聞いてくるから、ついつい真面目に答えてしまう。

お父さんは、スマホを取り出して撮影を始めた。「パパ」と、たしなめるようにお母さんが肘を引っ張る。はっとしたように、お父さんが由愛を見た。

「どうぞ、どうぞ。幾らでも撮って下さい」

「こういうのが女子高生の間で流行ってるんか……」と独り言のように言うのに、お母さんが
「女子高生だけやなくて、大人でも好きな人がおるよ」と答えていた。もしかして、お母さんもモフラー？

「お嬢さんの今の話で、私もほっとしました」

お父さんは撮影した写真を見ながら言う。

「本格的に競技を始めてからの茜は、子供らしい遊びや人づきあいを、あまり経験して来なかったんです。大会や合宿の為に、遠足や学校の行事を欠席した事もありました。友達も、同じ競技をしている子が中心で、その子達は競争相手でもあるんです」

胸がざわりと動いた。

(競技をやめた後も、マブダチでいられますか?)

神崎さんに向かって口走った言葉は案外、的を射ていたのだ。だから、神崎さんはあんなに取り乱し、由愛に向かって「何が分かる」となじったのだ。

自分達の城に土足で踏み込まれた。それが、あの時の神崎さんの心境なのだろう。

「しかし、思春期外来ねぇ……。思春期特有の色々なんて麻疹(はしか)みたいなもんで、ある程度の年齢になったら、何とかなりそうな気もしますがねぇ」

父が知った風な事を言う。

「……だといいんですが。あ、いただきます」

お父さんは手元に目を落とすと、機械的に柿をフォークで刺し、口に運んだ。

膝に乗ったアムちゃんがその動きを逐一、目で追っている。そして、「自分にも寄越せ」と一声鳴いた。お父さんは齧(かじ)った残りの柿を、犬の口元へとやる。匂いを嗅いだ後、柿はアムちゃんの口の中に消えた。

急に静かになり、大人三人が柿を咀嚼(そしゃく)する音だけが響く。

「……私、間違ってました」

重苦しい沈黙を破ったのは、お母さんだった。

「茜には思う存分、競技に集中してもらいたい。そして、活躍して欲しい。その為に、良かれと思って……」

そして、バッグからハンカチを取り出した。

「でも、それは私の思いであって……。茜はそうやなかった……。一人で苦しんで……そんな事も気付かんと、私は……」

そして、ハンカチで目元を押さえた。

「私は母親失格です」

嗚咽し始めたお母さんを、お父さんは困ったように見ている。

場を取り繕うように、父が「そう、ご自分を責めずに」と言うのを、由愛は白々しい気持ちで聞いていた。

そんな事は他人に聞かせるのではなく、陣内さんに言ってあげれば良いのではないか？　陣内さんに謝れば済む話を、どうして自分達に聞かせるのか——と。

由愛は黙って席を立ち、自分の部屋に戻った。そして、モフモフグッズ達を棚の定位置に戻しながら考えた。

あのお母さんは、本当に陣内さんの気持ちに寄り添おうとしているのだろうか？　単に思い通りにならなかった娘に失望し、そんな娘を持った自分を憐れみ、同情を集めたいだけなのではないか？

自分の親ではないし、由愛が考える事ではないけど、胸に妙なしこりが残った。

リビングの方から物音がし、アムちゃんの鳴き声が聞こえてきた。陣内さんのご両親が帰るのだろう。由愛は見送りに出なかった。

「おーい、由愛」

　二人が帰った後、暫くして父が部屋をノックした。

「今日のお昼は、父さんが作るぞ。船乗りが作るカレーだ。美味いぞ」と言うから、「どうぞ、お好きなように」と返した。

　台所で何かをひっくり返したり、乱暴に調理器具や食器を取り出す音がして、冷や冷やしていたら、そのうちいい匂いが漂ってきた。食欲に負けて部屋を出ると、コンロでカレーが煮えていた。具は牛肉とじゃがいも、玉ねぎだ。

　炊き立てのご飯に、カレーを回しかける。市販のルーで作ったカレーなのに、うなるほど美味しかった。人が作ってくれたご飯は何故、こんなに美味しいのだろう。おかわりまでしてしまった。

　お腹がいっぱいになったところで、ようやく息苦しさが消えた。

「あたし、あのお母さん、駄目。生理的にイヤ」

　由愛の文句を聞きながら、父は黙々とカレーを食べている。

「うちの母が、あんな人じゃなくて良かった。そりゃ、いきなり外国で暮らすって言い出した時は、どうしようかと焦ったけど……」

　父は水を飲むと、ようやく口を開いた。

「子供の面倒を見るのが生きがいなんだろう。そういうお母さんなんだよ。子供が小さいうちは、それでうまく行ってたんだ……」

「だいたいスポーツって健康的だとか言われるけど、陣内さんを見てると、全く健康的じゃない。誰の為の何なんでしょ？」

「まぁ、そう言うな。あの子達は仲間や居場所を作る為じゃなくて、誰かと競争する為にやってるんだ」

「それ！　元を辿れば親や大人がやらせてるんですよ？　子供同士を競争させて、大人が悦に入ってるんだよ。うちの子は強い。私が教えたって、親も先生も。勝った子は嬉しいだろうけど、負けた子はその競技が大嫌いになると思う。虐待だ！」

「由愛は負けるのが嫌で、小学校の時の駆けっこはスタートと同時に転んでたもんなぁ」

父がにやにやしながら、スプーンの先を由愛に向ける。

仕事を理由に、体育祭を一度も見に来なかったくせに、何を知った風な口を叩いてるの？　どうせ母が喋ったか、撮影した動画で見たんでしょ。

「運動会も駆けっこも大嫌い。ついでに、体育の先生も。体育の授業なんか、なくなればいいのに！　バーカ、バーカ、バーカ」

オモ田の顔が浮かんで、消えた。

父が「どう、どう、どう」と言いながら、両手の平を下に向けた。

「運動が得意な子は逆の事を言うぞ。体育の授業をもっと増やして欲しいとか、自分達が活躍できる場をもっと増やせとか、体育の成績で受験させろとか」

そして、大きなゲップをした。

「バイトの時間まで、ちょっと寝ます。父、起こしに来ないで」

すっかり疲れてしまい、昼ご飯の後でベッドに潜り込んだ。うとうとしていると、「ピョコン♪」と通知を知らせる音が聞こえ、由愛は機械的にスマホを手に取った——。

【陣内 茜】

「ありがとう。来てくれて……」

茜がベッドから身体を起こすと、西島さんは「うん」とだけ答えた。

窓から西日が入りこんできたから、ブラインドを調節して、眩しくないようにした。

「今日は、バイトやなかったん？」

「休みました」

気まずい沈黙が流れる。

個室は病院特有の空気で満たされていた。消毒液や有機物が混じったようなというか、おじいちゃんやおばあちゃんの匂いだ。ママがぬいぐるみやクッションを持って来てくれたけど、前の入院患者の残り香や気配が、いつまでも漂っている気がする。

西島さんが下から睨みつけるような目をしていた。

「知ってたんですか？」

白目が見えて怖い顔になっている。

「いつからですか？」

手にしたスマホを、西島さんがこちらに向けた。画面には今日のお昼過ぎに、茜が送ったLINEが表示されている。

〝迷惑かけて、ごめんなさい。そして、ありがとう。〈ぼっちさん〉のコメントに、すごく救われました〟

「いつ？　いつからなんですか？」

西島さんの勢いに気圧（けお）される。

「つい、このあいだ。私が西島さんちに押しかけた日……。〈ぼっちさん〉の動画に出てくる猫ちゃんで」

西島さんの肩から力が抜けた。

アースイをやめてからは時間を持て余していたから、動画を見る以外にする事もなく、〈ぼっちさん〉の動画を最初から丹念に見返していた。その時、動画に登場するブチ猫が、西島さんの飼い猫に似ているのに気付いた。ブチの入り方や尻尾の形なんかが。実物をよく見た訳ではないけど、クラスLINEで使っているアイコンで確認した限りでは、ほぼ同じ猫に見える。

「まさか」という気持ちと、そんな都合のいい話はないって思った。偶然の一致だろうって。だけど、西島さんの家を訪問した時に出してもらったのと同じ鶏料理が、動画に登場しているのを見つけてしまった。

それでもまだ、信じられなかった。

決定的だったのは、コメント欄での〈ぼっちさん〉とのやり取りだ。最初は〈ぼっちさん〉から返事を貰ってのぼせていたから気付いてなかったけど、後で読み返した時、「絶対に知り合いだ」と確信した。

「私、自分のやってる競技が何なのか、あそこで説明してなかったよね？　なのに、〈ぼっちさん〉は返信に『泳げない』って書いてたし、あと、何となく私の状況とか知ってそうな感じが伝わってきて……。聞いて！　あの日……。私、〈ぼっちさん〉が西島さんやって気付いて、どうしても西島さんに会いたくなった。会って直接、話を聞いてもらいたくて、犬の散歩を口実に家を出た……。でも、でも、いざ西島さんの顔見たら、何も言えんくて……」

　西島さんはじっと病室の床を見ている。

「ごめん。内緒にしてたんよね？　黙ってるから。クラスの子にも、誰にも言わへんし、せやから……」

「失望させましたよね？」

　俯いたまま、西島さんが言う。

「は？」

「〈ぼっちさん〉の正体が誰だか分かって」

「そ、そんな事ない……」

　バネ仕掛けのように、西島さんが顔を上げた。いつも青白い顔がさらに白くなっている。

「嘘ばっかり！」

　突然の大声に、茜は首をすくめる。

「あたしの事、笑ってましたよね？　いつも一緒にいる子達と。あたしと『モフ商』の話をした同じ口で、あたしの事を笑ってた。気付いてないとでも思った？」

「ちょっ……」

　両脇に結んだ髪を、西島さんは神経質そうな仕草で弄り始める。

「残念でしたね！〈ぼっちさん〉があたしで。そうだよ、〈ぼっちさん〉なんて本当はいない。分かった？　ネットの中にいる人は、何も解決してくれないんだよ！」

人格が入れ替わったように、表情ばかりか口調まで変わっている。

「それから、あんた達の喧嘩に、あたしまで巻き込まないでくれる？　はっきり言って迷惑。陣内さんちのお母さんだって、あたしの事、不審者みたいな目で見てた。うちの子を悪い道に引っ張り込んだのは、こいつか？　何、この変な奴はって目で見てた。そんなんで、後から『私は母親失格です』って泣くんだよ。あたしや父に向かって。バッカみたい！　人んちで泣いてる暇があるんだったら、本人に頭下げろっつーの！」

何かが壊れたように西島さんは喋り続け、拳を握った右手で、ベッドの柵や床頭台なんかを殴り始めた。耳障りな騒音が、室内を揺るがす。

部屋の扉が開き、看護師さんが顔を覗かせた。

「何を騒いでるんですか？　他の患者さんに迷惑ですよ」

「分かってます！　もう帰りますから！」

喧嘩腰で答えると、看護師さんの横をすり抜けて部屋を出て行った。

「待って！」

ベッドから降りて、裸足のまま西島さんを追いかける。振り返った西島さんは、廊下を走り出した。そして、エレベーターには乗らず、階段を駆け降りた。

「お願い！　話を聞いて」

踊り場の所で、西島さんに追い付く。

はっとした。

肩で息をしながら、西島さんが憎しみの込もった目で茜を見ていた。思わず後ずさってしまう。

「放っておいて下さい……。どうせ、笑ってるんでしょう？　マツリビがネットで訳知り顔で人の相談に答えてる。マツリビのくせに、いい気になってるって……」

「そんな事ない。私は……あんな風に言ってもらって、嬉しかった。みんな私に、もっと頑張れって言うけど、〈ぼっちさん〉だけは、私が頑張ってる事を認めてくれた。もう十分に頑張ってるって、言ってくれた。せやから〈ぼっちさん〉と、もっと話がしたくて……」

「だから、何度も言わせないで下さい！〈ぼっちさん〉なんていないんです！」

そして、西島さんはその場に座り込んでしまった。

＊

濡れた顔に長い髪が貼り付き、茜が貸してあげたタオルはくしゃくしゃになっている。

虚ろな目をした西島さんは、もう三十分以上、一人で喋っていた。

「幾つだったかは覚えてない。でも、幼稚園に通ってた頃には、友達はすぐに裏切るし、先生は敵だって理解してた」

幸い病棟のデイルームには誰もおらず、傍にあるナースステーションも人が出払っていて、事務員が一人いるだけだ。

「あいつらは、大人しくしてるとしつこく弄ってくるくせに、たまにあたしが何か言い返すと、傷ついたって顔するんだ。人を悪者にするのが上手いんだよ。びえーって泣き声あげて、先生に言いつけに行くんだ。で、叱られるのは、いつもあたし。向こうが先に喧嘩売ってきてるのに、仲良くできないあたしが悪いって……」

そして、タオルで洟をかんだ。

「そいつ、小さい頃からスイミングを習ってて、泳げないあたしを散々、笑い者にしたの。ほんっと、嫌な女だった。だから、プールも、泳ぐのも大嫌いになって……」

西島さんの話は、時間の流れと人間関係が破綻していた。

幼稚園の頃の話をしていたはずなのに、いきなり中学時代に飛んだり、複数の子達に苛められていた体験が、いつの間にか特定の誰かへの恨み言になっていたり。そして、昂ぶった声で話していたかと思うと、急に声が小さくなって、洟をすすり出す。

途中から意思の疎通は諦めて、聞き役に徹する事にした。

「友達はいない事もなかった。でも、暫くすると離れてく。『由愛ちゃんと一緒にいてもつまんない』って……。リアルに相談事された事もあったけど、いつも最後は相手が怒り出す。話を聞いて欲しかっただけ、そんな事を言われたくなかった……て。知るか。てめぇの心の中が読める超能力者、一生探してろっ！」

これまで西島さんの事を、興味のある話――「モフモフ商店街」や動画の撮影とか、諸々の趣味――になると饒舌だけど、「それ以外は口数が少ない人」と思っていた。

だけど、これまでの苦い経験が、人を寄せ付けない壁を作らせていたのだ。西島さんに。

〈ぼっちさん〉は架空の人だと言うけれど、教室の隅で小さくなってたり、「モフモフ商店街」について熱く語る西島さんも、本当の西島さんではないのだ。

「……」

急に電池が切れたように、西島さんは口を噤んだ。喋り疲れたのか、ぼうっとしている。

茜は立ち上がって、給湯器からお茶を汲んできた。喉が渇いていたのだろう。西島さんの前にプラスチックのお茶碗を置くと、一気に飲んでしまった。茜の分を差し出すと、そちらにも手を伸ばす。

デイルームは静かで、西島さんが黙り込むと、病棟内の何処かから聞こえてくる話し声や、ワゴンを運ぶ音がよく聞こえる。誰か救急搬送されてきたようで、窓の外でサイレンの音が聞こえた。つい、このあいだ、茜も同じように運ばれてきたのだ。

「帰ります」

西島さんが、のろのろと立ち上がった。つられて、茜も立ち上がる。

「その、今日はありがとう。来てくれて」

「ブロックします」

「は？」

「だから、LINE送っても無駄ですよ」

そして、すたすたと歩き始めた。

遠くなってゆく西島さんの背中を見送りながら、取り返しのつかない事をしてしまったのを知る。

開けてはいけない蓋を、開いてしまったのだ。

西島さんと過ごした夏は帰って来ない。もう二度と。

【神崎水葉】

「もふもふシンクロ部」

概要欄にそれを見つけた時は、犯人をつきとめたような変な高揚感を覚えた。

震える手でタップすると、タイトルが映された後、スキップしたくなるようなBGMと共に本編が始まる。

オープニングは子供用の腕浮き輪を付けて浮かんでいる女の子の周りで、もう一人の女の子が立ち泳ぎで画面を横切ったり、頭から沈んだ後に垂直姿勢で上昇してきたり、華麗にロケットスプリットを決めるといった、アースイの技を見せる場面から始まる。

二人ともキャップと、スモークタイプのゴーグルで素顔を隠している。

〈一見、華やかに見える競技ですが、水中では絶え間なく手足が動かされ、長い足技を見せる場面では、息を止めた状態で耐えています〉

画面の下に、字幕が出る。

〈ただ綺麗なだけじゃないんです。たとえば衣装ひとつにも色んな人の思いが詰まっています。この動画では、そんな競技の裏側を紹介して行きます〉

今、流れているのは、女の子二人を天井から俯瞰（ふかん）した動画だった。

アースイの大会で着る衣装を囲んで、何か話している様子を映し出している。顔や身元が分かるような物は映り込んでいないが、知っている者には、それがあーちゃんと西島さんだと分かる。

茶色っぽいあーちゃんの髪とか、ノースリーブの袖から伸びる力強い腕の質感とか。指先がすっと伸びてスマートに見えるのは、日々の鍛錬の賜物（たまもの）だ。

それに比べて西島さんは黒ずくめの恰好で、着ているブラウスの袖は手の甲全体をすっぽり覆ってしまっていて、指先しか見えない。

その二つの手が、衣装が綺麗に撮影できるように皺を伸ばしたり、角度を調節している。

テーブルに置かれた飲みかけのグラスや、西島さんが用意したと思われる手作りのゼリー菓子が映り込み、うだるような暑さや、夏休み特有の解放感が画面から溢れ出している。

会話は聞こえてこないものの、この時間に流れていた親密な空気や、楽しそうな雰囲気が伝わってくるようだ。

そして、場面はプールに移り、そこであーちゃんは基本動作やフィギュアを始めた。字幕で、その名称や意味も解説されて行く。

——何、これ……。

動画が進むにつれ、言いようのない怒りが込み上げてきた。

——これ！　うちのプールやん！

練習の動画を撮っていたのではなく、この為の撮影だったのだ。「騙された」と悔しいような、情けないような気持ちになる。

腹立たしさのあまり、動画の内容が頭に入ってこない。

この撮影の為に、あーちゃんは水葉や周りの人達を欺いた。水葉の家族やコーチまでをも。

あーちゃんにとって、水葉やアースイは、そんな軽い存在になっていたのだ。

張りつめていた糸が切れたように、何かが水葉の中で終わったのを感じた。

——あーちゃん。私らはもう、ほんまにおしまいなんやね……。

画面を閉じようと指を伸ばした、その時——。

「あっ！」

思わず声が出ていた。

薄紫と淡いグリーンの水着。

画面に懐かしい衣装が大映しになっていた。

〈これは、私が初めて人前で演技した時に着た衣装です。仲良しのお友達と一緒に〉

水着に字幕が重なる。

――あーちゃん、まだ持ってたんや！

目を閉じると、「ドルフィンキッズスイミング」のプールが頭に浮かんできた。


（手をキラキラさせてー。はーい、回ってー。次は人魚になったつもりで……）

先生の言葉を聞きながら、脚を蹴り出し、斜めに向かってすいーっと優雅に泳ぐ。

（あ、変な顔してるのは誰かなー？）

先生が注意すると、みんなゲラゲラと笑う。でも、先生は怒らない。

（ねぇ、みんな。人魚って、そんな風に大きな口を開けて笑うのかな？）

（人魚、見た事ないから、分からへーん）

おませな子が、ふざけた調子で言う。

（だよねー。先生も見た事ないよ）

そう言って、子供達と一緒に笑っていた。

若くて綺麗な先生は、佐藤コーチと違って優しかった。競技会に出す為ではなく、子供達が楽しく遊べるような、そんな教室だったから。

そして、発表会の前に、皆で「リトルマーメイド」の舞台を観に行ったのだ。わざわざ東京まで出かけて。

今から思うと、先生がお母さん達に「観せてやって下さい」と頼んでくれたのかもしれない。舞台を観た後からは、もう誰も大きな口で笑ったり、変顔でふざけなくなり、人魚姫になり切って練習するようになった。

ある時、水葉は水中での一回転がなかなか綺麗に決まらず、悔しくて泣いてしまった。

(茜ちゃん、一緒に練習してあげて)

先生があーちゃんにそう言った。

あーちゃんは競泳をやっていたから、クイックターンはお手の物で、水中で回るのも得意だった。

(プールの下を見るんやなくて、向こうの壁の方を見るねん)

一緒に練習しながら、そんな風にコツを教えてもらったら、すぐに上手く回れるようになった。一度できると面白くなって、何度もくるくる回って、続けて何回まわれるか競争して、最後に水葉は目を回した――。

それぞれの場所へ

【西島由愛】

〝〈ぼっちさん〉の動画が更新されなくなって、心に穴が空いたようです。寂しいです！〟

〝いつか再開されるのを、楽しみにしています〟

コメント欄には、そんな書き込みが並ぶ。

以前は嬉しかったチャンネル登録者からのコメントも、今は頭の中を素通りだ。返事もせずに、画面を閉じる。

陣内さんに〈ぼっちさん〉の正体を知られて以来、どうやっても動画へのモチベーションが戻らない。人間に化けているつもりの狸が、尻尾を出しているのを見つかった時の気分って、こんな感じなんでしょか？

ただ、理由はそれだけではない。

十二月に入ってから、由愛の生活が大きく変わるような出来事が起こったのだ。

それは、母の急な帰国。

本を出す目途がついたのか何なのか、本当のところはよく分からなかったけど、予定を早めに切り上げて戻ってきた。

何それ。今さらなんですけど？

後から聞くと、原因の一つは姉だった。

父が戻ってきて、姉の生活ぶり——彼氏の部屋に行ったきり帰ってこない——がばれてしまったのだ。すぐに母にチクられ、こっ酷く叱られたと、姉はぶーぶー言っていた。

そして、二つ目は由愛の進路問題。

よせばいいのに父が二学期末の三者面談に同行して、伊東先生から「親御さんは、もっとお嬢さんを気にかけてやって下さい」と、懇々とお説教をされたのだ。

(高校を卒業した後は、進学も就職もせずにユーチューバーになるとお嬢さんは仰ってますが、担任としては到底、認められません!)

そこまで言われ、父は母に相談せざるを得なくなったのだ。

先生、余計なお世話だよ。

父も父で、普段は好き勝手な事をしているのだから「うちは放任主義です」とか何とか、バーンと言い返してくれればいいのに、いざ伊東先生にきつく注意されると、借りてきた猫のように大人しくなってしまった。こんなに内弁慶だったのかと、呆れ果てた。

「俺が由愛の担任の先生に怒られるから」と、父に懇願された母は「しょうがないわね」という顔で戻ってきた。恐らく、その時に色々と条件を付けたのだろう。心を入れ替えたかのように、父は就職活動を始めた。そして、近所の介護施設でドライバーの仕事を見つけてきた。

そんな訳で今、家には父と母、姉がいる。

さすがに家族と暮らす家で、これまでのようにダイニングキッチンで気ままに動画を撮影する訳にはいかなくなった。何しろ、こちらにお構いなしに物音を立てたり、酷い時はノックもせずに人の部屋に入ってくる人達なのだ。

唯一、良かったのは、家事の負担が減った事。バイトから帰ると夕飯が用意されていて、乾いた洗濯物が綺麗に畳まれている。眠い目をこすりながら、寝る前にお皿を洗う必要もなければ、洗濯物を干す為に早起きしなくても良くなった。

だけど、それを差し引いたところで、やっぱり一人で暮らしている方が良かった。

だから、決めた。

高校を卒業したら、家を出るって。

その為に今から猛勉強して内申点を稼ぎ、国立大学の推薦枠を目指す事にした。入学試験で優秀な成績を取れば入学金、もしかしたら授業料も免除される。給付型の奨学金ももらえるかもしれない。

そうしたら下宿して、一人暮らしをする。

絶対に。

とにかく、自活したかった。いきなり部屋のドアを開けられたり、風呂に入る順番で揉めたりする事もない、好きな事で埋め尽くされた日々を送りたい。

決めると早かった。早速、伊東先生に、国立大学の推薦枠を目指す為の諸々について相談した。先生は急にやる気を出した由愛に驚いたようだったけど、幸い「無謀だ」と言われなかったし、由愛の成績で届きそうな大学を一緒に探してくれた。

年内でバイトをやめる事にして、「〈Vlog〉ぼっちJKの地味な日常」にも休止の告知を出し、大学受験に挑む準備を整えた。

神崎さんから呼び出されたのは、そんな年の瀬も迫った時期だった。

＊

二学期終業式の日。

「西島さーん！」

かしましいお喋りに囲まれながら、いつものように一人で本を読んで時間を潰していたら、大声で呼ばれた。声の出どころを探すと、教室の入口のところに神崎さんがいるのが見えた。

「呼ばれてるで！」

声の主は、わざと注目を浴びるように大声を出す。学校で一番、目立っている生徒・神崎さんが、クラスのはぐれ者を訪ねてきた事に好奇心を隠せないようで、顔がニヤついている。

——あぁ、面倒臭い事になりそう。

絶対に後から詮索されるに決まってる。

「何ですか？」

クラス中の視線を背中に感じながら、神崎さんの前に立つ。

「話があるねん」

神崎さんは渡り廊下へ向かった。校舎と校舎を繋ぐ場所だから、通り過ぎる人がいるだけだ。

「これ、あーちゃんと西島さんやろ？」

差し出されたスマホの画面には、「もふもふシンクロ部」が表示されていた。

「な、何で……」

「何でも何も、これ、うちのプールやん」

神崎さんが呆れたように言った。

渡り廊下はひんやりとしていた。窓の外から見える樹木は葉を落とし、景色もすっかり寂しくなっている。

「二月にうちのクラブで、小学生の発表会があるねん」

てっきり咎められるものと身構えていたから、一体何を言い出すのかと、その口元を見た。また、何かややこしい事に巻き込まれるんじゃないかと警戒しながら。

「その時に模範演技が披露されるんやけど、毎年の恒例で、それは高校二年生の役目になってる。せやから、私とあーちゃんでデュエットをお披露目する事にした」

「陣内さん、競技に戻るんですか？」

学校にも長らく登校していないのに、と驚く。

陣内さんが学校に来なくなった事に関しては、多少の責任を感じていた。

〈ぼっちさん〉の件で頭に血が上り、あんな風に突き放してしまったけど、冷静になってみれば、陣内さんに落ち度があったのではない。

あの時、陣内さんに嫌われて、教室でハブられても構わないって本気で思っていた。ぼっち歴は長いのだから、そんなの屁でもないと。しかし、陣内さんが学校を休み続けるのを目の当たりにすると、自分の言動が、どれほど陣内さんを傷つけたか、柄にもなく考えるようになった。

自分、自分、自分、自分。

由愛の頭にあったのは、自分の事ばかり。

それでも、絶対にこちらから連絡したくなかった。振り上げた拳の下ろし方も、仲直りの仕方も分からなかった。

「復帰はまだ……」

神崎さんの表情が曇り、ゆっくりと首が振られた。

「でも、発表会の模範演技ぐらいやったら、やってもええ。そう言うてくれた。これで最後やからって。……で、西島さんにお願いがあるねん。発表会の私らの模範演技を撮影して、動画サイトに上げて欲しい。この動画みたいに……」

スマホの中では、由愛が懸命にバレエレッグに挑戦している場面が流れている。身体を浮かべるのすら大変で、片方の足をプールの縁に引っ掛け、陣内さんに頭を支えてもらって、やっと脚を持ち上げられたものの、すぐにバランスを崩して脚が横倒しになってしまっている。

そんな屈辱的な場面だったが、ＮＧシーンとしてメイキング映像に挿入したのだ。皮肉な事に、本編より再生回数が多い。人の失敗って、そんなに嬉しいんでしょか？

「編集は西島さんに任せるから」

一瞬、「困った」と思った。動画の撮影は暫く休むと決めたのだ。大学受験に専念する為に。

「もちろん、顔も出してくれてええ。ただ、プールサイドで見てる子供らとか、観客席の人らが入らんようにして欲しい。難しいかな？」

「後でボカシを入れられるから、どうとでもなります」

「良かった。私、あーちゃんとの記録を、何かの形で残しときたかってん」

まずい。段々と断れない雰囲気になってきた。

「それ、あたしが現地に行って撮影するんですか？」

神崎さんは、黒目だけ動かして斜め上に視線をやり、すぐに戻した。

「撮影は、先生か保護者の誰かに頼めると思う」

頭の中で素早く計算する。

素材を用意して貰えたら、後は編集して、動画サイトに上げるだけだ。内容を聞いた限りでは凝った構成にする必要はなさそうだし、そう手間はかからないだろう。

「いいですよ」

神崎さんは「ありがとう」と笑った。花が開いたような笑顔とは、こういう顔を言うんだろう。由愛には絶対できない芸当だ。

「Vlog、休んでるんやね」

「うっ」と呻く。

「もしかして、そっちから飛んできたんすか?」

当初、「もふもふシンクロ部」は、適当な時期に削除するつもりだった。登録者数を増やす気もなく、だからタグ付けをせず、リンクも貼らないでおいた。おいたのだが——。

我ながら、魔が差したとしか思えない。

ユーチューバー魂に火がつき、試しに「〈Vlog〉ぼっちJKの地味な日常」の概要欄に「もふもふシンクロ部」のリンクを貼ってみたのだ。見にくるのは「ぼっちJK」のチャンネル登録者ぐらいだろうし、どのみち陣内さんにも身バレしてしまっている。半ば自棄になっていた。

それが、あろう事か神崎さんに見付かってしまった。

——だから、やめておけと……。

後悔しても遅かった。

「次はいつ更新するん?　もしかして、このままやめてしまうん?」

「事情が変わりましたから」

この人にまで、〈ぼっちさん〉してた自分を知られてるのかと思うと、頭の中が煮えくり返りそうになる。どうせ、この人も馬鹿にしてるんだ。「マツリビのくせに」って。

あたしの小さな城は崩れてしまった。ちっぽけな、嘘で固めた城が――。

残念だけど、「〈Vlog〉ぼっちJKの地味な日常」は削除しよう。せっかく集めたチャンネル登録者だったけど、イチからやり直すのだ。そして、今度こそ狸芝居はやめて、素の自分で勝負する。

神崎さんは、じっと窓の外を見ていた。とりたてて面白いものもない、殺風景な景色を。

「私、反省してん。あれ、あーちゃんやろ？ 〈エビニャー大好きっ子〉って」

〈エビニャー大好きっ子〉と〈ぼっちさん〉のやり取りを読んだらしい。

「あーちゃん、あんな気持ちでおったんや……。私が一緒に頑張りたいって思ってたのが、あんなに負担になってたとか全然、気付いてなかった。せやから……。ありがと」

詳しい事は分からないけど、〈ぼっちさん〉のおかげで、二人の仲は修復されたらしい。

――あたし、少しは人の役に立てたのか。

【陣内 茜】

「……スイちゃん、私な、アースイが嫌いになりかけてるねん。もう続けるのが辛いねん」

そこまで一気に言うと、茜は言葉を切った。

耳には、スイちゃんの息遣いだけが聞こえる。今のところ、黙って聞いてくれている。「電話で話したい」とLINEが来た時、「絶対に口を挟まない」という約束で応じたから。

茜の今の気持ちは、上手く伝わったんだろうか？　スイちゃんの表情が見えないから、電話ごしには分からない。

無言の間を切り裂いたのは、窓の外で羽ばたくヒヨドリの鳴き声だった。

『分かった。あーちゃんの気持ち、よく分かった。聞かせてくれて、ありがとう』

先に口を開いたのは、スイちゃんだった。

『私もあーちゃんに伝えんとあかん事がある。私、新宮コーチに教えてもらう事にした。今のとこ、週に一回、「新宮ＡＳＣ」で練習する事になってる。紗枝と一緒に』

――あ、やっぱり……。

いつかはそうなる。分かりきっていたはずなのに、「何で？」と思っている自分がいた。だけど、スイちゃんだって、いつまでも停滞したままの茜を気遣って、立ち止まっている訳には行かない。

スイちゃんはオリンピック出場を本気で狙っている。そこに行く為には、決心しなければならない。いつまでも茜と同じ場所にいてはいけない。

『実は私、練習する環境を変えるのが怖かった』

スイちゃんにも「怖い」という感情があるのかと、意外に思う。

『それに紗枝も……。はっきり言うけど、私は紗枝が苦手やねん。いつか私を踏み台にして、高いとこへ行こうとするんとちゃうか。そんな油断も隙もないとこがある。せやけど、考え直した。やっぱり、このチャンスを逃したらあかん。あの時、新宮コーチに見てもらえば良かったって、後になってそんな後悔をしたない』

「そうなんや……。スイちゃんが遠くに行くみたいで、どんどん距離ができるみたいで寂しいけど、紗枝に負けんように、頑張ってな」

『あーちゃんは、やり残した事はないん？　ほんまに』

「……」

『しつこいようやけど、もし、ちょっとでも迷ってるんやったら、いつでも戻ってきて。競技は一回やめてしもたら……』

スイちゃんは、そこで言葉を切る。そして、再び続けた。

『やめてしもたら、後から「オリンピックに行きたい」と思っても、取り返しがつかへんのよ。その時に、あーちゃんは後悔せえへん？』

耳障りに鳴くヒヨドリの声と共に、スイちゃんの言葉が胸に染み込んできた。

『またお節介やって言われそうやけど、もし良かったら……。良かったらやけど、うちのプールで気分転換して。あーちゃんのペースで泳いだら、またアースイが好きになるかもしれへんやん』

*

プールの中央まで泳いで行き、そこで上向き水平姿勢になる。そして、息を思い切り吸い込んだら、頭をぐっと後ろに反らせてリバーストーピード、頭上に伸ばした手で水を摑む。

上体を反らせて水中に沈むと、頭を下にした垂直姿勢になる。

プールの壁や底に貼られたタイルに、水面に広がる波紋。逆さになった水中の景色を見ながら、茜は静止した。そして、垂直姿勢のままツイストし、ゆっくりと両脚を開いてゆく。

パパが出社し、ママがパートに出た頃に起きたら、一人で朝昼兼の食事をとる。暫くゲームをしたり、動画を視聴したりして遊んだ後、スイちゃんの自宅へ向かう。そこで、スイちゃんの帰りを待ちながら、一人で基本姿勢と基本動作を行う。

それが今の茜の生活だ。

退院した後、暫くはカウンセリングを受けに通院する以外、部屋に引きこもって日がな一日ぼんやりと過ごしていた。

カウンセリングの先生は「ゆったりした気持ちで過ごして下さい」とか、「頑張らないで」と言うけれど、これまで「頑張れ」とばかり言われてきたせいか、かえって頑張らない状態ってどういうのか分からない。こんな風にだらだらしていて、本当に回復するのだろうか?

スイちゃんが「気分転換に、うちに泳ぎにおいで」と誘ってくれたのは、そんな時だった。だから、皆が学校に行っている時間に、茜は一人プールで泳いでいた。

久しぶりにプールに身体を沈めた時、自分でも思っていなかった感情が湧き上がった。

――ここは、私の場所だ……。

垂直姿勢に戻すと、スピンしながらプールの底に向かって下降した。

外界の物音が遠くなり、耳に蓋をされたような圧迫感や全身にかかる水圧、すっぽりと包まれる感覚が強くなる。

頭がプールの底を打つ直前に、くるりと身体を反転させて上向きになると、はるか頭上に水面が見えた。

そっと手足を伸ばし、プールの底に大の字に寝転がった。身体が浮き上がらないように、肺の中に残っていた空気を吐き出すと、大小の泡が水面に向かって上昇してゆく。そこに天井から降り注ぐ明かりが反射し、きらきらと輝いている。綺麗。

茜ちゃん！　茜ちゃん？

プールの水面を叩く手が見え、自分を呼ぶ声が聞こえた気がした。身体を浮上させる。

「良かったー！　生きてた！」

水面に顔を出すと、プールサイドにスイちゃんのお母さんが蹲(うずくま)っていた。ガラス越しに様子を見ていたらしく、プールの底に沈んだまま動かなくなった茜を心配して、駆け付けたそうだ。無事を確認した後も、心配そうな顔で茜を見ている。

「おばさん。私はもう大丈夫。心配せんとって」

それは、スイちゃんのお母さんを安心させる為に言ったのではない。

こうやって、自由気ままにプールで泳ぐうち、意味のない不安は消え、少しずつ前を向けるようになった。今なら学校にも行けそうな気がする。

ただ、スイちゃんから頼まれた模範演技については、今も迷っている。

——今さら、どんな顔をしてクラブに戻れと言うん？

暫くスイちゃんのお母さんと喋り、軽く夕飯を食べた後、練習を再開する。一人でルーティンのおさらいをしていると、跳ねるような水音がした。視界の端に細長い影が見える。

スイちゃんが、帰ってきたのだ。見事なドルフィンキックで近付いてきたと思ったら、茜の目の前を通り過ぎ、瞬く間に向こう側へと泳いで行った。

茜もプールサイドに向かって泳ぎだす。

これから曲をかけて、模範演技の練習だ。もう何度か合わせてみたが、やっぱりスイちゃんと動きがずれる。ろくに泳いでなかったこの何ヶ月かで、さらにスイちゃんとの差が広がったのを感じた。

まずはいつも通り、陸上で合わせる。

二人だけのプールに「死の舞踏」の旋律と、カウントをとる声、パチンパチンと手の平が身体に当たる音が響く。

「だいたい、私、この曲が嫌やねん！」

まだランドリルの途中だったが、茜は投げ出すように動きを止めた。そして、座り込んだ。

「あの衣装も嫌い。気色悪い」

八つ当たりしながら、大人げないと思う。

「……ちょっと休もか」

疲れているはずなのに、スイちゃんは茜の態度に怒るどころか、歩み寄ってくれた。が、さすがに今日は疲れているようだった。少し離れた場所に座り、スマホを弄り出した。

模範演技の練習を始めて、今日で一週間になるが、二人の動きは全く同調しない。

――いい加減、諦めてくれへんかな。

一ヶ月後、一月の下旬には、ナショナルトライアルがある。当然、スイちゃんはジュニアナショナルの選考会に挑戦するから、いつまでもこんな事をしてられない。だいたい、選考会で上位の得点を取る為に、スイちゃんは新宮コーチの特別指導を受けているのだ。足を引っ張るような真似はしたくない。

今日こそは「スイちゃん、もうやめよう」って言おう。そう思いながら、だらだらと続けている。

――ほんまに、今日で終わりにしよ。

茜がため息をつくのと、スイちゃんが口を開いたのが同時だった。

「あーちゃん。私も最初、何でコーチがこの曲を選んだんか謎やってん。これまでハリー・ポッターとかBABYMETALとかやったのに、何でクラシックなん？　って。でも、今は……、何となく分かる」

そこで言葉を切ると、ぎゅっと唇を結んだ。

「私、今年のジュニアオリンピックはほんま、物凄いプレッシャーを感じてた。あーちゃんはおれへんし、紗枝をリードせなあかん。もう、泣きそうやった」

「……ごめん」

「あーちゃん、謝らんとって」

スイちゃんは目を伏せると、首を横に振った。

「大会が近づくにつれ段々と気持ちがきつなって、顔が怖なってゆくのが自分でも分かった。アースイをやってきて、初めてしんどいって思った。そんな私を、音楽が助けてくれたんや。本番で陸上動作をした後、最初のヴァイオリンとピアノがポン、ポンっていうのを聞いた時、スイッチが入ったみたいに気持ちが静かになった。ヴァイオリンがぎゃーっていうとこでは、身体の内側から力が湧いてきて、水中から飛び出す時、いつも以上に身体が浮き上がってた。大袈裟やなくて、ほんまに十センチぐらい高かった……。思わず横を見たら、紗枝も同じぐらい飛んでて、わーっとテンション上がった。気が付いたら、二人とも死神になりきって演技してた。ルーティンが終わって、点数が出て、表彰台に届いたのが分かった時、ぼんやりとした頭で考えとった。この曲やなかったら、私らは負けとったかもしれへん……って」

聞きながら、茜は項垂れていた。

このプログラムをやり切るには強さが必要だったのだ。スイちゃんや紗枝のようにプレッシャーや逆境を撥ねのけ、むしろ逆手に取って、一気に高みに駆け上がるような。

世界に行こう、オリンピックに出たい。

これはそう強く願う人の為に、コーチが考えたルーティンだったのだ。

茜には、そんな強さはなかった。仮に怪我をしていなくても、怖気づき、曲に呑まれ、自滅していただろう。

ふいにスイちゃんがスマホを差し出した。

「あーちゃん。これ、ランドリルで合わせてみいひん?」

スマホの画面に、アリエルの衣装が映し出された。西島さんと一緒に撮影した動画だ。

「え、マジで?」

と言うか、どうやって、この動画を見つけたの?

「今日は疲れたから、ちょっと遊ぼ」

スイちゃんは立ち上がると、ポーズを取った。

「陸上動作の最初は、こうやったね。片手が前で、反対の手は横。アラベスクの腕で、先生には目線を注意されたなぁ」

茜も立ち上がって、同じポーズを取る。

次に、カウントをとりながらランドリル。このルーティンは本格的なアーティスティックスイミングというよりは、リズムシンクロだ。

「ここの動き、どうやったっけ?」

てゆく。

「こうちゃう？」

忘れている箇所は、どちらかが覚えていて、当時の振り付けを再現してゆく。

何度かランドリルで合わせるうちに、完全に思い出した。せっかくだから、水中でも合わせてみようと、どちらからともなく言い出していた。

「行くで。アナウンスから。……八番、『ドルフィンキッズスイミング』」

スイちゃんが気取った調子で、クラブの名をコールする。

プールサイドを歩き、デッキの上で左右対称にポーズを取った。

そして、静止。

「ピー」と、スイちゃんがホイッスルの音を口で真似ながら、スマホを操作した。プールサイドに置いたワイヤレススピーカーから、きらきらきらっと星が流れるようなイントロが聞こえてきた。「Part of Your World」のQ;indiviヴァージョンだ。

上げていた手を右、左と順に胸の前に置き、クロスさせたら、そのままの恰好で足からプールに飛び込む。

夢見る人魚姫の気持ちになって、両手を胸の前で交差させたまま、首を左右に振る。そして、両手を広げてくるくると回る。この頃はまだ、プールの底に足をつけてルーティンを行っていたのを思い出す。

やがて、ダンサブルなリズムに変わり、そこで動きが一変する。

上向き水平姿勢になり、バタ足で進みながら、カウントに合わせて右腕を上げ、曲げては伸ばす動きを繰り返す。しっかりと脚をビートさせて、しぶきを立てる。

次の見せ場はバレエレッグからのタックだ。天を突くように右脚を上げたら、すぐに背中を丸め、身体を小さく折り畳んで頭の方から水中に沈む。そして、水中で一回転。立ち上がったら、今度は両手を広げてジャンプ。三百六十度回ったら水中に沈んで、潜水しながら身体の向きを変える。

水面に顔を出したら手を振り、水面を叩いてしぶきを上げる。

泳ぎながら移動する時も、競泳とは違ってカウントに合わせ、リズムに乗る。膝を水面上に交互に持ち上げてのウォーキングでは、天井を見ながら滑るように進む。

いつしか、「ドルフィンキッズスイミング」に通っていた頃を思い出していた——。

スイちゃんは子供の頃から表現力が豊かで、優雅な人形姫の動きや、可愛らしい表情が誰よりも上手だった。

あれから年月が経ち、アリエルの年齢を越したスイちゃんは、ちょっとした手の角度や表情で、「人間がいる所へ行きたい」と願う人魚姫の気持ちを、より巧みに表現できるようになっていた。

ルーティンの最後は、スイちゃんがプールの底に沈み、その肩に素早く茜が乗る。そして、そのまま立ち上がるリフトで終わる。

バランスを崩しそうになったが、かろうじて堪える。

「うわー、重い！　あーちゃん、めっちゃ重たなってる」

スイちゃんが大袈裟な声を上げ、茜を振り落とそうと身体を揺らすから、そのまま一回転して水中に落ちる。

「あぁ、面白かった」

顔を上げると、スイちゃんがふざけて顔に水をかけてくる。

「やめてよー、スイちゃん」

今度は水面近くで両手を絞るように動かしている。水鉄砲だ。握った手の間からこちらに向かって水が飛んでくる。

──スイちゃんは昔から、こういう悪ふざけが好きやったなぁ。

目を閉じると思い出す。

夏になるとプールの近くにかき氷の屋台が立った。赤や黄色、緑にピンク。色とりどりのシロップを入れた透明の箱をずらりと並べ、奥でおじさんが機械で氷をかいていた。シロップはかけ放題だったから、イチゴと青リンゴとピーチで三色にしてみたり、「どんな味になるんだろ?」と恐々メロンとコーラを混ぜてみたり、二人で毎回、新しい味を試していた。

ある時、スイちゃんはブルーハワイにチャレンジした。真っ青な色が美味しそうに見えなかったし、ブルーハワイという名前から味も想像できず、茜はずっと避けていた。それなのに、スイちゃんが「どうしても試してみたい」と言い出したのだ。

食べながら、スイちゃんはくすくす笑っていた。そして、シロップを舐めつくしたタイミングで、茜に向かってべーっと舌を出して見せた。

(お化けだぞ~!)

真っ青になった舌を目にした茜は、驚いて「きゃー!」と叫び、後ずさった。そんな茜を「お化け~、お化け~」と言いながら、青い舌を出したスイちゃんが追いかけてきた。

プールで泳いだ後に走り回ったり、笑い転げたりしてすっかり疲れてしまい、帰りの車の中では、電池が切れたように寝落ちした。

そんな事を思い出していたら、ある考えがぽっかりと浮かんだ。

「スイちゃん。模範演技やけど、今、やってるのんやめて、この曲でやらへん？　曲も子供向けやし、入門コースの子もおる。ちょうどええと思うねん」

「えぇっ！」

「もちろん、振り付けは変える。スピンとか、アクロバティックな動きも入れて、高校生のお姉さんらしい難易度にする。あんな気持ち悪い曲より、こっちの曲の方が楽しいし、子供も喜ぶ。そう思わへん？」

スイちゃんは戸惑っていたが、構わず続けた。

「そら、周りの人らから見たら、ただの模範演技かもしれへん。でも、私にとったら、スイちゃんと一緒に人前で演技する最後のデュエットになるかもしれへん。せやから、集大成のルーティンにしたいねん。スイちゃんと一緒に初めて泳いだ曲で終わるの、締めくくりとしてちょうどええんちゃう？　最初と最後の輪が繋がったら、綺麗な丸ができておしまい……」

おしまい。

これで終わり？

私、ほんまに終わるの？

ふいに胸が一杯になり、目頭が熱くなった。涙がこぼれそうになり、慌てて水中に潜る。

これまで何人もの子が、アースイから去って行った。厳しい練習が嫌になったから。他の趣味を見つけたから。大会で結果を残して満足したから。

指導陣から将来を期待されていた子が、ちょうどいい区切りだからと、高校受験の前にやめた事もあった。

いや、ジュニアの選抜に呼ばれるようなレベルの選手であっても、全てがオリンピックを目指す訳ではない。大学進学をきっかけに、競技生活を終える事もある。

何の葛藤もなく、あっさりと競技を手放し、新しい世界へ飛び出した子達。

対して、自分はどうだろう?

クラブに通うのをやめた後は、本当に張り合いのない生活を送っていた。家にいても、泳ぎに行っても、気晴らしに川へ走りに行っても、満たされなかった。頭に浮かぶのは、クラブのタイムスケジュールで、「この時間は皆、音楽をかけて合わせている」とか、そんな事ばかり。

スイちゃんから、「最後に一緒に子供達への模範演技をやろう」と誘われた時、鬱陶しく思いながらも、ちょっぴり嬉しかった。

また、人前で泳げるんだと。

そして、気付いた。劇団四季の舞台の「Part of Your World」が歌われる場面で、お母さん達が泣いていた意味に。

子供だった茜には、その涙の意味が分からなかった。でも、今なら分かる気がする。

アリエルが憧れている人間の世界だって、決して楽しい事ばかりではない。不自由な事もあれば、理解してくれない人もいる。

切ないけど、それが事実なのだ。

きっと今の茜があのシーンを見たなら、泣いてしまうだろう。自分も、ここではない何処かへ行きたがる、無邪気な人魚姫と一緒だったと。そして、人魚姫が後に現実を目の当たりにし、失望する様も想像して。

——私、まだやり残した事があるんや……。

何をやり残したのか、それはまだ分からない。

だけど、ここで終わってはいけない。ここで終わったら、海の底で「何か違う」と鬱々としていた人魚姫と同じ。大勢の人や、たくさんの物に囲まれていても、一生「誰も分かってくれない」と言い続ける事になる。

そんな生き方は嫌だ。

そろそろ息が苦しくなってきた。いつまでも潜っていられない。一気に水中から浮上すると、茜は勢い良く言った。

「ええ事、考えた！」

「わ！　びっくりするやん、あーちゃん」

「せっかくやから、衣装も新調せえへん？　私が二人分、作るし」

「え、悪いよ」

「ううん。作らせて欲しいねん。お願い！」


【西島由愛】


片目を瞑り、針に糸を通そうとしているのに、傍で陣内さんはずっと喋っていた。競技をやめようかどうか迷っていた時期の事や、どうやって気持ちを立て直そうとしたかとか。

「ごめん、つまらんよね？　こんな愚痴みたいな話……」

「適当に聞き流しますから、続けて下さい」

ようやく針に糸を通せたところで、スパンコールを摘み、同じ色の糸で水着に縫い付ける。

目の前には色とりどりの布や糸の他に、何種類ものスパンコール、スワロフスキーが色別に分けて用意されていた。立体感を持たせる為に、水着の中に折り畳んだタオルを入れてある。

「結局、自分にはプールしかないって分かった。ずっと陸におったら、ひからびてしまうって」

「陣内さんの前世は、きっとカエルですね」

「えー、カエル？　人魚とかマーメイドてゆうてや」

人魚？　自分で言いますか？

「ちなみに『人魚姫』の童話、知ってますか？　ディズニーではなく、アンデルセンが書いた原作の方です」

「知ってるよ」

陣内さんは、あらすじを諳(そら)んじた。

海で溺れて、気を失っていた王子を助けた人形姫は、王子に一目惚れする。そこで、魔女と取引して、美しい声とひきかえに人間の足を手に入れ、王子と再会を果たした。

「せやけど、喋られへんから、助けたのは自分やって言われへんねん。で、結局、王子様は他の人と結婚する事に……。魔女との取引で、王子様が別の女性と結婚したら、人魚姫は海の泡になって消えてしまうのに」

「正解。さすがです。で、その続きは？」

「妹を不憫(ふびん)に思ったお姉さん達が、魔女から魔法のナイフを手に入れて、これで王子の胸を刺して、返り血を浴びたら人魚に戻れるって教えるねん。せやけど人魚はナイフを使えんくて、結局、海の泡になった……。『リトルマーメイド』はハッピーエンドやったけど、ほんまは悲しい話やねん」

　そう呟くと、陣内さんは針を持った手を止めた。そして、由愛に向き直った。

「西島さん。今年の夏休みは、ほんまに楽しかった。ありがとう。私に新しい世界を見せてくれて、ほんまに感謝してる」

「いやいやいや。そんな改まって、やめて下さい」

「あの時、私が競技に使う衣装を見せたり、水の中で動いたりする度に、西島さんが驚いたり、感心してくれたり……。自分がやってる競技は、これだけ人の心を動かすんやって気付いた。怪我したり、メンバーから外れたりして目標を見失いかけてたけど、もしかして自分ってイケてる？　アースイをやってて良かった。素直にそう思えた」

「手、止まってますよ」

　注意を促すと、陣内さんは再び針を動かし、作業を再開した。

「せやから、もし限界を感じて競技をやめる事になったとしても、アースイには関わってたい。子供に指導したり、イベントに出演したり。あと、西島さんと動画を作った時みたいに、何かの形でアースイの魅力を発信したい。他に特技がある訳でもないし、それが生まれる前から泳いでた、私にできる事なんかもしれへん」

「生まれる前から？」

「これ、言うてへんかった？　ママがマタニティスイミングをやってたから、スイミング歴は私の年より長いって話」

　首を振っていた。

「小学校一年生の時には、四泳法……。クロール、背泳ぎ、平泳ぎ、バタフライは全てマスターしてたんやで。通ってた市民プールでは、同じ曜日にプールを半分に分けて、色んな教室が開催されてて、そこでスイちゃんと知り合った。最初、私は競泳、スイちゃんはシンクロのクラスにおって、小学校三年の時、私も掛け持ちでシンクロをやるようになってん」

子供達の練習が終わるのを待つ間、母親達はプールサイドで見学したり、近くのカフェで時間を潰していて、そんな中でお母さん同士が意気投合し、二人揃って今のクラブに移籍する事になったらしい。

「掛け持ちって……。泳ぐどころか、水に入るのも嫌だったあたしには、考えられませんね」

「競泳とアースイは全く違うよ。アースイの何が楽しかったかというと、陸上ではでけへんような動作が、水の中ではできる事」

初めて水中で垂直姿勢を取った時、これまで見ていた風景が反転し、違う世界を見た気がして興奮したと言う。

自分には一生、縁のない感覚だろう。

「口だけじゃなく、手も動かしましょうね」

グラデーションの境目をどうするか、由愛が慎重にスパンコールを選んでいると、唐突に話題を変えられた。

「西島さんが動画を撮り始めたきっかけって、何やったん？　知りたいなぁ」

「今、大事なとこなんで」

そう言って誤魔化そうとしたが、窓の外を見ると西日が差していた。二時間以上、ぶっ通しで縫物をしていた事になる。どうりで疲れるはずだ。眼鏡を外し、目の周囲をマッサージする。

「ちょっと休憩せえへん？　もうこんな時間」と言われ、由愛も裁縫箱に針を戻した。

「凄いなぁ、西島さん。さすがの集中力」

見ると、ずっと喋り通しだった陣内さんは、由愛の半分も進んでいない。

「真面目にやって下さい。手伝ってるあたしの方が進みが早いって、変じゃないですか？」

肩をすくめると、陣内さんは「てへ」と首を傾げた。

その時、玄関で鍵を回す音がした。誰か帰ってきたようだ。真っすぐ台所へ向かったから、母だろう。

「で、聞いてるんやけど。西島さんが動画を撮り始めたきっかけ」

「聞いても面白くないですよ」

母が冷蔵庫を開け閉めする音が聞こえる。今日は豚肉の塊を甘辛く煮たのと、ぴりっと辛い野菜炒めをリクエストした。母が向こうで暮らしている時に覚えたエスニックな料理で、白いご飯に抜群に合う。

「ええよ。面白くなくても」

「最初は母が始めた。それを真似しただけです」

「え！　お母さんが？　マジで？　やっぱり西島さんちって、親子でぶっ飛んでるな」

「あたしが前に住んでたのって、すんごい田舎で、周りは畑だらけで、モールもない。だから、他にする事がなかったんでしょね」

自家菜園では人におすそ分けできるぐらい作物が実って、収穫を手伝ったり、夕飯の時には野菜や葱を取りに行ったり、お腹が空いたら枝から直接、果物を取って食べたり——。

子供の頃の思い出なんて、嫌な事ばかりと思っていたのに、案外、豊かな暮らしを送っていたのだなと気付く。

「いつ大阪に来たん？」

「中学に上がる時に。まぁ、その、色々あって……」

そこで口ごもる。

言おうかどうか迷ったけど、陣内さんになら話してもいいだろう。

「田舎だから、小学校と中学校が一つしかなくて、そのままだと、小学校時代にあたしをハブってた子達と、また中学で一緒になるから……」

母にはハブられてる事を言わなかったし、校長先生は「うちの学校には苛めはありません」とドヤ顔で言う、建前が建前を着てるような奴だったけど、由愛が学校でどんな目に遭っているのか、母は察していたのだろう。

気に入ってた田舎暮らしやコミュニティを捨て、知り合いのいないここに引っ越してきた。母にとっては身を切られるような決心だったかもしれない。当時はそう考えていた。

でも案外、母もあそこでの暮らしに辟易していて、子供を出しに使って緩くしがらみを手放したとも考えられる。ある意味、父とは似た者夫婦だったから。

「寂しなかった？　仲良くしてくれた子もおったんやろ？」

「中学に上がったら、ツイッターとかインスタができるようになったし、そこで趣味が同じ人をピンポイントで見つけたりしてた。学校の同じクラスの子より、よっぽど話が合うし、楽しかった。前にも言いましたよね？『モフ商』って、大人にも人気あるって。意気投合して会いに行ったら、うちの親より年上っぽい人が現れて、びっくりした事も」

「へぇ……、どんな人が来るか分からへんって、怖くない？」

「別に。趣味の話をするだけですもん。でも、中には粘着してくる変な人がいるから、個人情報は明かさない。ヤバイと思ったら即ブロックする」

「……そんな簡単に切れてしまう友達、私はちょっと寂しいかな」

そこで以前、陣内さんをブロックしたのを思い出す。たとえLINEをブロックしたところで、リアルで繫がっている人は、そう簡単には切れないのだ。

ただ、友達という存在は永遠ではない。

長い人生のある時期に、たまたま同じ学校や職場で居合わせただけの人達の事を便宜上、友達と呼んでいるだけ。父や母も、子供の頃の友達とは縁が切れていると言っていた。

人は流れて行くもの。

我慢できなければ、そのコミュニティごと捨てればいい。

高校だって、どのみちあと一年で卒業なのだ。だったら、暫し付き合ってやってもいい。陣内さんや神崎さんの事も、そんな風に割り切る事にした。

「あの、聞いていいっすか？」

「うん」

「ずっと不思議に思ってた事が。陣内さん達がやってる事って、一握りの人しかトップに立てないんでしょ？　だったら、何の為に競技をやってるんですか？　神崎さんみたいな人を引き立てる為？」

「それは違う」

強い口調で返された。

「確かに、スイちゃんがおるおかげで、チーム全体が引き上げられてるけど、一人一人、プライドを持ってやってる。自分達もいつかは……って」

だから、あんな苦しい練習を続けられるのだと言う。

「それに、コーチも言うてる。競技で得られた事は、絶対に他のとこでも生かせるって」

そう言った後で、陣内さんは照れくさそうに笑った。

「〈ぼっちさん〉にも同じ事、言われた。頑張った経験は何処かで生きるって」

「ぐ……」

古傷をえぐられるような気分だ。

「私、最近になって気付いた事があるねん。スイちゃんと一緒におったら、すーっと背筋が伸びたような気がしてた。『デュエットの小さい方』とか呼ばれてたけど、二人でおったら自分が大きくなったみたいに思えた。あ！　そうか……」

陣内さんは、急に大声を出した。

「やっと気付いた。……そんな理由で、しがみついてたんや。私……」

由愛が、ネットで〈ぼっちさん〉の仮面を被っていたように、陣内さんも有望選手の相棒を演じていたと言う。

「せやけど、今は紗枝がおるから、スイちゃんの相手はあの子に任せられる。私は人の事を気にせんと、自分の泳ぎに没頭できるやん。好きにできるんとちゃうん？」

ふいに笑いが込み上げてきた。

やっと、気が付いたのかと。

「え、西島さん、何で笑ってるん？　私、変なこと言うた？」

「別に……。何でも……」

その時、ドアの向こうで母の声がした。

「由愛ー。ご飯ができたから、取りにおいで」

扉を開けると、スパイシーで美味しそうな香りが辺りに漂っていた。

フィナーレ

【神崎水葉】

髪をきっちりとまとめたあーちゃんが、目の前の椅子に座った。後ろでお団子にした髪には、黒いシニヨンキャップが被されている。

水葉はコップにゼラチンの粉末を入れ、ポットのお湯を注いだ。それを、櫛ですくって手早く髪に撫でつけてゆく。

あーちゃんが、首をすくめるような恰好をした。

「熱い？」

一応は気遣うが、早くしないと固まってしまう。溶けたゼラチンをすくっては撫で、すくっては撫で、最後は産毛までぴっちりと固める。

「このハット、めっちゃ綺麗やん」

貝とヒトデを盛った髪飾りを、アメピンとUピンを使って、シニヨンを覆うように着ける。色はもちろんアリエルカラーの、グリーンと淡い紫だ。

「西島さんが頑張ってくれたから。……実は、衣装も間に合いそうになかったから、西島さんに手伝ってもろた」

最初、あーちゃんは「一人で作る」と張り切っていたけど、やっぱり二人分の衣装を作るのは大変だったみたいだ。巻き込んでしまった西島さんに、申し訳ない気持ちになる。

あーちゃんの髪を作ったら、今度は水葉の番だ。

「久し振りやね。あーちゃんに髪の毛してもらうの……。あ、そこの後れ毛、しっかり固めて欲しい」

「待って。ゼラチンが足りんくなった」

あーちゃんは慌てて粉末の封を切った。

ゼラチンを塗り終える頃には、髪はほぼ固まっていた。

今度はお化粧だ。

「模範演技やのに、気合い入り過ぎかな？」

「せっかくやから、楽しもや」

メイクは、人魚を意識した鮮やかなブルーを目の周りに入れ、真っ赤な口紅を塗った。本当は、アリエルのように髪も赤くしたかったんだけど——。

「最後に振り付け、合わせとこか」

プールの方から流れてくる音が、ここ控室まで聞こえてくる。出番は最後だから、まだ時間はある。外に音が漏れないように、小声でカウントをとりながら、ランドリルを始めた。

「うわぁ、緊張してきた」

あーちゃんが急に弱気になる。

「大会とちゃうんやから、楽しんだらええやん。あーちゃん、どんだけあがり症なん」

【西島由愛】

駅を降りて暫く行くと、目の前に白く巨大な、カプセルを半分にしたような形状の建物が現れた。屋外アリーナの他、メインプールとサブプールを擁するスポーツランド森ノ宮だ。

建物の入口から続く通路に子供連れの家族がひしめき、人の流れに押されるような恰好で、由愛は会場へと向かった。

辺りには、プールの水に混ぜられた塩素の匂いが漂っている。受付を済ませて中に入ると、ガラス張りになった南側の壁面から差し込む太陽の光で、思いのほか明るかった。

長辺が五十メートルあるプールは、中央に仕切りのような物が設けられ、二つに分かれている。コースロープが外されているせいか、プールというよりは、四角い貯水池のようだ。

プールサイドには、水着姿の子供達が並び始めている。

神崎さんから教えられた通り、一段高い場所に作られた観客席へと行き、障害物が映り込まない席を確保した。

「水葉ちゃんは、推薦で大学に行くらしいよ」

すぐ傍で、そんな声がした。

見ると、若いお母さんのグループが固まって座っていた。お揃いのピンクのTシャツには「スイミングアカデミー大阪」とロゴが入っている。陣内さんが所属するクラブの名だ。

井戸端会議は続いていた。

「水葉ちゃん、ナショナルトライアルで三番に選ばれたんやろ？　もしかしたら世界ジュニア選手権はデュエットで出場できる可能性があるって、コーチが言うてた」

「紗枝ちゃんは十番目やったらしいから、チームの補欠やろか？」

「チームは八人やろ？　そのぐらいの順位やったら、八番の子とも差がないんちゃう？　チャンスあるで。凄いなぁ、二人とも」

「せやけど、大学の勉強と競技の両立って大変らしいよ。大きな大会がある時は休学せんとあかんみたいやで。大会と卒論の提出が重なって、泣く泣く留年したとかって聞くよ」

お母さん方の輪から「はぁ」とか「へぇ」といった感心したような、ため息交じりの声が上がる。

「うちは、そこまででけへんかもしれへん。今も出費が大変で、旦那からは『ええ加減にやめさせろ』って言われてるし……」

「オリンピックに行くとかやなかったら、いずれは何処かで区切りをつけんとあかんやろなぁ。あ、綾香。何処行ってたん！」

「おかあさーん」

小学校低学年と思しき子達が二人、駆け寄ってきた。二人とも髪をシニヨンにし、棒みたいに細い身体をジャージで包んでいる。

「さなちゃんが下におるから、あっちで見ててもいい？」

プールサイドの方を指さす。

そこに姉でもいるのだろう。

「邪魔したらあかんよ」

「分かってる！」

そして、バタバタッと走り去って行く。

アナウンスが流れ、井戸端会議も終わった。

発表会は小さい子から順に始まり、最初はお遊戯会の延長のような雰囲気だったのが、後になるにつれ難易度が上がってゆく。トリは全国大会にも出場したという六年生の子達で、小学生にしては身体が大きく、内容も本格的だった。由愛が全くできなかったバレエレッグも、軽快かつ美しく決める。

この後が模範演技で、陣内さんと神崎さんが登場する。

由愛はこの日の為に購入したコンデジを取り出し、三脚にセットした。より美しく撮影する為に奮発したのだ。

（あたしが撮影するんですか？）

最初、神崎さんに頼まれた時には、あんな風に言ってしまったけれど、結局は「やっぱり自分で撮影したい」と申し出た。どうせ関わるんだったら、とことんやってやろうと。

「それでは、今から模範演技を始めます。神崎水葉さん。陣内茜さん」

傍にいたお母さん達が小さくざわめいた。

「いやっ、茜ちゃん？」

「久し振りやね。暫く休んでたけど、また戻ってきたんかな？」

その時、プールの底が沈み始めた。

――おぉっ！　今度こそプールの底が割れて、何か出てくるんじゃ？

だが、そんな妄想は拍手の音でかき消された。

拍手と共に、人魚姫をイメージした水着を身につけた二人がプールサイドに現れた。水着は片方の肩から腰に向かって放射状にスパンコールが縫い付けられ、鱗に覆われた人魚の尻尾を表現した大変な力作だ。

コンデジを作動させ、撮影を開始する。

にこやかな笑顔で胸を張って歩く二人の姿は、学校で過ごしている時とは全くの別人だ。

ズームにして、二人の表情を捉える。

陣内さんは、三学期になって学校に登校してきた。

伊東先生が「陣内さんはずっと体調を崩していて、まだ治りきっていません。皆、ごちゃごちゃと事情を聞かないように」と釘(くぎ)をさしたから、クラスの子達は「陣内さんがずっと学校に来てたように振舞う」という、大人の対応をした。

競技の方も、とりあえず夏の大会まで続ける事にしたと言う。九月以降の身の振り方は決めておらず、とにかく自分が納得できる所までやり切って終わりたい。そう考え直したようだ。

由愛の視線の先で、二人がプールサイドに立つ。胸の前で腕を交差して立つ神崎さんの足元に、陣内さんが同じポーズで横座りになる。

ホイッスルが吹かれ、音楽が流れる。

「Part of Your World」の軽やかで、星屑(ほしくず)をばらまくようなイントロが場内に響く。

二人は曲に合わせて左右に身体を揺らす。そして、陣内さんが立ち上がると、先に神崎さんが飛び込み、後を追いかけるように陣内さんが飛び込む。まるで追いかけっこをする人魚の姉妹のようだ。

曲に合わせて、最初はゆっくりとした動きで始まり、曲調が変わってからは急テンポで技が繰り出される。

物凄く難しい動きだろうに、そんな事は少しも感じさせず、本当に生まれた時から水の中で生活する人魚のように水中から顔を出しては沈み、脚が出たと思ったら、次の瞬間には百八十度に開かれる。

そのコンパス状に開いた脚が、くるくると回ると、観客席から歓声と拍手が起こった。

周囲に渦ができていた。

二人が作り出した水流だ。

その流れに、由愛も巻き込まれ、翻弄(ほんろう)されたのだ。泳げもしないのに。

迷惑をかけられたし、不愉快な事もあった。〈ぼっちさん〉の件では、子供っぽく絶交宣言までしてしまった。

だけど、今は忘れる。

プールサイドでは子供達が音楽に合わせて首を振り、手を叩いている。英語の歌詞を一緒に歌っている子までいたから驚く。

手拍子に押されて、プールで泳ぐ二人の動きも力を増した。

神崎さんがプールの底に沈み、陣内さんがその上に移動すると、次の瞬間には回転しながら宙に投げ出された。しぶきが上がり、窓から差し込む光を受けた貝とヒトデの髪飾りが、きらりと反射した。

何て綺麗なんだろう。

由愛はカメラを覗くのを止め、二人の人魚を目で追った。

知ってますか？　陣内さん。アンデルセンの「人魚姫」には、まだ続きがあるのを。

泡になった人形姫はその後、風の精霊になって、人々に幸せを運ぶ存在になるんですよ。それが本当の結末。

だから悲劇じゃなくて、ハッピーエンド。

陣内さん。

陣内さんが、どんな形でアースイを、競技の楽しさを子供達や大勢の人に伝えてゆくのか。

あたしも遠くから見てます。

そして――。

僭越ながら、応援してます。

水面から顔を出した陣内さんに向かって、由愛は心の中でエールを送った。

参考文献

『水泳コーチ教本　第3版』公益財団法人 日本水泳連盟編　大修館書店　二〇一四年十一月
『改定新版　日本シンクロ栄光の軌跡　シンクロナイズドスイミング完全ガイド』金子正子責任編集　出版芸術社　二〇一二年十月
『オリンピックが10倍楽しくなる！　図鑑ザ・採点競技』杉山茂編　青春出版社　二〇〇四年八月
『井村雅代コーチの結果を出す力』井村雅代　PHP研究所　二〇一六年九月
『井村雅代　不屈の魂』川名紀美　河出書房新社　二〇一六年六月
『奇跡の夢ノート』石黒由美子　NHK出版　二〇一〇年八月
『パパ、かっこよすぎやん！』奥野史子　小学館　二〇〇八年十二月
「アーティスティックスイミング競技規則（2018）」公益財団法人 日本水泳連盟アーティスティックスイミング委員会編　二〇一八年四月
『私のスケート愛』浅田真央　文藝春秋　二〇二一年四月
『改定 YouTube 成功の実践法則60』木村博史　ソーテック社　二〇二二年一月
『フツーの人が YouTube 登録者数1万人を突破する秘訣』いとうめぐみ　ぱる出版　二〇二〇年六月
『IT弁護士さん、YouTube の法律と規約について教えてください』河瀬季　祥伝社　二〇二一年七月
パート・オブ・ユア・ワールド／劇団四季『リトルマーメイド』shikichannel
「アスリートに聞く　小谷実可子（シンクロナイズドスイミング）」森永エンゼルカレッジ　https://angel-zaidan.org/contents/athlete_kotani/
＊その他、多くの文献やウェブサイトの情報を参考にさせていただきました。

〈謝辞〉

本書の執筆にあたり、隆祥館書店代表でシンクロナイズドスイミング元日本代表の二村知子氏に取材のご協力・ご教示を仰ぎました。また、二村氏がご指導されている東急スポーツオアシスマスターズシンクロの皆様にも、お世話になりました。この場を借りて、あらためて深く御礼申し上げます。なお、本書の記述内容に誤りがあった場合、その責任は著者に帰するものです。

蓮見恭子（はすみ・きょうこ）

1965年、大阪府堺市生まれ。2010年『女騎手』で第30回横溝正史ミステリ大賞優秀賞を受賞しデビュー。'20年に『たこ焼きの岸本』で第8回大阪ほんま本大賞を受賞。『襷を、君に。』『バンチョ高校クイズ研』『輝け！ 浪華女子大駅伝部』『メディコ・ペンナ 万年筆よろず相談』など著書多数。

人魚と過ごした夏

2023年6月30日　初版1刷発行

著　者　蓮見恭子

発行者　三宅貴久

発行所　株式会社 光文社

〒112-8011　東京都文京区音羽1-16-6

電話　編 集 部　03-5395-8254

書籍販売部　03-5395-8116

業 務 部　03-5395-8125

URL　光 文 社　https://www.kobunsha.com/

組　版　萩原印刷

印刷所　新藤慶昌堂

製本所　ナショナル製本

ISBN978-4-334-91535-3